리더를 꿈꾸는가

리더를 꿈꾸는가

발행일	2016년 12월 26일

지은이	신 현 우		
펴낸이	손 형 국		
펴낸곳	(주)북랩		
편집인	선일영	편집	이종무, 권유선, 김송이
디자인	이현수, 이정아, 김민하, 한수희	제작	박기성, 황동현, 구성우
마케팅	김회란, 박진관		
출판등록	2004. 12. 1(제2012-000051호)		
주소	서울시 금천구 가산디지털 1로 168, 우림라이온스밸리 B동 B113, 114호		
홈페이지	www.book.co.kr		
전화번호	(02)2026-5777	팩스	(02)2026-5747

ISBN	979-11-5987-371-3 03810(종이책)	979-11-5987-372-0 05810(전자책)

이 도서의 국립중앙도서관 출판예정도서목록(CIP)은 서지정보유통지원시스템 홈페이지(http://seoji.nl.go.kr)와
국가자료공동목록시스템(http://www.nl.go.kr/kolisnet)에서 이용하실 수 있습니다.
(CIP제어번호 : CIP2016031410)

DEVELOP
YOUR INFINITE LEADERSHIP SKILLS

리더를
꿈꾸는가

원로학자 신현우가 성공을 꿈꾸는 당신에게 묻는다

신현우 지음

북랩 book Lab

서언

삶에 대한 신화 속의 경구(Aphorism)들을 시와 소설로 엮었다. 읽는 사람의 마음에 아름다운 시의 한 소절처럼 남는 부분이 있기를 소망한다. 본 학(本 學)에게 누가 나를 "어디로 가시는 누구신교?"라고 묻는다면 무슨 이야기를 남길까를 생각하며 썼다. 일노몽유서(一老夢遊書)다.

신이 무료함을 달래기 위해 열정으로 사는 동물들을 창조했다. 어느 날 동물의 세계를 사는 동물들 중에서 자유의지를 부여받은 인간이라는 동물이 열정의 끝을 넘어 탐욕이라는 금단의 세계를 훔쳤다. 선과 악, 빛과 어둠, 열정과 탐욕의 황금분할을 발견키를 원하는 한 인간이 삶의 진정한 의미를 찾아 떠나본다는 내용이다.

리더를 꿈꾸는 사람들을 위하여 행간에 깊은 강조를 둔 단어가 있다. '옴살'이다. 산업자본주의가 그 절정기를 지나 모순자본주의를 심화시키는 길로 가고 있다. 새로운 생명창발 생성주의(生成主義, Beingism)의 탄생을 위한 인문 혁신이 필요하다. 그래서 인문 혁신의 기저가 될 정신으로 옴살(Holistic Paradigm), 즉 중용감각을 제언했다.

이(理)의 과학성(Science)과 정(情)의 기예성(Art)을 아울러 화(和)를 이루며 시대를 조감(鳥瞰)하는 사고를 옴살이라 부른다.

낚시와 독서를 위해 강화도로 이주해와 무작위로 읽었던 글들 중에서, 읽는 사람의 재미를 위해 인간의 원초적 본능을 자극하는 문장들을 떼어와 조금 더했다.

아울러 고금(古今)의 아름다운 문장들과 정신을 자극하며 유동(流動)토록 하는 신화와 시와 경구들을 인용했다. 경구들을 남긴 선학문사들에게 인용에 대한 양해의 말씀을 올린다.

- 강화에서 다람(茶嵐) 신현우

차례

01

여신과 노인

여신과 노인

얼마쯤 왔을까 하고 비행기 커튼을 들춰본다. 비행기 창밖의 색깔이 찬연한 남빛의 바다와 파란색 하늘이 맞대어 두 가지 색상으로만 그린 한 폭의 명화가 걸려있는 모습이다.

올랜도에서 출발하여 상루이스로 향하고 있는 비행이다. 오래전 플로리다 대학 객원교수로 아내와 딸과 함께 방문하여 살던 추억의 도시에서 십여 일을 혼자보낸 후다. 무심히 펼쳐 든 플로리다의 작은 지방지 게인스빌 신문에서 적도 여행 광고를 본 현(鉉)이 귀국 일자를 미루고 탄 비행이다. 삶의 변화에 대한 갈급증이 재발한 것이다.

옆 좌석은 서양 여자가 자리했다. 선대에 흑인의 피가 약간 섞인 듯하다. 졸면서 얼굴을 어깨에 기대다가 깜짝 놀란 표정으로 쳐다본다. 미안해서인지 어색한 웃음을 보낸다. 이목구비가 또렷한 미인이다. 핫팬츠 밖으로 갈색의 늘씬한 다리가 색감 있게 보인다. 머리를 어깨에 기댈 때 전해오던 창포향의 샴푸 냄새가 자꾸만 코를 여자 쪽으로 움직이게 한다. 소변마름 같은 느낌이 온다. 주책없이 뭔 일이여… 하면서 혼자 웃는다.

지난여름 서울의 지하철 안에서 봤던 장면이 떠올랐다. 빈자리가 없어 어색한 마음으로 경로석에 앉았는데 옆자리에 곧 산으로 가실 것 같은 노인이 한 분 앉았다. 얼마 후 산속 땅으로 갈 내 모습일 것이라 생각하고 있는 순간 앞칸의 문이 열리면서 미니스커트를 입은 늘씬한 아가씨가 지나가는 것이다. 나이를 생각하며 안 본 척 슬쩍 쳐다보고는 앞을 보고 있는데 노인의 고개가 나를 지나 그 아가씨를 계속 추적하고 있는 것이었다. 수놈이라는 동물들의 본능은 어쩔 수 없는 것이라는 생각과 함께 갑자기 키득키득 웃음이 터져 나왔다. '아, 늙는다는 것의 추접스러움이여!' 이런 의도로 비웃는 것이 아니다. 사람들 각자의 내면이 일으키는 생명의 동요에 대한 경외다.

신이 제일 아름다운 한 폭의 그림을 구상했다. 그중에서 제일 미려한 요소가 선(線)이라고 생각했다. 생동하는 선을 가진 여체를 생각해냈다. 그래서 살아 생동하는 여체를 번성키 위해 남자를 먼저 그렸다. 그리고 천지창조의 마지막 날 여인을 창조하시고 안식하셨다. 창조의 '하이라이트'가 아름다운 여자다.

"왜 웃으세요?" 하면서 여자가 말을 걸어 온 것이다.

"아니, 그저 혼자 생각에…"

"왜, 혼자 여행하고 계시는 거예요?"

"와이프는 딸아이의 둘째 육아를 도우러 가고, 무료하던 차에 혼자 옛날 추억이 그리워 플로리다를 돌아보러 온 뒤끝에 우연히 여행 광고를 보고 신청한 것이지. 묻는 그쪽은 왜 혼자 여행하고 있는 거요?"

"도적 같은 놈한테 털렸어요. 그리고 다 잊어버리려고요."

"뭘?"

"전부다."

순간 여자의 얼굴에 슬픈 기색에 감춰진 분노가 스쳐간 듯하면서 앞을 보며 눈을 감는다.

갑자기 끊어진 대화의 뒤끝을 찾지 못하고 현은 혼자의 생각에 잠긴다. 대학 재직 시 성공의 요체가 아름다운 만남에 있다고 제자들에게 강의하던 시간들이 주마등처럼 떠오른다. 작은 씨앗이 좋은 토양과 만나면 엄청난 새 생명의 창조력을 발휘하듯이 인간과 인간과의 바른 만남은 사랑과 삶의 진정한 의미를 창출하며, 인간과 신의 인격적 만남은 구원과 해탈을 낳는다. 삶의 의미는 진정한 만남의 지속성에 있다고 내가 역설했었지 아마. 만남의 실패가 제일 큰 슬픔이고….

"연민의 눈으로 보지 말고 서로 인사나 나눠요. 실비아예요. 대학에서 라틴어를 강의하다가 지금은 휴직하고 여러 곳을 여행하고 있어요. 사랑에 실패한 충격 때문이죠."

"아! 라틴어 교수셨군요. 저도 코리아에 있는 대학에서 경영학을 가르쳤어요. 같은 직종의 인연이라 반가워요. 한국 이름은 현이지만 그냥 울프라 불러요. 론 크레이지 울프(Lone Crazy Wolf)."

"울프! 늑대!" 하면서 실비아가 웃는다.

"잠보다 깊은 고독으로 말미암아 미친 늑대랍니다."라고 하면서 울프의 너스레가 이어진다.

울프는 수무 여명으로 구성된 라틴아메리카 여행팀 중에서 혼자 온 고객 둘을 옆자리에 배정해준 가이드의 배려에 고마운 생각이 들었다. 상큼한 향기를 발하고 있는 미인을 옆자리에 배정해준 배려에 대한 감사로 숙소에 도착하면 마티니 한 잔을 선사해야겠다는 생각을 뇌리에 메모하며, 권태롭지 않을 여행이 될 것을 예감하고 있었다. 식스센스가 말한다. 우연이 아니라 꼭 만나야 할 사람을 만나게 된 것이라고.

신체기능이 나이가 드니 어쩔 수 없이 노화가 오는가 보다. 기내식에 체할까 봐 먹은 캔 맥주가 또 화장실을 부른다. 창 측의 좌석이라 30분 전에 다녀오며 자리를 좀 비켜달라고 했는데 또 부탁하려니 눈치가 보여 망설이고 있는데 여자가 일어나 화장실을 간다. 여자가 돌아올 시간을 예상한 몇 분 후 슬그머니 일어나 화장실을 향했다.

화장실 앞에서 아직까지 실비아가 순서를 기다리고 있었다. 옆모습에서 풍기는 완숙미가 안개와 같은 에너지를 발산하고 있었다. 가을 하늘빛같이 맑고 깊은 색깔의 눈동자, 금빛 머릿결, 윤기 흐르는 갈색 각선미가 울프의 감각기능을 주눅 들게 하고 있다.

화장실 문을 닫으려는 순간 실비아가 뒤따라 들어와 손을 뒤로하여 문을 잠근다. 무어라 말할 순간도 주지 않고 키스를 퍼붓는다. 서양 사람들이 외모만으로는 동양 사람들의 나이를 잘 가늠하지 못하는 것 같다. 울프는 황당해 하면서도 젊게 봐준 것이 고맙기만 하다.

"동양 남자를 한번 안아보고 싶었어요."

실비아가 비음으로 속삭인다.

신라시대 순정공이 해변 길을 따라 강릉 태수로 부임하는 길이었다. 점심을 먹으려고 쉬고 있는 바닷가에는 높은 바위 절벽이 병풍처럼 둘러쳐 있고 철쭉이 활짝 피어 있었다. 바람기 많은 절세미인인 순정공의 아내 수로부인이 수행원들에게 말했다.

"누가 내게 저 꽃을 꺾어 주겠소?"

그들은 아무도 오를 수 없는 곳이라며 난처해했다. 그때 암소를 끌고 지나던 노인이 그 말을 듣고 암벽에 올라 꽃을 꺾어 와서는 헌화가(獻花歌)와 함께 바쳤다.

붉은 바위 가에

암소 잡은 손 놓게 하시고,

나를 아니 부끄러워 하신다면

꽃을 꺾어 바치겠나이다.

바닷가 벼랑의 꽃을 꺾어 누구에겐가 주고 싶은 노인의 열정, 그리고 다시 아무도 모르는 사람으로 잊히길 바라는 노인의 마음이 노래로 정리된다. 그러자 수로부인이 웃었다. 당신을 아니 부끄러워하겠다는 뜻을 밝힌 것이다. 황홀하되 위험한 세계에 대한 욕망을 노인이 채워준다. 이때부터 수로부인은 노인을 자신을 보호해줄 영적 파트너로 적극적으로 받아들인다.

수로부인은 절세미인이어서 여러 신령들이 납치극을 벌인다. 수로부인이 납치를 은근히 즐긴다. 그때마다 노인이 해가(海歌)를 불러 되찾아 온 부인을 남편에게 되돌려 준다. 한 아름다운 여인을 둘러싼 농염하고 신비한 이야기다. 노인은 수로부인을 소유하려는 의지가 전혀 없다. 마치 수호천사처럼 보호하되 소유하지는 않는다.

용궁에 납치되었다 돌아왔을 때다. 부인의 몸에 이 세상에서는 맡아볼 수 없는 색다른 향기가 진하게 스미어 있었는데 용의 체취였었다. 울프가 실비아를 수로부인과 비교해보며 혼자 웃는다.

잠시 후, 강화도에서 갯벌을 걸어가며 낚시를 즐길 때 갯벌에서 맨발이 빠져나오는 소리가 갑자기 조용해진 기내에 메아리 같은 작은 울림이 된다. 순간 울프가 참을 수 없는 존재의 가려움을 충격적인 '존재의 떨림'으로 전환하는 능력은 여자가 남자보다 우월하다는 생각을 한다. 그럼에도 존재의 가려움을 참는 인내력과 절제력은 여자가 남자보다 강하다.

등에라는 곤충은 소의 가죽 속에 알을 낳는다. 알이 유충으로 자라면, 그 꿈틀거림 때문에 가려움으로 숙주동물은 미칠 지경이 된다. 성욕에 대한 메타포는 '긁어줘야만 하는 가려움'일 것이다. 한 생물학자가 소들을 괴롭히는 '등에'를 가리키는 그리스어를 빌려와 '발정(Estrus)'이라는 단어를 만들어 냈다.

울프의 취미 중 하나가 꽃 가꾸기다. 자태와 향기를 좋아한다. 그러나 꽃을 꺾어 만든 꽃다발은 극도로 싫어한다. 기르나 취하지는 아니한다. 생이불유(生而不有)다. 미인을 꽃에 비유하며 좋아한다. 그러나 취하려는 생각은 아니한다. 자태와 향기에는 관심을 가지나 피부접촉은 아내 이외에는 사절해 왔다. 사랑은 배려다. 사랑을 유지하는 부부애의 기초가 신뢰이고, 신뢰는 다른 욕망에 대한 절제라는 헌신을 요구하고 있다고 믿기 때문이다.

운명적으로 다가온 실비아에게 일탈(逸脫)과 파격(破格)을 베푼 것이다. 타성이 착상(着床)하는 순간이다. 서양 여성들이 가진 자유분방함일까? 아님, 내게 서양 여성을 끄는 매력이 있는 걸까? 한국 여성은 과감히 다가온 적이 없었는데. 아마 서양 사람들이 동양인들의 외모로는 나이 가늠을 정확히 못 하는 게 확실한 것 같다. 고마운 현상이라며 울프가 혼자 싱긋 웃음 짓는 순간이다.

갑자기 비행기가 수직으로 하강하는 기분이 한참 들다가 어디에 사뿐히 들어앉히는 것 같다. 어, 이상한데? 하면서 울프가 급히 화장실을 박차고 밖으로 내닫는다. 비행기 안이 쥐 죽은 듯 조용하다. 좌석마다 사람들이 입고 있던 옷들은 그대로 있는데 사람들은 온데간데없다. 모든 생명체들이 증발해버린 것이다. 휴거인가? 휴거는 선택받은 사람들에게만 일어난다던데…. 무슨 조화지? 순간 공포가 엄습한다. 화장실에 있던 둘만이 남겨진 것이다.

"실비아! 비행기가 어디에 갑자기 불시착한 것 같은데 사람들은 전부 사라지고 없어!" 하면서 고함을 외친다. 비상문을 열고 아래를 내려다보는 순간 평탄한 바위 위에 동체 착륙한 상황이 눈에 들어왔다.

아파트 이십 층 정도 높이로 깎여진 암벽 위에 형성되어 있는 평지에 불시착한 것이다. 절벽 밑을 내려다본 순간 두 사람은 현기증을 느꼈다. 앞면은 망망한 북대서양바다. 뒷면은 아파트 한 동을 타원으로 구부려놓은 것 같은 병풍 모양의 암벽이다. 그 사이에 형성된 평지 위에 불시착한 비행기가 바람이 불면 금세 비상할 모습으로 착지해 있다.

신화로만 들어오던 버뮤다 삼각지에서의 실종 미스터리가 현실화되었다는 공포감이 엄습한다. 절망감을 느낀 두 사람은 겁먹은 표정으로 서로를 쳐다본다. 완전히 고립된 상태다. 수평선 끝으로 내려앉은 태양의 모습이 조만간 밤을 예고하고 있다. 운명을 예고하는 것 같다. 이곳에서 얼마를 버티며 구조를 기다릴 수 있을까 하는 생각에 공포감이 몰려온다.

세월의 연륜이 가져다주는 현상일까? 울프가 먼저 평정심을 찾아 밤을 지샐 준비를 서두른다. 멀리서 볼 수 있도록 옷가지와 태울 것을 모아 모닥불을 지펴 올리고 기내로 올라와 승객을 위해 준비해둔 기내식과 물 그리고 맥주 몇 병을 모아 하늘이 보이는 기수 부근에 저녁 식탁을 차린다. 독수리 날개의 그림자 모양 저녁 어둠이 내려앉는다.

대한민국 하늘에서 사라졌던 찬란한 은하수가 손에 잡힐 듯 눈앞에 펼쳐졌다. 신들의 궁전에 좌우로 펼쳐진다는 전설을 가진, 여신의 흰색 실크 허리띠 같은 '비아 락테아(Via Lactea)'다. 즉 영어로 '젖의 길(Milky Way)'이며, 우리말로는 은하수다. 중력에 의해 약 1,440억 개의 별이 모여 지구가 속해 있는 하나의 은하를 형성하고, 중력은 또 1,440억 개의 은하를 모아 은하단을 형성했다. 산업화 이후에 처음 보는 별들의 대향연이 펼쳐지고 있다. 신이 마지막으로 펼쳐 보여주는 찬연한 별들의 파노라마일까? 어둠 외에 보이는 것은 전부 별이다. 울프와 실비아도 이 밤에는 두 개의 별의 잔해다.

삶의 미련을 이 축제와 바꾸고 미련 없이 떠나주자 하는 생각이 울프의 뇌리를 스친다. 여유로운 안정감을 느낀다. 자궁 속의 아늑함을 느끼면서 새로운 잉태를 기다리는 모습으로 쭈그려 눕는다. 밤이 가져다주는 적막감이 무서워 실비아는 울프의 가슴을 파고든다. 울프는 섬 바위 위에서 피어난 석란에서 풍겨오는 향기를 느끼며 잠을 청한다.

모든 것에 대한 포기가 가져다준 느긋함일까. 울프는 상큼한 머리 향에 놀라면서 눈을 떴다. 찬란히 떠오르는 아침 해와 함께 기상한 두 사람은 약속이나 한 듯이 화물칸과 승객들이 남기고 간 가방들을 뒤지기 시작했다. 무인 암벽 위에서 살아 존재할 수 있는 시간 동안 삶에 보탬을 줄 수 있다고 판단되는 비상 생활용품들을 모으기 시작했다.

'일주일 정도의 양식은 충분히 될 것 같아, 일주일 후 고통 없이 삶을 마감하는 방법을 모색해야 될 것 같군!'

울프는 혼자의 생각을 바쁘게 정리하며 눈으로 실비아를 찾는다. 분주히 움직이던 실비아가 암벽 쪽을 바라보며 깊은 생각에 잠겨있는 모습이 눈에 들어왔다.

"실비아, 무엇을 그렇게 뚫어지게 쳐다보고 있는 거지?"

"울프! 눈높이쯤 암벽 중앙의 돌출부들을 한번 봐, 틀림없이 고대 그리스어 같아, 양각된 두 줄의 문장이 새겨져 있어. 일정한 패턴을 정리하면 무슨 내용인가를 해석해 낼 수도 있을 것 같아, 라틴어와 고대 그리스어에는 약간의 유사 패턴이 존재하거든."

중천의 해가 기울 때까지 실비아는 마려운 강아지처럼 왔다 갔다 하며 무언가 바닥에 그리기도 했다. 턱을 괴고 한참을 생각하는 여인상 같은 모습으로 시간을 보낸 후 "완전히 찾았어!" 하면서 오른손 주먹을 높이 들고 흔들기 시작했다.

예상의 너머를 상상하라. 그리하면 성공하리.

"양각으로 새겨진 문장의 정확한 번역은 완성했는데, 무엇을 가르쳐주고 있는지 지금부터 생각해 봐야겠어! 어디엔가 이곳을 벗어날 길이 있다는 것을 암시하며 인도해주는 글인 것 같아."

실비아는 손으로 얼굴을 감싸 쥐며 생각들을 정리하기 시작했다.

"이제 알 수 있을 것 같아! 고대 사람들이 성벽의 비상문을 만드는 방법 중 하나인데, 눈으로 보면 똑같은 절벽이지만 손으로 만지면 공간을 찾을 수 있는 방법이지 싶어."

"환영 플래카드군." 하며 울프가 중얼거린다.

같은 색상의 종이를 겹치게 하여 위에서 보면 연결된 것으로 느껴지는 착시 현상의 방법으로 만든 비밀의 출입구. 비밀의 열쇠를 실비아가 찾은 것이다. 실비아는 한 손으로 울프의 손을 잡고, 한 손으로는 오른쪽 절벽의 끝에서부터 절벽을 훑으면서 걸어가기 시작했다. 타원 암벽의 삼분의 일 정도를 지나올 때쯤이다. 두 사람의 눈앞에 기이한 풍경이 펼쳐진다. 자연스럽게 입구로 진입이 이루어진 것이다.

오색빛깔의 꽃들을 흐드러지게 드리우고 있는 나무들, 정신을 맑게 하는 기이한 향기, 물소리와 어우러진 맑은 새소리들, 피부에 와 닿는 기분 좋은 신선한 습도, 잘 짜여진 카펫처럼 펼쳐진 평탄한 수평의 꽃 마당, 기울어진 향로 같은 색색의 탐스러운 포도송이들이 달려 있는 과수원, 그리고 손에 잡힐 듯 진하게 드리워진 열두 쌍의 무지개. 선경이 펼쳐지고 있었다.

진홍색 대리석 같은 보석으로 깔아놓은 144개의 계단을 따라 걸으면서 두 사람은 경외감을 느끼며 마른침을 삼켰다. 자석에 끌려가는 쇠붙이 모양 앞으로 걸어가고 있었다. 열두 쌍의 무지개가 반으로 나누어지며 타원의 문이 열리는 순간 옥구슬 구르는 소리처럼 청아한 목소리가 들려왔다. "실비아 어서 와!" 하는 정감 어린 목소리와 함께 미모의 세 여인이 걸어 나오고 있는 것이다.

잠시 후 세 여인 중 둥근형의 얼굴을 가진 가운데 여인이 빠른 걸음으로 내달으며 "실비아!" 하고 부르며 포옹과 함께 반가워 어쩔 줄을 모른다. 갑자기 포옹당한 실비아의 표정이 어리둥절해 한다.

포옹하고 있는 여인의 머리 위에 황금빛의 환형이 둥근 모자같이 걸려있고, 뒤의 두 여인이 주인을 깍듯이 모시는 자세로 잔잔한 미소를 보내고 있다. 좌측의 여인은 약간 마른 모습의 나중에 소개되는 은아라는 이름을 가진 동양 미인이고, 우측의 여인은 금아라고 불리는 약간 통통한 자태의 서양 미인이다. 가운데 여인을 수호하고 있는 자세들이다. 색(色)이 사람의 형체를 띄고 품어 나오고 있는 듯한, 환상에 사로잡히게 하는 한 폭의 아름다운 명화 같은 미인들이다.

"음, 레테의 강물효능이 나를 기억하지 못하게 하고 있군, 내가 너의 언니 글로리아야. 이리 와, 내가 천천히 설명해 줄게." 하면서 황금빛 환형을 머리에 두른 여인이 무지개 속으로 두 사람을 이끈다. 좌우의 두 여인이 들고 있던 작은 두루마리를 발 앞으로 펼쳐 던지자 울프와 실비아는 솜털이 내려앉듯 사각의 작은 두루마리 위로 올라서게 되며 돌아서 걸어가는 세 여인을 의지와 상관없이 뒤따라 달리게 된다.

빠르게 내달리는 다섯 신형 옆으로 아름다운 풍경이 지나간다. 눈과 안개가 이내는 두세 겹 희다 못해 푸르게 원근을 그리는 산등성이 상고대(Hoar-Frost on the tree)의 아름다운 눈꽃 겨울 풍경, 그 아래로 형형색색 단풍의 가을 풍경, 햇볕에 반사되어 흩뿌려지는 은빛 보석 같은 시냇물의 여름 풍경, 잔잔하게 피어있는 봄꽃들, 봄, 여름, 가을, 겨울이 공존하는 선경을 달리고 있는 것이다. 시인의 별 이규보가 보았다는 매화동산을 지난다.

천 송이의 백설 꽃 위에 다시 백설을 두른 꽃이여

봄이 오기 전에 한 번의 봄을 훔쳐내는 꽃이여

옥빛 살결엔 아직 맑은 향기 떠도니

불사의 약을 훔친 항아(姮娥), 달 속의 그녀가 온 건가

산비탈에 향나무가 많고 물이 너무 맑아 독사의 독니까지 삭아 없어진다는 전설의 정원을 지나가고 있는 것이다. 신이 제일 아름답게 그린 선(線)이 살아 생동하는 멋진 골짜기(Gorgeous Gorge) 바로 그곳. 꿀과 향이 넘치는 분홍색 꽃. 부드러움이 강함을 이기고 생명의 근원을 생성해 내는 계곡, 축축한 작은 동굴이고 따뜻한 은신처이며 죽음으로 가는 행군에서 쉬어가는 피난처. 곡신불사(谷神不死). 여신(女身)의 숲속 같은 골짜기다.

그 시냇물에 사는 물고기가 위로 허구한 날 비치는 향나무의 그림자를 보다가 제 몸에 향기와 그림자가 훈습(薰習)되었다. 마치 작은 향나무가 물속을 돌아다니는 모습이다. 사시장철 푸른 낙락한 향나무의 기상을 닮아, 삶아 먹으면 병도 없어지고 오래 살 수 있게 해준다는 물고기가 살고 있다. 아가미를 벌름댈 때 발산되는 진기는 멀리 있는 사람에게까지 전해져 온몸을 가뿐하고 상쾌하게 만든다.

잠시 후 디즈니랜드 성의 모델이 된 알프스 동쪽 기슭에 위치한 퓌센의 백조의 성이라 불리는 노이슈반슈타인 성보다 아름다운 자태를 가진 성이 나타났다. 좌측의 수정 방, 우측의 호박 방을 지나 회랑을 돌아 들어서자 온갖 꽃으로 장식한 소담스러운 식탁이 차려져 있다.

금빛 환형을 두른 여인이 정감 어린 표정과 함께 손으로 의자에 앉기를 권한다.

"이곳에서 자란 과일이야. 우선 목이나 축이고 난 후 궁금한 이야기들을 나누도록 하지."

흰 줄과 검은 줄로 아름답게 그린 듯한 작은 골프공만 한 과일이 여섯 개씩, 눈물같이 생긴 투명한 물주머니 같은 과일이 여섯 개씩 담긴 쟁반이 여섯 사람이 앉은 좌석 앞 탁자에 놓여 있다. 한 여인은 경호실장 크리스티아다.

울프와 실비아는 너무나 예쁘게 생긴 과일들을 신기하게 바라보면서 사양하는 말도 없이 손을 뻗어 동시에 입으로 가져갔다. 생전 처음으로 느껴지는 상큼한 맛, 목구멍으로 넘어가는 것이 아니라 입안으로 스며드는 듯한 감촉이 잠시 후 온몸으로 퍼진다.

눈물같이 생긴 물주머니 과일을 두 사람이 동시에 입으로 넘긴 후, 이삼 분이 지났다고 생각이 드는 순간 스르르 두 눈이 감긴다. 솜털 속을 파고드는 수면의 느낌을 지우려 두 눈에 힘을 줘도 눈꺼풀이 천근같이 내려앉는다. 신들의 간식인 생기(生氣)의 열매를 먹은 것이다.

"쇄신실로 옮겨!"라는 황금빛 환형 여인의 조용한 목소리를 들었다고 생각하는 순간 울프와 실비아는 앞서거니 뒤서거니 깊은 잠 속으로 빠져들었다. 이대로 죽는 것인가. 포근히 물속으로 몸을 담그는 느낌이 온다. 울프는 특별히 여신의 아름다운 휴양지를 다 둘러보지 못하고 가는 아쉬움을 남긴 표정으로 눈을 감는다.

관목 숲이 끝나는 지점의 호수 아래에 가을이면 연어들이 회귀하는 계류가 흐르는 곳에 곰들이 살고 있다. 그 영역 너머에 우리들이 살고 있었다. 사냥을 나설 때 나는 언제나 그들과 함께였다. 나는 그들 중의 한 마리였다. 나와 동료들은 인근 숲에서 곰이 차지하고 있는 영역이 필요할 때는 곰과의 전쟁도 불사했다. 우리들 중 가장 열정적으로 사냥에 나서는 동료가 곰의 목을 향해 뛰어올랐다. 그중의 하나가 나다. 내가 곰의 목을 향해 도약하는 것을 신호로 모든 동료들은 곰을 향해 돌진했다. 열정적인 삶을 동료들과 같이 살았다.

생존갈등이 치열한 동물의 세계다. 사냥이나 싸움을 할 때만 우리는 하나였다. 승자가 된 자는 축복을 받았고 패자에게는 냉엄한 현실이 기다리고 있었다. 역사는 승자의 기록이었다. 승자는 미래의 약속과 함께 과거 역사까지 마음대로 기록한다. 상처받으면 서열상승을 희구하는 또 다른 도전자가 나타난다. 앞선 자의 실족 굉음이 다음 서열에 서 있는 자에게는 환희의 탄성이다. 가치증식의 삶이 아닌 투쟁 그 자체가 생의 의미였다.

내가 그들에게 멀어진 것은 이상한 일이었다. 나는 사냥이나 곰과의 전투에 나서는 어둠의 시간 이외에는 숲이나 호숫가에서 해가 뜨고 다시 어둠이 찾아올 때까지 혼자 시간을 보내기를 좋아했다. 평생 동안 그렇게 살고 싶었다. '내가 나를 벗 삼는 사내(吾友我居士)'였다. 무엇보다 나는 동료들 사이의 치열한 서열 다툼에 끼어들고 싶지 않았다. 무관심했다.

어느 날 늙은 우두머리를 호수 건너 멀리 쫓아버린 새로운 우두머리가 된 젊은 늑대는 나의 행태를 좋아하지 않았다. 언제부터인가 무리의 모든 늑대들도 내게 호의적이지 않았다. 내가 젊은 우두머리 늑대에게 코를 벌름거리며 꼬리를 흔들지 않는다는 것이다. 참여의식이 떨어진다는 거다.

얼마의 시간이 더 지난 뒤에 우두머리는 내게 무리에서 떠나 달라고 했다. 조직 분위기를 파괴하는 늑대와는 더 이상 같이 살 수 없다는 것이 그 이유였다. 새로 우두머리가 된 늑대 뒤에는 예전의 나의 동료였던 모든 늑대들이 눈에 푸른 불을 켜고 나를 노려보고 있었다. 결국 나는 무리를 떠날 수밖에 없었다. 더 이상 호젓한 숲과 호숫가에서 시간을 보낼 수 없었다. 내가 떠난 것인가? 쫓겨난 것인가?

나는 오늘 어둠을 틈타 숲의 그늘에 숨어, 예전에 같이 지내던 무리가 있는 달빛 아래 드러누워 있는 초원 앞에 서 있었다. 오늘같이 달빛이 교교히 비치는 날 밤에 동료들과 사냥을 나서며 흥분을 감추지 못하든 그 기억을 지울 수가 없었기 때문이다. 사냥감에게 숨죽여 접근한 뒤에 사정거리에 들어오는 순간 목표물을 향해 질주하던 그 옛날이 몹시도 그리워 무리의 영역에 들어오고 말았다. 한번 떠난 곳을 그리워해서는 안 된다는 무리들의 법을 알면서도 영역을 침범한 것이다. 안개 같은 이슬이 순간 눈앞을 가린다.

나의 생활이 아직도 밝던 때엔

세상은 친구로 가득하였다.

그러나 지금 안개가 내리니

누구 한 사람 보이지 않는다.

나는 그 자리를 떠나기 전에 여운이 긴 늑대의 울음소리를 숲속에 마지막으로 남기려 했다. 울음소리를 내기 위해 깊은숨을 몰아쉬면서 가슴에 힘을 주었다. 울음소리를 내기 위해 정신을 파느라 나는 미처 보지 못했다. 많은 푸른 안광들이 숨죽이며 내게 다가오고 있었다는 것을. 어둠 속에서 번쩍이는 푸른 안광들을 본 순간, 나는 그 푸른 안광들이 다름 아닌 예전의 내 동료들이라는 것을 알았다. 바람에 실려 오는 냄새도 그들의 냄새였다. 황급히 고개를 돌리는 순간, 날카로운 무엇인가가 내 앞가슴을 물었다.

나는 나중에 동료들이 꽁무니를 빼던 내 모습을 기억할 것이 싫어 도망칠 때도 상대방을 제압하는 위엄을 보이고 싶었다. 나는 앞이빨을 드러내며 마주 선 동료들에게 으르렁거리며 뒷걸음했다. 동료들과 충분히 거리를 확보한 순간, 천천히 등을 돌렸다.

지난밤에 물어뜯긴 앞가슴의 상처는 다행히 생각보다 깊지 않았다. 아침이 되자 시장기가 몰려왔다. 공연히 예전을 그리워하며 호숫가를 배회하다가 상처만 입고 배를 채우지 못했던 것이다. 나는 앞다리를 세우고 고개를 들어 평원을 노려보았다. 내가 서 있는 저 아래, 붉게 펼쳐지는 아침 태양광선 속에서 황금빛으로 옷을 바꿔 입은 초원에는 곳곳에 붉은 점들이 찍혀있었다. 영양들이었다. 나는 그중 가장 움직임이 느려 보이는 붉은 점을 향해 뛰어올랐다. 난 어둠의 늑대가 아니라 변종인 새벽의 늑대다. 순간 잠에서 깨어났다.

02

탐욕과 열정

탐욕과 열정

깊은 숙면을 마치고 거뜬한 기분으로 깨어난 울프가 눈을 뜬 순간, 황금빛 환형을 머리에 두르고 있는 여인을 좌우에서 모시고 있던 두 미녀가 웃는 얼굴로 내려다보고 있었다.

"아름답게 소년의 몸으로 다시 태어났어! 투명하리만치 매끈한 피부며 늘씬한 몸매, 신이 빚어놓은 작품이야! 궁주님께 깨어났다고 빨리 보고 드리고 와, 어서!"

통통한 서양풍의 미녀가 마른 자태의 미녀를 돌아다보며 신기한 듯 소리친다.

수정 유리로 밖의 풍경이 아름답게 투영되도록 꾸며진 욕실이다. 약간 높은 곳에서 맑고 따뜻한 물이 넘어 들어와 욕조를 넘쳐 지나고 있는 가운데 발가벗고 누워있는 자신의 모습을 보면서 순간 실비아를 찾는다.

이때 발쪽 방향의 벽이 스르르 열리면서 은빛 드레스로 새롭게 단장한 실비아와 황금 환형의 여인이 웃으며 나타난다. 순간 실비아의 머리 위에도 황금빛의 환형이 빛나고 있는 것이 보인다.

"눈물같이 생긴 투명한 물주머니 같은 과일의 효험이 수면시간 동안 레테의 약효를 지우는 효과가 실비아에게 나타나 신성이 살아났고, 울프는 7일간의 깊은 숙면시간 동안에 새로운 생기로 충일된 세포로 쇄신된 거야. 완전한 신생이 아니기 때문에 신생아의 세포가 가진 생기에는 약간 못 미치지만 소년이 가진 팽팽한 기(氣)의 생체를 가지게 된 거야. 그래서 키가 아마도 인간세상에 있을 때보다 한 뼘 이상 자라나 있을 거야. 일어서 봐!"

일어서는 울프의 몸을 이리저리 살피면서 "멋진 몸매로 변했군! 소년의 체취가 향기롭군! 늑대소년 울프! 정감 어린 이름이야. 실비아로부터 들었어."

이때부터 현은 울프라는 애칭으로 불리는 것을 더 좋아하기 시작한다. 감탄과 함께 궁주라 불리는 여신의 이야기가 이어진다.

"인간의 신체는 에너지와 정보로 구성된 무(無)의 형태인 초미립자의 원자와 영혼의 존재 터전인 자궁이 되는 생기(生氣)로 구성되어 있지. 미묘한 실체(Delicate Substance)인 이 기(氣)는 생명체가 생(生)할 때 평균 백이라면 성(成)할 때 구십 정도로 흩어지고 쇠(衰)할수록 계속 흩어 들다가 오십 이하의 상태가 될 때쯤 멸(滅)하게 되지. 즉, 이때 영혼이 떠나, 죽음의 상태가 되는 거야. 이것을 생명체의 생성쇠멸의 과정이라 부르지. 영혼은 별도로 관리되지만….

마음과 유사한 정신적인 정보인 기(氣)에는 생명체의 감정적인 정보가 포함되어 있을 뿐만 아니라 생명이 자신을 보존하고 종족을 유지하고자 하는 근원적인 생명력이 포함되어 있어, 기는 만물의 변화 속에 머물지. 슬픈 표정을 하면 음기로 변하고 기쁜 표정을 하면 양기로 변하지. 그래서 긍정적 사고가 중요해, 턴 라이트(Turn light), 긍정의 폭만큼 성공하니까. 모리스 메테를링크는 이렇게 노래했어."

해가 높이 떠도 눈을 감고 있으면 어두운 밤과 같다.
청명한 날에도 젖은 옷을 입으면 기분은 비 오는 날같이 침침하다.
사람은 그 마음의 눈을 뜨지 않고,
그 마음의 옷을 갈아입지 않으면 언제나 불행하다.

"사실 이 기는 정확하게 측정할 수 없어. 하나의 씨앗이 발아해서 싹을 틔우는 데 필요한 생명력이 정확한 값으로 계산될 수도 없고, 정욕의 세기가 열이나 전기 에너지처럼 계산 가능한 값을 가질 수 없는 것과 같이 상대적 비교로만 가늠하는 것이지."

오니쓰라(鬼貫)의 하이쿠(俳句)다.

나무를 쪼개 보아도 그 속에는 아무 꽃도 없네.

태초에 무한히 흩어져 있던 쉼(음)이 하나의 작은 움직임(양)을 만나 균질하던 쉼에 작은 차이를 일으켰다. 그 차이가 정보와 에너지를 만들면서 움직임에 움직임을 더하기 시작했다. 기(氣)의 탄생이다. 그 쉼과 움직임의 속도와 방향과 응집에 따라 나타난 현상의 분류가 물(水), 불(火), 나무(木), 쇠(金), 흙(土)이다. 오행이다. 우리 가까이 보이는 쉼과 움직임의 대표적 조합이 해와 달이다. 음의 특성이 강한 것이 달(月)이며 양의 특성이 강렬한 것이 태양(日)이다.

기가 음양의 움직임인 변화를 주도하며 우주에 무한한 창조를 가져온다. 기의 이합집산이 형과 질(形質)을 이루며 칠정(七情: 기쁨, 노여움, 근심, 생각, 슬픔, 놀람, 두려움)의 층위를 갖는 생물을 탄생시킨다. 층위는 차이일 뿐이지 우열이 아니다. 층위의 상위에 있는 인생은 차이의 특색에 대한 무한한 감사와 자긍심을 가져도 되지만 우위의 자만을 가져서는 안 된다는 자연의 묵언도 포함되어 있다.

허깨비로 가득 채워진 상태인 쉼, 태허(太虛) 속에서 소리가 말이 되어 스스로 움직임을 일으키며 존재했던 분이 기를 다스리기 시작했다. 이(理)가 패턴을 가지고 우주를 운행하기 시작했다. 패턴은 두 번 이상 일어난 일은 다음에 또 일어난다는 법칙을 우주가 말하고 있는 것이다. 섭리(攝理)다. 그분의 섭리, 태초에 말씀이 계셨다.

"기는 보고(윤기), 느끼며(온기), 만질(습기) 수 있어. 물질을 구성하고 있는 기묘한 실체(Strange Substance)로 불리기도 하지. 생존의 실체를 구성하는 물의 성분 속에 존재하는 기를 제일 감지하기가 쉬워. 그래서 물을 생명의 원천이라 불러. 우주의 양수. 신생아는 약 97%가 물이고, 건강한 성인은 75%가 물이며 노화와 더불어 줄어들다가 일정 수준 이하에 달하면 생명이 멸(滅)하게 되지. 지구의 70%가 물에 덮여있어 동식물이 번성하고 있지.

질량과 에너지는 등가인 것과 마찬가지로 물질이 가진 정보는 기와 등가야. 그리고 기에는 질이 있어(氣質之性). 기질(氣質)이라고 부르지. 사람은 각자 다른 기질을 타고나는데, 쉽게 표현하면 각각 다르게 타고나는 운명이야. 지금 울프가 가진 생기는 상대적 지수가 높은 수준이야."

"신의 계획에 의해 당연히 일어나는 필연(必然)과 신의 법칙 속 즉, 한계장력 속에서 자유의사 결정의 능력을 부여받은 인간의 생각이 소망이 되어 이루어진 우연(偶然)이 만나 인간사를 만들었어. 실비아가 이곳에 온 것은 필연이고 울프가 이곳에 온 것은 우연이야."

점점 더 이해를 못 하겠다는 표정을 하고 있는 울프의 모습을 보면서 궁주라는 여신은 이야기를 이어간다.

"상세한 궁금증은 천천히 풀도록 하고, 공의로우신 창조주께서는 징벌은 오래 인내하시며, 기쁨은 오래 누리도록 필연(必然)의 시간까지도 늦추어 주시는 자비로우신 분이지. 실비아의 선계복귀를 창조주께 보고하기 전까지 두 사람 못다 한 사랑을 실컷 만끽해, 이별의 날 아쉬움을 남기지 말고."

웃으며 처다보는 궁주의 눈길을 따라 세 여인의 눈길이 나신으로 서 있는 울프의 다리 사이 쪽으로 동시에 향한다.

제왕의 별이라 불리는 북두칠성은 국자 모양 머리별부터 손잡이 부분 꼬리별까지 이름이 있다. 순서대로 보면, 탐랑(貪狼), 거문(巨門), 녹존(祿存), 문곡(文曲), 염정(廉貞), 무곡(武曲), 파군(破軍)이다. 염정 이외에 다른 별은 신성(神星)으로 등

재되어 인간들도 한자(漢字)명을 기억하고 있다. 그러나 염정만이 신성(神星)에서 떨어져 나가 한자명으로 등재되어 있지 않다. 그 이유가 인간의 몸을 입고, 인간과 상호 접(交接)하다가 신성을 회복했기 때문이다. 지구에서 컴퓨터로 한자 바꾸기를 하면 아직도 그 흔적이 나타난다. 여섯별만이 한자 바꾸기가 바로 된다.

일곱 개의 별 중 다섯째가 까칠한 지성미의 여신 염정이다. 무곡과 파군성주는 이민을 가고 없다. 그리고 칠성군(七星群)에서 막내인 파군성(破軍星)만이 남신 성주다.

승자와 패자 모두의 많은 인명피해를 가져온 신들의 대리전쟁인 트로이 전쟁 직후 태양계의 주신(主神)인 제우스는 창조주로부터 힐책을 받는다. 그리고 제우스는 신들의 자정(自靜)회의를 소집한다. 인간사에 개입을 자제한다는 결의를 한다. 이때부터 신들의 생활이 인간과 격리된다. 트로이 전쟁 전까지는 신들의 세계와 인간사가 뒤섞여 있었다.

그 결의 사항 중 하나가 인간과 교접을 한 신은 인간의 시간으로 216년간 피정의 집에 있는 정각의 방에서 자숙의 시간을 가져야 한다는 것이다. 지성과 감성의 조화, 좌로나 우로 치우치지 않는 옴살 정신을 회복하라는 조치다. 그동안 신권의 일부가 정지된다. 트로이 전쟁 당시에 있었던 아폴론과 카산드라(Cassandra)의 관계를 비판한 조항이다. 지구를 타의로 다녀온 염정도 나중에 이 조항의 벌칙을 받게 된다.

창세 이후 트로이 전쟁시대까지 인간사를 간섭하던 신들이 인간의 생활과 격리되면서 신들의 존재가 신화의 정도로 회자되는 상황으로 전개된다.

들어줄 사람이 없는 충고의 여왕 카산드라, 즉 트로이의 왕 프리아모스(Priamos)의 딸이다. 아폴론은 잠자리를 같이 해주는 대가로 그녀에게 예언술을 가르쳐 주기로 약속한다. 그 기술을 배우고 난 카산드라는 이후 아폴론에게 호락 호락 몸을 주지 않는다. 배신에 화가 난 아폴론은 그녀의 예언에서 설득의 힘을 빼앗음으로써 이에 보복했다.

이 벌이 치명적인 결과를 불렀다. 그리스인들이 속에 군사들이 들어찬 거대한 목마를 트로이의 성벽 앞으로 보냈을 때 카산드라 혼자만이 '선물'의 정체를 꿰뚫어보고는 트로이인들에게 이 목마를 성안으로 들이면 멸망할 거라고 예언한다. 그러나 사람들은 그녀의 예언을 믿지 않고 완전히 미쳤다고 생각했다. 그리고 트로이는 멸망했다. 이후 불신을 야기한 대가로 'Cassandra(카산드라)'라는 단어가 '세상에서 믿어 주지 않는 흉사의 예언자'라는 의미로 영어사전에 등재된다.

신화는 삶의 은유다. 신(아폴론)이 인간(카산드라)에게 요구하는 것이 몸 즉, 헌신(獻身)과 신뢰 즉, 믿음이다. 그리고 준다는 것이 예언 즉, 미래의 축복이다. 구원과 해탈에 대한 약속이다.

"나는 선계 칠성군의 네 번째 별 문곡성(文曲星)의 궁주인 글로리아이며 동양명으로는 문곡이고, 실비아는 다섯 번째 별 염정성(廉貞星)의 궁주 동양명 염정이지. 일곱 형제가 레테의 강변을 산책하던 중 아버지의 사랑을 독차지해 온 실비아를 비어있는 인간의 자궁을 발견한 언니들이 실수를 가장해 그 속으로 밀어 넣어 버린 거야. 그 후 이 사실을 알게 된 칠성 궁주의 아버지가 잃어버린 실비아를 찾기 위해 창조주께 읍소했지.

딸을 사랑하는 아버지의 간절한 소망이 담긴 탄원에 감동한 창조주는 선계의 규율, 즉 레테의 강물을 마신 자는 선계의 신이든 인간이든 누구나 다시 지난날의 기억을 회복지 못한다는 규율을 변경하는 자비를 베푸셨어. 실비아의 신성회복을 허락하신 거야.

실비아의 선계복귀 허가서를 내려주신 거지. 신의 결심서인 필연(必然)증을 내어주신 거야. 그래서 모든 신들이 십사만 사천억겁 경의 우주창조 경축연회를 위해 지구별을 전부 떠날 때, 동생을 은근히 시기하던 언니, 글로리아로 하여금 동생에게 미안한 마음을 갚을 기회를 부여했어. 지구별에 마지막 남은 신의 휴양지에서 실비아를 기다리게 하신 거야.

　창조주께서 실비아를 빨리 만나고 싶어 하는 이유가 하나 더 있지. 인간세상에서 경험한 내밀한 이야기를 듣고 싶어 하서. 천사들을 보내어 인간생활 상태를 보고받은 후 노아로 하여금 물의 심판을 준비시키실 때의 마음 상태이신가 봐. 지구별의 병이 한계에 다다르고 있다고 보시는 것 같아.

　희랍을 관리하던 신들 중 하나인 테레시아스는 잠자리에서 남자보다 여자가 더 재미를 본다는 직언을 했다가 헤라의 분노를 사서 시력을 잃었지. 이 이야기를 전해 들은 인간들은 그 이후 내밀한 자기의 생각들을 교묘히 감추기 시작했던 거야. 이중성을 개발하기 시작했어. 이때부터 중용의 도, 즉 정각(正覺)의 도를 잃어버리고 교활해지기 시작했어. 창조주의 시각을 속일 정도로 말이야.”

　창조주께서 천지창조의 여섯째 날, 인간을 만드시고 그 지으신 것을 보시니 보시기에 심히 좋아 흐뭇한 표정을 하시며 정원에서 안식을 취하고 계셨다. 이를 본 직언과 비판의 신 모모스는 창조주께 사람들이 악의를 감추지 않고 누구나 마음속을 볼 수 있도록 사람의 마음을 밖에다 달지 않은 것은 잘못이라고 지적했다. 모모스의 말에 기분이 언짢아진 창조주는 그를 신들의 정원 출입을 금지시켰다. 그 이후 좋은 직언은 심리적 저항을 불러온다는 생각을 갖게 된 모모스는 신들의 반항아가 되어버렸다. 직언의 신이라는 직함을 버리고 비판의 신이라고만 불리기를 주장했다.

　“감춤이 습관화되니까 의도적 속임이 아니라 순수와 진리에 대한 스스로의 평가를 믿을 수 없게 된 심리적 상태가 되어버린 거야. 중용감각을 잃어버리게 된 거지. 고전 라틴어로는 중용을 '니힐 니미스(Nihil Nimis)'라고 하는데 '지나침이 없다'라는 뜻이며 진리의 길을 찾아가는 외줄 타기며 긴장이라 부르는데 이 긴장감을 인간 스스로 버린 것 같아."

맘껏 나아가고 싶을 때 한 걸음 물러서고, 나아가기 두려울 때 단호히 한 걸음 내딛는 것이 중용감각이다.

예를 들면 창조주가 동물들에게 즐기라고 준 식욕, 물욕, 성욕과 같은 공통선물을 인간 이외의 동물들은 잘들 즐기고 있는데 인간만이 과식에 의한 성인병, 미래를 위한 비축이라는 탐욕에 스스로 갇혀 인간 상호 간의 괴리감과 갈등유발, 성행위에 대한 인간만의 죄의식 등을 만들어 정말 신나고 아름답게 보내야 할 한정된 생의 시간들을 낭비하고, 더욱더를 향해 부정과 음란이라는 이름의 과속전차를 죄의식을 갖고 타기도 하는 거지.

잘 벗어야 평화롭다는 이채민의 시 '벗는다는 것'의 일부다.

태초에 아담과 하와가 벗었고

그녀와 내가 벗었고

잘 벗었을 때 평화가 찾아들더라

여자와 남자가 잘 벗었으므로

지구는 내일도 무사할 것이다.

인간이라는 동물이 여타 동물과 다른 세 가지 특징이 있어. 인간들에게만 부여한 축복이지.

그 첫째가 불을 사용한 화식으로 낭만적 삶을 살도록 했어. 다른 동물과 달리 생존을 위한 식사 외에 미각을 즐기도록 허용했지. 그러나 가진 자들은 인공

식품의 개발 등을 통한 영양과잉 상태가 되어버렸고 나머지는 기아그룹으로 전락해 버렸어. 보람으로 일하면 살기 위해 먹는 세상이 되는데 탐욕으로 일하다가 먹기 위해 사는 세상을 만들어 버린 거지. 신의 첫 번째 욕망 테스트에서 낙제한 것이야. 부처와 성현들의 가르침을 능가하는 참깨빵의 진정한 의미를 인간들이 간과했어.'

만찬으로 죽은 사람 수가 의사가 치료로 사람의 목숨을 구한 수보다 많다는 것이다(By suppers more have been killed than Galen ever cured). 클라우디우스 갈렌(Claudius Galen)은 2세기경 그리스의 명의로 'Galen(갈렌)'을 우리말로는 '갈레노스'라고 부르기도 하는데 일반명사로서 '의사'의 뜻을 갖는다. 서퍼(Supper)는 저녁 만찬을 의미하는데 '과잉영양' 또는 야식이 건강에 해롭다는 의미도 갖는다.

"둘째는 삶을 열정적으로 살라는 의미로 재물이라는 장난감을 줬지. 물질축적의 욕망 즉, 물욕을 맹자는 항산항심(恒産恒心)이라 했지. 재물이 없으면 인간의 고매한 정신도 존재할 수 없다고 했어. 적당한 물욕은 적절한 긴장과 자극, 건전한 위기의식을 불러와 삶을 역동적으로 만들기도 해. 재물은 지혜로운 이에게 노예이고, 어리석은 이에게는 주인 노릇을 하지. 그러나 대부분의 인간들이 과욕으로 재물의 노예로 전락해 버렸어.

많은 재물축적이 성공이라는 등식을 만들어 두고 자녀들에게 말은 원대한 꿈을 꾸라고 하면서 꿈꿀 시간도 주지 않으면서 각성제로 잠을 줄이도록 하는 등 사육(Breeding)하는 상태가 되어버렸어.

비명 같은 속도로 죽을힘을 다해 달리고 있지만 지상의 모든 것이 그와 함께 뛰고 있기 때문에 결국은 아무 데도 도달하지 못하고 머문 상태지. 그러나 어느 누구도 먼저 뛰기를 멈출 수도 없게 되어버렸어. 먼저 뛰어내리면 낙오자가 되는 거지. 신의 두 번째 욕망 테스트에서 낙제한 것이지. 현대판 시시포스가 되어버린 거야."

신들의 미움을 산 시시포스에게 가혹한 형벌이 내려진다. 거대한 바위를 계곡으로부터 산꼭대기로 밀어 올리는 형벌이다. 올려놓으면, 바로 그 순간 반대편 계곡으로 굴러떨어진다. 바위를 항상 정상에 있도록 해야 하는 형벌이라 다시 계곡으로 내려와 바위를 올리는 일을 영원히 계속해야 한다. '하늘 없는 공간, 깊이 없는 시간'과 싸우는 가혹한 형벌, 권태롭게 반복되는 현대인들의 일상이 시시포스의 무용(無用)하고 꿈이 없는 형벌, 두 번째 테스트에서 낙오한 인간이 받는 형벌이라고 은유하고 있는 것이 아닐까?

"사람들은 뒤뜰에 앵두나무가 자라고 창가에는 제라늄 꽃이 자라고, 지붕에는 제비집이 있는, 장밋빛 벽돌로 지은 집에 산다고 하면 전혀 상상해내지 못하지만, 수백만 달러 이상 나가는 집에 산다고 하면, 곧바로 "야! 정말 좋은 집에 사는구나!"라고 감탄하지. 모든 인간이 경제라는 우상의 노예가 되어 자기 자신의 삶이 가진 진정한 의미와 가치를 잃어버린 거야. 사냥꾼의 번득이는 눈앞에서 숲의 아름다움은 찾을 길이 없지."

『헨리 6세』라는 희곡에 나오는 이야기다.

가난한 양치기가 산언덕에 앉아 해시계의 눈금을
솜씨 있게 새기면서 세월이 흐르는 것을 본다.
몇 시간이 지나면 하루가 저무는가,
몇 날이 지나면 일 년이 다 가는가,
몇 년이 지나면 인간의 일생은 종말을 고하는가,
이것을 알게 되면 시간을 나눌 수 있다.
몇 시간 양을 칠 것인가,
몇 시간 휴식을 취할 것인가,
몇 시간 사색을 해야 할 것인가,

몇 시간 놀아야 할 것인가,

며칠 만에 암양이 새끼를 배고,

몇 주일이 지나면 새끼를 낳고,

몇 년이 지나면 양털을 깎고,

이와 같이 시, 일, 주, 월, 년이

그 사명을 다하고 지나가 버리면,

백발 머리를 무덤 속에 눕힐 수 있다.

아! 참으로 신바람 나는 즐거운 생활이여!

순진한 양 떼를 바라보는 양치기에게

아가위나무는 시원한 그늘을 만들어 주는구나.

이 그늘은, 신하의 반역을 겁내는 왕들이 소유하고 있는

화려한 자수가 놓인 천개(天蓋)보다도 더 아름답다!

그래, 틀림없이 천 배도 더 즐거울 것이다.

양치기의 검소한 치즈, 가죽부대에서 마시는 연하고 시원한 술,

신록이 우거진 그늘에서 청하는 낮잠 등은,

의심과 근심과 모함이 설치는 궁전에서

왕이 맛보는 산해진미와 황금 잔에 철철 넘치는 맛 좋은 술, 그리고

호사스러운 침대에서의 환락보다도 훨씬 좋은 것이다.

어느 날 오후, 탐욕(貪慾)이라는 이름을 가진 무덤 파는 인부가 자신의 일에 열중하여 너무 깊이 구덩이를 파 내려간 나머지, 일이 끝났을 때 밖으로 기어 올라올 수가 없었다. 밤이 찾아오고 날이 추워지자 그는 도와달라는 소리를 질렀

고, 마침내 지나가던 술 취한 시간(時間)이라는 이름을 가진 사람의 주의를 끌었다.

"날 좀 꺼내 주시오. 추워 죽겠소!"

시간이 무덤 구덩이 속을 내려다보았다. 그리고 마침내 어둠 속에서 떨고 있는 탐욕이라는 인부를 발견했다.

"추울 수밖에, 친구."

술 취한 시간이 주변 흙을 구덩이 속으로 발로 차 넣으며 말했다.

"흙을 덮지 않았으니 당연히 춥지 않소!"

시간에 대한 셰익스피어의 인식이다.

시간이란 시류를 좇는 여관집 주인 같아서,

떠나는 손님에게는 손을 흔들어 작별인사를 하지만,

새 손님에게는 양팔을 벌리고 달려가 반갑게 인사한다.

환영할 때는 늘 미소 짓지만, 이별할 때는 한숨을 내쉬게 한다.

아름다움도, 사랑도, 명예도, 지혜도, 가문도,

시기하고 질투하는 시간에는 당할 수 없다.

난공불락의 요새도, 강철의 문도,

모든 것은 시간에 의해 쇠퇴하게 마련이고,

다른 아름다운 것이 성장하는 것을 볼 때쯤 사라지게 마련이다.

이 세상의 최고 보석인 시간이라는 재물을

시간의 창고에서 끌어내어 사용할 수는 없겠는가?

시간의 발길질을 막을 수는 없다.

새 생명인 자손만이 시간에 또다시 대항한다.

시인 보들레르는 어깨를 짓눌러 움츠리게 하는 시간의 벅찬 짐인 고독과 권태와 번뇌에 대항하는 방안으로 언제나 취해 있어야 한다고 노래했다.

> 시간의 궁색한 노예가 되지 않으려면
> 취하라. 늘상 취해 있으라!
> 술에건, 시에건, 미덕에건,
> 당신 뜻대로….

"나머지 셋째는 섹스야. 다른 동물은 수태만을 위한 섹스를 허용했는데 인간들에게만 사랑하며 적당히 즐기는 자유를 부여했지. 그러나 인간들은 섹스를 사회적 가면을 쓰고 바라보기 시작했지. 자기 것 다 먹고 껄떡대는 탐욕스러운 돼지들처럼 통제되지 않은 성적에너지의 무책임한 방출인 음란을 감추기 위해 위선을 하기 시작했어. 공자도 시경(詩經)에서 즐기되 음란하지 말라고 낙이불음(樂而不淫)이라 했지만….

사랑의 또 다른 아름다운 이름인 성행위에 죄성(罪性)을 부여하는 우를 범했지. 즐겁고 자연스러우며 상대를 배려하는 책임 있는 행동에서 벗어나 창조주와 인간 앞에 떳떳하지 못한 퇴폐를 시작하면서 신의 세 번째 욕망 테스트에서 낙제한 것이지.

적당히 즐기며 사는 삶이 바보스럽지 않은 삶이야(He who loves not wine, sex and songs, remains a fool his whole life long), 삶이란 각자가 살아내야 할 신비이지. 해결해야 할 문제가 아니다. 금욕도 집착의 변종인 탐욕이지."

연암 박지원의 '호질'이라는 글에 나오는 이야기다. 유학자로 명망 높은 북학 선생이 열녀로 소문난 과부와 내통하다 도망치는 상황에 처한다. 도피 중 호랑이를 만나는데 호랑이가 위선적인 학자의 고기를 거절하는 장면이다. '선비는 음양을 마음대로 나누려 하고 세상의 자연스러운 이치를 쪼개려 하는데 그걸 먹는다면 삼키기도 전에 체할 것이다.' 하며 먹기를 거절한다.

위선을 꾸짖는 바쇼의 간결한 하이쿠다.

벼룩을 눌러 죽이며 입으로는 말하네, 나무아미타불.

인간이 자연의 보편적 법칙을 모욕하기를 두려워하지 않으면서 자신들은 똥도 싸지 않고 성행위도 하지 않는 것처럼 행동하는 위선을 바라보며 '고상한 야만인'이기를 원했던 명상가 몽테뉴(Montaigne)는 "가장 사려 깊고 현명한 사람들이 성행위를 벌이는 모습을 상상할 때면 그 사람들이 사려 깊고 현명하다고 주장하는 것은 몰염치한 짓이라고 생각했다."라고 말했다.

성행위에 죄성(罪性)을 부여한 인간의 사회적 가면인 페르조나(Persona)를 비판하고 있는 것이다. 좀 덜 고상해야 인간의 냄새가 난다는 거다. 이른바 남녀의 정사를 축축한 시트를 연상시키는 떳떳지 못한 행위로 격하시켰음을 탓하고 있다. 인간이 다른 자연계의 한 부분이며 생명 행위라는 뜻인데….

남녀가 흥분의 절정에 이르면 물을 흘린다. 노자는 최고의 도는 물이 아래로 흐르는 것과 같다며 상선약수(上善若水)라 했다. 흐를 때 살아 있으며 희열이 존재한다. 그러나 너무 높은 이상과 가치추구는 재미없다는 상덕부덕(上德不德)이다. 너무 고상하면 재미가 없다.

"더 나아가 인간은 현재의 만족에 머물지 아니하고 영생을 탐욕하기 시작했어. 에덴의 사과를 훔쳤어. 현재를 버리고 미래만을 추구하며 신이 허용한 탐욕의 임계장력(Transgression of law)을 넘어서 버렸지. 그래서 끝없는 욕망에 좇기는 영원한 도망자의 신세가 되어버린 거야."

단테는 그의 『신곡』에서 별들이 가득한 천국의 하늘에서, 예수께서 부활할 때 가장 먼저 천국의 부름을 받은 최초의 인간이었던 아담을 만난다. 아담이 단테에게 자기 잘못에 대해 설명한다.

단테야, 에덴동산에서의 추방 원인은
내가 나무열매를 맛보았다는 것이 아니라
내 한계를 제멋대로 넘었다는 것이다.

커다란 먹이를 문 까마귀가 나뭇가지에 내려앉았다. 그러자 먹이를 노린 다른 까마귀들도 잇달아 나뭇가지에 앉았다. 그들은 움직이지도 않은 채 조용히 먹이를 문 까마귀를 노려보고 있었다. 먹이를 부수어 먹을 여유를 얻지 못한 까마귀는 계속 먹이를 문 채 나뭇가지에 앉아 있는 수밖에 없었다. 시간이 흘러 잠깐 휘청한 까마귀는 그만 입에 문 먹이를 놓치고 말았다. 이를 지켜보던 까마귀들 중 제일 행동이 재빠른 녀석이 먹이를 낚아채 도망가기 시작했다. 처음 먹이를 물고 온 까마귀를 비롯한 주위의 다른 까마귀들은 다시 그를 쫓았다. 얼마 후 먹이를 채어간 까마귀는 좀 전의 까마귀처럼 기진맥진하여 다시 나뭇가지에 앉아 있다가 역시 처음 까마귀가 그랬던 것처럼 먹이를 땅에 떨어뜨려 버렸다. 다시 한 번 까마귀들은 새로운 먹이의 주인을 뒤쫓아 날아갔다.

아시아에서는 원숭이를 잡는데 교묘한 덫을 사용한다. 코코넛 열매를 파내고 그 속에 달콤한 향기가 나는 것을 집어넣는다. 그리고 그 열매 밑에 조그만 구멍을 낸다. 그 구멍은 원숭이가 손을 집어넣을 수는 있지만 무엇을 움켜지고 꺼낼 수는 없을 정도의 크기로 뚫는다. 그리고는 그 열매를 나뭇가지나 말뚝에 매어 놓는다. 이윽고 원숭이가 냄새를 맡고 다가온다. 그리고는 그 속에 손을 넣고 먹을 것을 움켜쥔다. 그러면 덫에 걸리는 것이다. 사냥꾼이 다가오면 원숭이는 놀라 질색을 한다. 그러나 도망갈 수가 없다.

누가 원숭이를 덫에 걸리게 했는가? 다른 어떤 무력도 아니고 바로 원숭이 자신의 집착이다. 이론적으로 원숭이는 손에 잡고 있는 것을 놓고 손을 빼내기만 하면 자유롭게 된다. 그러나 원숭이로서는 그렇게 할 수가 없는 것이다.

사람들도 이와 같이 무상(無常)한 것에 집착한다. 사람들은 흔히 묻는다. 어떻게 놓을 수가 있단 말이오. 붙들고 있는 것은 알지만, 하지만 어떻게 놓을 수가 있단 말이오! 인간이 가장 아름답게 보일 때가 열정은 있으나 탐욕을 가지지 않을 때라는 것을 망각해버렸다. 욕이불탐(慾而不貪)인데. 배가 너무 부르면 정신이 맑을 수가 없다.

적당한 욕망은 열정을 불러오나 탐욕에 사로잡히는 순간 지옥생활이 시작된다. 재물의 신이 플루토스다. 지구에서는 가장 값비싼 광물이 플루토늄으로 불린다. 플루토스는 지하자원의 주인이며 생산을 도와주는 신이다. 이 신의 다른 이름이 하데스다. 이 신이 하데스라고 불릴 때는 냉혹하고 무시무시한 지옥의 신이다. 지옥을 가는 지름길에 탐욕이 있다는 은유다. 지족지심(知足之心)을 가지라는 은유.

인간이 지족의 마음을 잃어버린 것이다. 지족(Contentment)은 경계할 계, 찰영의 계영(戒盈)이다. 지족은 자만(Complacency)과 다르다. 'Hubris(휴브리스)'는 고대 그리스어로 '자만'이라는 뜻인데 몰락의 전조를 의미한다. 지족이라는 말은 '조화를 이루는(In Harmony)'이라는 형용사와 같은 의미를 갖는다. 현재의 모든 것을 있는 그대로 마음 깊이 받아들일 줄 앎으로써 행복을 느끼는, 만족할 줄 안다는 뜻을 가지고 있다. 지족(知足)은 장님이 의지하는 흰 지팡이와 같은 것이다. 행복이란 것의 참다운 이름은 마음속의 만족이다.

셰익스피어가 헨리 6세에 만족에 대한 글을 남겼다.

나의 왕관은 머리에 있지 않고, 마음속에 있다.
그 왕관은 다이아몬드나 진주로 장식된 것이 아니다.
그 왕관은 볼 수 없다. 그 왕관은 '만족'이라고 호칭된다.
그것은 임금들이 별로 즐기지 못하는 왕관이다.

토끼와 거북이가 달리기 시합을 했다. 자만한 토끼가 중도에 쉬면서 느림보 거북이를 속으로 비웃었다. 자만한 토끼가 오수를 잠깐 즐길 동안도 거북이는 쉬지 않고 기어갔다. 거북이가 최종 승리자가 되었다. 많은 동물들이 박수갈채를 보냈다.

한껏 승리감에 도취된 거북이는 지족을 잃어 버렸다. 모여 있는 동물들한테 토끼 대신 동물 세계의 전령으로 뽑아 달라고 했다. 그러나 동물들의 대답은 한결같았다. "너 혹시 어떻게 된 거 아니니? 마음만 먹으면 언제든 토끼가 너보다 훨씬 빨리 달릴 수 있다는 건 너만 빼놓고 다 아는 사실이야. 자만하지 마, 알겠니?"

신이 인간에게 요구하는 구원과 해탈에 대한 대가는 절제다. 신을 위한 절제 요구가 아니다. 인간 자신을 위한 자애의 절제다. 자식의 일탈을 안타까워하는 자애의 가이드라인이 임계장력이다.

옥돔 명인이 있었다. 청정 바다에서 낚시로 잡은 옥돔에 소금을 치고 숙성 건조 과정을 거쳐 짭짤한 맛에 쫀득한 식감의 옥돔을 만들었다. 어머니로부터 30여 년간 눈으로 보고 배운 기술이었다. 수산전통식품 분야의 식품명인으로 지정되었다. 사업자 등록을 하고 택배를 통한 전국배송시스템을 도입해 부와 명예를 얻었다. 그러나 과한 욕심이 문제였다. 중국에서 옥돔을 무더기로 들여와

국산으로 둔갑시켜 전국에 팔다가 붙들렸다.

쥐벼룩만 한 놈이라고 항상 놀림을 받던 쥐벼룩 네 마리가 태양계의 주신 제우스를 찾아가 집단 하소연을 했다. 제우스는 그들의 하소연을 들어 주기로 했다.

첫 번째 쥐벼룩은 '소'가 되고 싶다고 해서 소가 됐다.

두 번째 쥐벼룩은 '새'가 되고 싶다고 해서 새가 됐다.

세 번째 쥐벼룩은 '쥐'가 되고 싶다고 해서 쥐가 됐다.

네 번째 쥐벼룩은 욕심이 많았다. 그는 '모두 다' 되고 싶다고 했다.

그러자 그는 소새쥐(소시지)가 되고 말았다.

옛날에 나라 창고 뒤편에 살던 사람이 창고 밑에 난 조그만 구멍으로 쌀을 꺼내 그것으로 부족하지 않게 평생을 살았는데, 그 비밀을 아들에게 일러주고 죽었다. "내가 일찍이 크게 취하지 않았고 적당하게 멈출 수 있었으므로 이익이 헤아림이 없고 술수가 어긋나지 않았던 것이다. 네가 나를 잇되 삼가서 어긋나지 않도록 하라."라고 하였다. 아들은 그만 욕심이 나서 구멍을 자꾸만 더 크게 뚫다가 발각되어 죽임을 당했다. 나쁜 도적질도 만족을 알면 위험하지 않으니, 하물며 사람 사는 일상의 일이겠는가.

인간은 위험한 물가에만 가지 않으면서 즐기면 된다. 임계장력 안에서의 자유다. 천국이 어린아이들의 것이니까. 적자지심(赤子之心)이다. 적(赤)은 붉다는 뜻이고, 자(子)는 아이를 말한다. 붉은빛이 도는 갓 태어난 어린이의 순수한 마음을 가진 상태가 적자지심이다. 태어날 때 가진 순수한 본성의 마음을 희구하는 절제의 삶을 살라는 것이다.

사회적 가면(Persona)을 벗고 순수로 돌아가는 것이 절제다. 페르조나는 사람(Person)이 첫째로 지켜야 할 책무의 어두운 그림자다. 인간이면 누구나 가지고 있는 원죄다. 벗어야 구원의 나팔 소리를 들을 수 있게 된다. 어린아이의 마음으로 돌아가는 것이다. 순수한 현재를 사는 것이다.

피카소는 이미 열다섯 살 때 벨라스케스처럼 그릴 수 있었지만, 아이처럼 (Childlike) 그릴 수 있게 되기 위해서는 60년이 걸렸다고 한다. 모든 일에 흥분하고 모든 것에 호기심과 관심으로, 과거를 돌아보지 않고 미래를 염려하지 않으며 오늘에 열정적으로 집중하는 때가 어린이의 시절이다.

시인 헤르만 헤세가 말했다.

인생에 주어진 의무는

다른 아무것도 없다네.

그저 행복하라는 한 가지 의무뿐.

절제는 쉬운 것이다. 울며 기도하는 것이 아니다. 어린아이처럼 순기능적으로 자연스럽게(Let it be) 사는 유희(遊戱)다. 그냥 즐기며 사는 것이다. 복음서에는 향락을 금지한 구절이 없다. 어머니의 품을 의심하지 않는 것이다. 의심하지 않는다는 말의 다른 표현이 믿음이다. 현재를 열정적으로 노는 듯 사는 '창조적 유희'다. 산을 산 되게 하며 물은 물 되게 하며 자연은 자연 되게 하는 순기능이다. 인간도 자연의 한 부분이 되라는 것이다. 순기능을 파괴할 때 인간은 도태된다. 자연스러운 관계성 파괴다.

자연스러운 관계성 속에서 아름다운 결실이 창조된다. 관계는 만남이다. 남과 여의 바른 만남은 사랑을 창출하며 인간과 자연의 순리(順理)와 만나면 새 생명의 풍성함을 얻는다. 인간과 신의 인격적 만남은 구원과 해탈을 낳는다.

글로리아가 울프에게 묻는다. '만일 실제로 신의 임계장력이 존재하지 않는다면 당신이 경건한 삶을 살든 죄악으로 가득한 삶을 살든 간에, 결과는 그리 달라질 게 없다. 신의 존재에 배팅하던 부재에 배팅하던 중요하지 않다. 그러나 실제로 신의 임계장력이 존재하고 있다고 가정해 보라 절제의 삶을 거부하는 쪽에 건다면 영원한 저주라는 리스크를 감수해야 한다. 반면에 존재한다는 쪽에거는 승자는 구원받을 가능성을 갖는다. 그렇다면 영원한 지옥보다 구원이 나을 게 분명하므로 임계장력이 있다는데 근거한 절제를 택하는 쪽이 올바른 결정일 수밖에 없는 것이다. 어느 쪽으로 마음이 기우는가?'

순간 울프는 심리학자 에이브러햄 매슬로우의 욕구 5단계설, 즉 생리적 욕구가 충족되면 안전의 욕구를 원하게 되고 안전의 욕구가 충족되면 소속의 욕구가 움트고 소속의 욕구가 달성되면 자존의 욕구를 원하고 자존의 욕구가 충족되면 자아실현의 욕구가 움튼다는 욕구와 관련된 욕망이론을 떠올린다.

매슬로우는 인간이라는 동물은 순간을 제외하고는 만족할 줄을 모른다고 했다. 일단 한 가지에 만족하면 또 다른 욕구를 위해 움직인다고 말했다. 인간의 끝없는 욕망증폭현상을 베블린은 '고잉 콘선(Going Concern)'이라고 말했고 울프는 교수 시절 제자들에게 기대상승 신드롬(Escalating Expectation Syndromes)에 의해 쫓기는 '영원한 도망자'라고 표현했다.

영원한 도망자란 안분지족(安分知足)의 마음을 상실한 사람을 말한다. 편안한 마음으로 제 분수를 지키며 만족할 줄 아는 삶을 사는 것을 안분지족이라 한다. 족함을 알면 욕되지 않고 멈출 줄 알면 위태로움에 처하지 않는다.

어느 부자 사업가가 바닷가를 지나다가 한 어부가 배 곁에 드러누워 빈둥거리고 있는 것을 보고 어처구니없어 하며 물었다.

"왜 고기잡일 안 나가시오?"

"오늘 몫은 넉넉히 잡아 놨지요."

"필요한 것보다 더 많이 잡으면 되잖소?"

"그래서 뭘 하게요?"

"그러면 돈을 더 벌 수 있지요. 그 돈으로 당신 배에 알맞은 발동기를 살 수도 있고, 그러면 더 깊은 데로 가서 고기를 더 많이 잡을 수 있고, 그러면 또 돈을 더 장만해서 나일론 그물을 갖출 수 있고, 그러면 또 더욱 고기를 많이 잡을 수도 있고, 그만큼 많은 돈을 벌 수 있지요. 그리고는 얼마 안 가서 당신은 거대한 선박을 여러 척 거느리게 될지도 몰라요. 그렇게 되면 당신도 나처럼 부자가 되는 거지요."

"그리고는 뭘 하죠?"

"그리고는 편안히 앉아서 삶을 즐길 수 있죠."

어부는 흐뭇한 미소를 지으며 이렇게 말했다.

"당신은 지금 내가 뭘 하고 있다고 생각하시오?"

울프가 인간인 동물이 여타 동물들보다 더 나을 것이 없다는 생각을 하면서 월트 휘트먼의 '동물'이라는 시를 떠올린다. 모습을 바꾸어 동물들과 함께 살았으면 하고 생각한다. 인간은 자애(自愛)의 언덕을 넘어 이기(利己)로 살고 짐승은 이치(理致)로 살기 때문이다.

인간은 생각하는 동물이기에 존엄하다고 한다. 그러나 때로 그 '생각'이란 것이 사랑하는 상황 속에서도 계산하게 만든다. 그리고 웃으면서 나쁜 짓을 기획하는 악인들이 있다. 아무런 조건 없이 줄 수 있는 사랑을 그 어떤 인간이 동물만큼 할 수 있을까?

그들은 평온하고 스스로 만족할 줄 안다.

나는 자리에 서서 오래도록 그들을 바라본다.

그들은 땀 흘려 손에 넣으려고 하지 않으며 자신들의 환경을
불평하지 않는다.

그들은 밤늦도록 잠 못 이루지도 않고 죄를 용서해 달라고 빌지도
않는다.

그들은 신(神)에 대한 의무 따위를 토론하느라 자신을 괴롭히지도
않는다.

불만족해 하는 자도 없고, 소유욕에 눈이 먼 자도 없다.

다른 자에게, 또는 수천 년 전에 살았던 동료에게 무릎 꿇는 자도
없으며

세상 어디를 둘러봐도 잘난 체하거나 불행해 하는 자도 없다.

인간을 제외한 모든 동물은 일생에서 일차적으로 할 일은 바로 현재를 즐기
는 것임을 안다(The only reason to be alive is to enjoy it). 동물들은 제1원인인 시작
과 끝을 잊고 산다. 시작을 알면 신을 떠받들며 살아야 하는 골치 아픈 절차가
생기기 때문이다. 끝을 생각하면 미래를 위한 욕망의 환유(換喩)가 시작되기 때
문이다. 그래서 현실이라는 허술한 구조의 중간이 내가 태어나고 살고 죽는 시
간과 공간이라는 인식 아래 열정적으로 현실을 산다. 우주의 신비스러운 떨림
에 대한 방향성을 오늘에 맞추고 있다. 현실을 준 절대자에 대한 감사와 헌신이
열정이라는 태도다.

동물들은 창조주를 부르지도 부정도 하지 않고 존 레논의 '상상해 봐요(Imagine)'라는 노래 가사처럼 상상의 세계를 잘 산다.

상상해 봐요 천국이 없다고
쉬워요 해보면
우리 밑엔 지옥이 없고요
우리 위에 있는 건 그냥 하늘이라고요
사람들은 오늘을 사는 거라고 상상해 봐요

인간들은 저마다 구구절절한 사연 많은 삶을 살다가 간다. 말 못할 사연 없이, 유토피아를 살다 가는 사람은 세상 어디에도 없다는 서양 속담(Everyone has a skeleton in his closet)도 있다. 철학자 플라톤은 모든 인간이 삶이라는 전투에서 외롭고 힘겨운 투쟁의 길을 가고 있으니 만나는 모든 이들에게 친절하라는 말을 남겼다(Be kind, for everyone you meet is fighting a hard battle). 어느 시인의 '흔들리며 피는 꽃'이라는 시의 일부다.

젖지 않고 피는 꽃이 어디 있으랴
이 세상 그 어떤 빛나는 꽃들도
다 젖으며 젖으며 피었나니
바람과 비에 젖으며 꽃잎 따뜻하게 피었나니
젖지 않고 가는 삶이 어디 있으랴.

저승에 잘못 불려온 선비에게 미안한 마음을 가진 옥황상제가 들어줄 만한 소원 하나를 말해보라고 했다. 선비는 "세상에 돌아가서 그저 수더분한 마누라 하나 얻어 자식이나 몇 낳아, 병 없이 잘 키워 다복하게 살고, 부부 해로하고 살다가 병 없이 한 날, 한 시에 죽는 것이 소원입니다." 했더니 옥황상제가 생사부(生死簿)를 책상에 휙 던지면서 "그런 유토피아가 있으면 내가 가서 살겠다."고 했다는 이야기가 있다. 그러나 여타 동물들은 특별히 인간들에게 당한 사건 외에는 개인사가 거의 없는 평온한 삶을 살다 간다.

추사 김정희가 산사에서 스님과 대화를 나누며 쓴 '산사(山寺)'라는 시의 일부다.

식체공부수득료(拭涕工夫誰得了)

눈물을 씻는 공부 누가 다 했다고 했느냐

송풍만학일빈신(松風萬壑一顰申)

솔바람 불 때마다 일만 골짜기가 한 번씩 찌그렸다 폈다 하는데

눈물을 팔뚝으로 훔치는 것이 식체(拭涕)다. 인생을 살면서 이제 더 이상 눈물을 닦는 공부를 누가 마쳤느냐. 인생을 살면서 이제 더 이상 울지 않는, 그런 경지에 이른 사람이 누구인가? 산사에서 차를 마시며 스님과 얘기를 나누는데 문득 슬픈 얘기가 나왔을까. 스님이 갑자기 눈물을 흘리는 것이다. 세상과 절연한 이 깊은 곳에 사는 스님 또한 슬프고 서러운 사연을 못 잊고 있다는 구절이다. 추사는 생각한다. 인간은 살아 있으면서 슬픔을 졸업할 수 없다고. 그런 생각을 하면서 창문 아래 펼쳐진 산들을 본다.

솔바람이 부니 만 개의 골짜기가 바람 따라 찌푸렸다가 펴졌다가 하는구나. 골짜기라는 것은 원래 접혔다가 펴졌다가 하는 형상이 아니던가. 그런데 사람의

마음 번뇌로 바라보니, 그게 사람의 감정 그대로인 것처럼 보인다. 마음이 문제, 일체유심조(一切唯心造)다.

한 체로키 인디언 노인이 손자에게 말했다. 마음속에는 늘 싸움이 일어난단다. 그 싸움은 마치 두 마리 사나운 늑대가 싸우는 것과 같지. "어떤 늑대가 이겨요?" 손자가 물었다. 노인이 답했다. "네가 먹이를 주는 놈이 이기지." 일체유심조다.

한참 김을 매고 있던 아낙네가 갑자기 밑이 가려워 어쩔 줄을 몰라 다리를 이리도 꼬아보고, 저리도 꼬아보고, 벌렸다가, 오므렸다가…

개미 한 마리가 고쟁이 속으로 들어가 아낙네의 깊숙한 곳을 마구잡이로 휘젓고 다닌 것이다. 급기야 치마를 올리고 고쟁이를 홀랑 벗어 던지고는 그 깊숙한 곳에 가운뎃손가락을 집어넣고 개미를 빼내려고 마구 돌리고 있었다.

마침 지나가는 나그네가 그 광경을 보게 되었는데 나그네 왈, "아무리 남자 생각이 나고 참기 힘들기로서니 벌건 대낮에 아낙네가 그 무슨 음탕스러운 짓이오?"

아낙네는 너무 억울했다. "그, 그게 아니라 개미가 아래 구녕 속으로 들어가서 나오지 않아 지금 빼내고 있는 중이라오."

"아 그랬군요. 음녀라고 한 것을 사과하오. 그래, 얼마나 간지러우시겠소?"

나그네는 아낙네가 안타까워 개미를 죽일 수 있는 방법을 생각해 냈다.

"우리 그 개미를 낑가 쥑입시다!"

아낙네는 나그네의 호의가 너무나 고마웠다.

"그거 정말 좋은 생각입니다. 지금 당장 낑가 쥑입시다."

둘은 고추밭에 누워 "워매, 나 죽어!" 하면서 열심히 개미를 낑가 죽이고 있었다. 우여곡절 끝에 개미를 낑가 죽이고 확인 사살로 익사까지 시켰다. 아낙네가 옷매무새를 고치면서 야릇한 미소로 나그네에게 하는 말….

"나그네님요, 누가 지금 우리 모습을 보았다면…우리가 꼭 성교하는 줄 알았겠죠?"

일체유심조다.

젊음은 몸에 피는 꽃이고, 청춘은 가슴에 피는 꽃이다. 시간이 지나면 젊음은 시들어 버리지만 청춘은 내 마음이 버리지 않는 한 가슴에 피어있는 푸른 꽃이다. 마음의 문제다.

울프가 강화도 마니산 부근에서 만난 마음이 부자인 사람을 떠올린다. 그는 석양의 강화 갯벌을 바라보며 수십억 원짜리 미소를 지으며 새우를 잡고 있었다. 그에게는 유명한 화가의 그림도 없었다. 그는 파도의 중얼거림, 새들의 노랫소리와 이따금 들려오는 갈매기 울음소리를 음악으로 들을 수 있는 값진 귀를 가지고 있었다. 그는 하늘과 별과 달빛을 관조하는 보석보다 귀한 마음의 눈을 가지고 있었다. 그는 자신의 주인인 신의 이야기를 들을 수 있는 진귀한 마음의 귀를 가지고 있는 사람이었다. 그는 흘러가는 물소리를 가슴에 들일 줄 아는 마음을 지녔다. 그는 다만 마음의 평화를 지닌, 행복하고 만족할 줄 아는 자유인이었다.

요(堯)임금이 천하를 넘겨주려 하자 "뱁새는 깊은 숲 속에 둥지를 짓는다 하더라도 나뭇가지 하나면 충분하고, 두더지가 넓은 강물을 마신다 하더라도 자신의 작은 배를 채우면 그만입니다."라고 하면서 거절한 허유(許由)가 가진 큰마음의 재산 이상을 소유하고 있으나, 그래도 그는 가끔가끔 소액환의 부족에 대한 마음의 평형을 잃고 헤매기도 하는 평범한 사람이었다. 작은 고통이 일으키는 마음의 잔잔한 물결이 삶의 동력이 된다고 생각하는 사람이다.

영생의 탐욕에 사로잡힌 인간들이 상좌 마귀의 유혹에 넘어가 현재라는 시간을 내어주고 과거와 미래라는 시간과 교환거래를 한다. 과거의 회한과 미래를 위한 끝없는 탐욕. 인간타락의 핵심이다.

과거와 미래는 시간 속에 있지만, 현재는 시간에 묶이지 않고 자유롭다는 사실을 인간들이 망각해 버린 것이다. 나쁜 되새김질인 과거의 기억은 상처, 원망과 회한 그 모든 것이며 현재가 없는 미래는 목적 지향적 소외의 내일이라는 덫이다. 내일의 덫에 걸리면 진정한 행복은 없다는 거다. 집착이 없는 시간 속에 진정한 자유와 행복이 있다는 거다. 과거는 지나갔고 미래는 아직 오지 않은 허상이다. 현재가 진리다. 진리가 우리를 자유롭게 한다. 현재를 살고 있는 나만이 진정한 나인 것이다. 조고각하(照顧脚下), 지금 서 있는 발밑을 살피면 그곳에 진리가 있다는 것이다. 현재에 깊은 집중을 둘수록 행복해진다. '존재의 순간'이 현재다.

시와 술 그리고 거문고를 즐겨, 스스로 삼혹호(三惑好)라 부른 시인의 별 이규보는 오늘을 이렇게 노래했다.

내 평생에 슬픈 일은
오늘이 흘러 어제가 되는 것.
어제가 모이면 곧 옛날이 되어
즐거웠던 오늘을 그리워하리.
훗날 오늘을 잊지 않으려거든
오늘을 한껏 즐기자꾸나.

현재를 산다는 것은 시간의 하류인 과거와 상류인 미래의 중간인 오늘을 산다는 의미뿐만 아니라, 실존의 진정성과 진지한 열정을 내포하고 있는 말이다. 현재의 시간을 충일한 감정으로 연소시키지 못하면 과거의 회한과 미래의 불안이라는 감정의 찌꺼기 속에서 괴로움을 겪게 된다.

존 그린리프 휘티어는 그의 시 '모드뮬러(Maud Muller)'에서 가장 슬픈 표현의 한 시구를 '그때 왜 안 해봤을까!'라고 했다.

It might have been!

신데렐라는 결혼 후 행복했을까? 과거의 회한에 사로잡혀 현재의 자신을 괴롭히고 있지 않을까? 과거의 회한에 사로잡히면 왕자까지도 불행하게 만들 텐데. 왕자를 과거의 불행에 대한 보상으로 신이 보내준 선물로 받아들였을까?

현재는 지나간 시간과 미래의 시간을 투영하며 돌아가고 있는 섬세한 필름 위에 부풀어 오른 시간의 거품이다. '오! 순간이여! 너는 얼마나 아름다운가, 기다려라!' 미래도, 과거도 바라볼 필요 없다. 단지 현재 속에 행복과 기쁨이 있을 뿐이다. 열정으로 나는 새는 뒤돌아보지 않는다. 그리고 언제 너에게 생명을 허락하시는 신께서 내일을 보장하여 주시던가?

문정희의 '은밀한 노래'라는 시의 일부다.

온몸을 쥐어짜는 염소의 울음에
벌판의 풀들이 흔들린다.
네 발로 딛고 있는 이 지상을

곧 떠나리라는 것을

염소도 풀들도 다 아는가 보다.

지금 이 순간이 전부라는 것을….

해결될 문제라면 걱정할 필요 없고, 해결 안 될 문제라면 걱정해도 소용없다는 마음으로 오늘을 산다. 탐욕 아닌 열정으로 오늘을 아름답게! 욕이불탐(欲而不貪)이다. 우리는 오늘을 살려고 여기에 왔다.

페르시아의 시인 오마르 하이얌의 '루바이야트'라는 시의 한 소절이다.

아름다운 여인이여 잔을 채워라.

세월이 간다고 슬퍼할 것 하나 없다.

오지 않는 내일이며 가고 없는 어제인즉

오늘이면 족하지 무엇을 개의하랴.

노화의 퍼즐을 잘 맞추면 상당한 수명의 연장이라는 미래의 약속을 받아올 수도 있다. 그러나 어떻게 죽지 않고 오래 살 것이냐가 아니라 오늘을 어떻게 살아야 할까에 맞춰야 한다.

도연명의 '귀거래혜사' 일부다.

이제 돌아가리라.

고향전원(田園)같이 황폐해지니 이제 돌아가리라.

이제껏 마음이 육체의 노예가 되어 일했으나,

어찌 홀로 슬퍼하고 서러워만 할 것인가.

이미 지난 일을 탓하고 후회해봤자 소용없고

이제부터 바른길 가는 것이 옳다는 것을 깨달았도다.

인생길 잘못 들어서서 헤맨 것 사실이나 그리 멀리 가진 않았으니

이제야 오늘 생각이 맞고 어제 행동이 틀렸음을 알았다네.

변화하는 대자연의 수레를 탔다가 이 생명 다할 때 돌아가리니

주어진 천명을 즐길 뿐 무얼 염려하랴.

미래는 문법 없는 언어이고, 꿈이 없는 무의식이다. 미래는 다시, 또다시 아무 것도 아닌 과거가 되기 위해 필연적으로 무언가 되어야 하는 순수인 것이다. 현재는 미래라는 대어를 낚는 미끼다. 미래의 가능성은 결코 하나로 찾아오지 않는다. 미래는 여러 개로 나누어지면서 서로 중복되지도 만나지도 않는 길들이다. 가슴 뛰는 길로 가라. 미래는 가능성에 따라 펼쳐지는 미래성이 열려있는 오늘의 부채(負債)다. 그래서 지저스 클라이스트께서는 천국으로 향하는 방향의 길에 서서 계시면서 천국이 가까이 왔다고 말씀하셨다. 나는 길이요, 진리니….

03

신의 이법과 임계

신의 이법과 임계

에덴동산에서 추방당한 아담이 신의 이법(理法)인 임계장력을 제멋대로 넘은 잘못으로 얻은 오늘을 인정하지 않고 과거의 회한에 사로잡힌다. 하나님은 에덴동산과 뱀을 증오하고 있는 아담의 마음속 생각을 알아차렸다. 그에게 에덴동산에 돌아와 영원히 살게 하신다.

뱀과 이브는 저 땅으로 추방하고 아담 혼자 그곳에서 살게 한 것이다. 그는 창조주에게 버림받은 채 여인도 잃고 창조주 아버지의 사랑도 잃고 영원한 권태라는 끔찍한 운명에 처해진 것이다. 현재를 인정하지 않는 죄로 독방지옥을 산다.

세계 최고의 베스트셀러인 바이블 창세기 19장 26절에 '롯의 아내는 뒤를 돌아본 고로 소금 기둥이 되었더라.'라는 구절이 있다. 임계장력을 벗어난 타락한 도시 소돔과 고모라를 떠나 살라는 신의 마지막 자비를 잊고 과거를 돌아본 롯의 아내가 범한, 현재를 살지 않은 죄의 대가를 이야기하고 있다.

지옥의 간수장이 괴테에게 묻는다. 지옥 생활에서 제일 그대를 괴롭게 하는 것이 무엇이냐고? 괴테의 대답이다. 그 시절 그때 사랑하던 그 사람과 두 손잡고 걷던 그 봄날, 그 꽃길의 추억이 가장 나를 괴롭힌다고.

길을 가다가 비를 만난다. 햇빛이 비칠 날을 기다린다. 오늘은 일곱 빛깔 무지개와 함께 맑게 갠 하늘을 만났다. 내일의 날씨는 내일이 걱정해줄 일로 미루고 오늘은 기쁜 감사의 노래를 부른다. 삶의 진정한 의미는 오늘에 있다. 삶은 현재의 시간을 여행하는 것이다(Life is journey, not destination). 살아 있을 때 미친 듯 열정적으로 살라는 것이다.

헬렌 켈러의 한편의 시와 같은 수필 '내가 사흘 동안 볼 수 있다면'의 일부다.

헬렌 켈러가 어느 날,

숲 속을 다녀온 친구에게 물었다.

무엇을 보았느냐고….

그 친구는 별반 특별한 것이 없었다고 말했다.

헬렌 켈러는 이해할 수가 없었다.

두 눈 뜨고도, 두 귀 열고도

별로 특별히 본 것도 들은 것도 없고,

할 말조차도 없다니….

그래서

비록 보지도, 듣지도, 말하지도 못했던 헬렌 켈러였지만

그녀는 스스로

만약 자신이 단 사흘 만이라도 볼 수 있다면

어떤 것을 보고 느낄 것인지 미리 계획을 세웠다.

첫째 날,

나는 친절과 겸손과 우정으로 내 삶을 가치 있게 해준

설리번 선생님을 찾아가

이제껏 손끝으로 만져서만 알던 그녀의 얼굴을

몇 시간이고 물끄러미 바라보면서

그 모습을 내 마음속에 깊이 간직해 두겠다.

그리고

밖으로 나가 바람과 나풀거리는 아름다운 나뭇잎과 들꽃들

그리고 석양에 빛나는 노을을 보고 싶다.

둘째 날,

먼동이 트며 밤이 낮으로 바뀌는 웅장한 기적을 보고 나서,

그리고 저녁에는

보석 같은 밤하늘의 별들을 바라보면서 하루를 마무리하겠다.

마지막 셋째 날에는

사람들이 일하며 살아가는 모습을 보기 위해

아침 일찍 큰길에 나가 출근하는 사람들의 얼굴을 볼 것이다.

천지창조의 첫날, 그것을 우리가 두 눈으로 직접 본다면 얼마나 감동적일까? 차분히 살펴보면 오늘이 천지창조의 새날이다. 우주의 비산이 오늘도 일어나고, 태양도 계속 움직이고, 우리의 세포도 계속 새롭게 태어나고 있다. 똑같은 현상은 한순간에도 없다. 창조주의 천지창조는 진행형이다. 잠자리에서 일어나 바라보는 햇살이 내가 바라본 천지창조의 첫 진행이다. 어제의 창조는 지나갔고 오늘의 창조가 내 눈앞에서 시작되고 있다. 어찌 오늘을 감동으로 바라보지 않으랴!

구상 시인의 '그리스도 폴의 강 24'라는 시다.

오늘 마주하는 이 강은 어제의 그 강이 아니다.
내일 맞이할 강은 오늘의 이 강이 아니다.
우리는 날마다 새 강과 새 사람을 만나면서
옛 강과 옛사람을 만나는 착각을 한다.

생각을 들여다보자. 생각은 떠올랐다. 잠시 머물고 곧 사라진다. 과거는 이미
지나갔고, 미래는 아직 오지 않았다. 또한 우리가 지금 겪고 있는 현재의 생각
은 금세 과거가 된다. 우리가 실제로 지닐 수 있는 유일한 것은 바로 이 순간뿐이다.
1세기의 로마 시인 호라티우스는 말했다 '카르페 디엠(Carpe Diem: seize the day)
현재를 즐거워하라.' 어느 선사는 날마다 좋은 날 '일일시호일(日日是好日)'을 살라
했다. 넘치는 에너지, 음탕을 닮은 작은 희롱, 해맑은 파안대소, 넘치는 잔의 물
방울 소리, 노동이 끝난 후의 수확이 있는 순간들을 사는 것이 호일(好日)이다.

화담 서경덕과 박연폭포와 더불어 송도삼절(松都三絶)이라 불렸던 황진이의 시다.

산은 옛 산이로되 물은 옛 물이 아니로다
주야에 흐르니 옛 물이 있을쏘냐
인걸도 물과 같도다. 가고 아니 오노매라

어느 시인의 '모든 순간이 꽃봉오리인 것을'이라는 시의 일부다.

나는 가끔 후회한다.
그때 그 일이
노다지였을지도 모르는데….
그때 그 사람이
그때 그 물건이
노다지였을지도 모르는데….
더 열심히 사랑할걸.

호라티우스의 아내는 얼굴이 햇볕에 그을리는 것이 싫어서 화창한 날은 외출을 삼갔다. 중년이 되면서 허리를 아낀다는 생각으로 부부관계를 거절했다. "남편과의 섹스? 세상에… 하하하, 어떻게 품위 있는 사람이 가족과 그 짓을 할 수 있지?" 그리고 몸매를 생각하며 절식을 하다가 영양실조로 죽었다. 호라티우스는 아내에게 "그 몸매, 그 얼굴 아껴서 언제 어디에 쓸 거냐?"며 마음속으로의 불만을 시로 은유하며 '카르페 디엠'이라고 절규했다.

시인 구르몽은 '낙엽'이라는 시를 통해 어차피 우리 모두 낙엽처럼 사라져 버릴 운명이니 시간 낭비하지 말고 내 곁에 가까이 오라고 연인을 부르고 있다.

시몬, 너는 좋으냐? 낙엽 밟는 소리가.
가까이 오라, 밤이 오고 바람이 분다.
시몬, 너는 좋으냐? 낙엽 밟는 소리가.

가랑비가 오고 있다. 당신은 길거리에 나와 우산을 편다. 이걸로 족하다. "또 고약한 장맛비야!"라고 절규한들 무슨 소용인가. 빗방울에도 구름에도 바람에도 아무런 소용이 없다. "오! 근사한 가랑빈데! 이 순간도 곧 지나가리라."라고는 왜 말하지 않는가. 그래 봤자 빗방울에 아무 소용도 없으리라는 것은 나도 잘 알고 있다. 그건 사실이다. 그러나 당신에게는 좋은 것이다. 작은 기쁨의 충동 효과로 온몸에 생기가 나 정말로 따스해질 것이다. 비를 맞고도 감기가 들지 않으려면 이래야 하는 것이라고 프랑스 철학자 알랭(Alain)이 말했다. "오늘을 즐겁게!"

삶의 가장 큰 목적은 삶을 풍요롭게 하는 데 있다. 삶을 풍요롭게 하는 것은 현실에 충실했을 때 가능하다. 과거에 사로잡히면 과거의 어둠이, 미래에 사로잡히면 미래의 수많은 상념과 탐욕들이 인간을 짓누른다. 그래서 과거와 미래로부터 자유로운 사람이 적극적인 삶을 살 수 있으며 행복의 콧노래를 흥얼거릴 수 있다.

연속되는 현재에 자신의 선택을 즐길 줄 아는 능력, 그것이 진정한 자유다. 우리는 지금 이 순간을 산다. 어제의 비로 오늘의 옷을 적시지 말고 내일의 비를 위해 오늘 우산을 펴지 말아야 한다. 어제는 지나갔고 내일은 막상 내 앞에 오늘로 다가설 때까지는 나와는 아무 상관이 없다. 결과에 관심을 집중시키면 과정에 기울이는 힘은 약해진다. 체계는 무너지고 변명과 비난이 난무하는 가운데 에너지가 상실된다. 또한 내일 하겠다는 선은 선이 아니다.

장자가 감하후(監河侯)에게 곡식을 꾸러 갔다. 감하후가 "꿔드리지요. 나는 장차 영지의 세금을 거둬들일 계획인데, 그때 선생에게 300금을 드리도록 하겠습니다. 괜찮겠습니까?"

장자가 분노의 얼굴로 말한다. "내가 이곳에 올 때 수레바퀴 자국 속에 있는 붕어가 나를 부르길래, "붕어야, 무엇 때문에 그러는가?" 물으니 붕어가 대답했습니다. "약간의 물이 있으면 나를 좀 살려 주시오." 내가 말했습니다. "알았다. 내가 이제 남쪽나라로 왕을 만나러 가는데, 나중에 서강(西江)의 큰물을 끌어다가 너를 찾아 보내주지, 괜찮은가?" 붕어가 화난 빛을 띠며 말했습니다. "나는 용왕의 신하인데, 나와 함께 있던 물을 잃었기 때문에 당장 거처할 곳이 없습니다. 지금 한 쪽박의 물만 있으면 살 수 있습니다. 그런데 당신이 그런 말을 하니, 차라리 나를 건어물 가게에 가서 찾는 편이 나을 것이오." 이렇게 말하였습니다."

뉴욕 맨해튼의 흑인 거지가 쓴 '내가 배가 고플 때'라는 시다.

내가 배가 고플 때
당신은 인도주의 단체를 만들어 내 배고픔에 대해 토론해 주었소.
정말 고맙소.
내가 감옥에 갇혔을 때
당신은 조용히 교회 안으로 들어가 내 석방을 위해 기도해 주었소.
정말 잘한 일이오.
내가 몸에 걸칠 옷 하나 없을 때
당신은 마음속으로 내 외모에 대해 도덕적인 논쟁을 벌였소.
내가 병들었을 때
당신은 무릎 꿇고 앉아 신에게 건강을 기원했소.
하지만 난 당신이 필요했소.
내가 집이 없을 때
당신은 사랑으로 가득한 신의 집에 머물라고 내게 충고를 했소.

난 당신이 날 당신의 집에서 하룻밤 재워 주길 원했소.

내가 외로웠을 때

당신은 날 위해 기도하려고 내 곁을 떠났소.

실체는 고정된 현상이 아니다. 어제의 생각으로 오늘을 대비하면 실패한다. 내일이 오면 내일을 기쁨으로 맞지 못하게 된다. 오직 오늘의 반응만이 실체와 부합할 수 있는 진리다. 그래서 오늘이 제일 중요한 때이며 오늘 만난 사람이 가장 중요한 사람이다. 오늘의 일은 오늘의 살아있는 정신과 열정으로 처리해야 한다. 오늘 이 순간만이 신이 내게 허락한 자유의 시간이다. 진리가 우리를 자유롭게 하리라.

저기! 저기! 나비

저쪽에 있다 아니

저쪽이 아니라 이쪽! 이쪽!

인간은 준비하고, 준비하고, 준비하는데 자신의 삶을 다 소모한다. 단지 전혀 준비하지 못한 다음 생을 맞이하기 위해. 미국 멤피스 공항 환승 터미널의 게시판에 쓰인 한 줄의 글이 있었다. '오늘은 당신 여생의 첫날입니다(Today is the first day of the rest of your life).

파울로 코엘료의 『아크라 문서』 중에서 '내 인생의 첫날'이라는 글이다.

나는 오늘을

내 인생의 첫날로 여기리라.

내 곁에 가족들이 있음을 기뻐하며,

그들을 경이로운 눈으로 바라보리라.

그동안 숱하게 이야기를 나누면서도

이해하지 못했던 사랑이라는

감정을 고요히 공유하리라.

성악설로 유명한 순자(荀子)가 '천지시야 금일시야(天地始也 今日始也)'라 했다. 하늘과 땅이 비롯된 것은 바로 오늘이라는 것이다. 우리가 보내는 오늘은 어제 죽은 이가 그토록 살고 싶어 하던 내일이었다. 진리에 있어 동서고금의 차이가 있을까.

미래를 위해 사는 것은 쫓기는 삶이 되어 이 세상이 '싸우는 곳'이나, 현재 충일이라는 이름의 이불을 덮으면 '노니는 곳'이 된다. 삶의 진정한 의미는 현재를 죽을 듯이 사는 열정에서 찾을 수 있다. 인생이라는 여정의 의미는 그 종착지에 있는 것이 아니라 그 길가에 있다. 현재 보고 느끼고, 가진 것에 감사하며 현재 노니는 그곳에 있다. 끊임없이 변모하는 것들 사이에서 아무것에도 집착하지 않고 영원한 열정을 꿈꾸고 다가가는 사람이 진정 행복한 사람이다. 삶의 가장 큰 목적은 오늘을 사는 삶 그 자체에 있다. 신이 우리를 이 땅에 보낸 목적 중 하나가 오늘을 열정으로 살다가 오라는 것일지도 모른다.

정철의 '장진주사(將進酒辭)'를 허무주의의 술 노래로 듣지 말고, 오늘을 열정으로 취해보자는 의미로 읽어본다.

한 잔 먹세그려 또 한 잔 먹세그려

꽃 꺾어 셈하며 무진무진 먹세그려

이 몸 죽은 후면

지게 위에 거적 덮어 줄 위에 매어갈지

꽃상여에 뭇사람이 울어줄지

억새풀 속새풀 떡갈나무 백양나무 숲에 가면

누런 해 흰 달 가는 비 굵은 눈발 소슬바람 불제

누구더러 한 잔 먹자 할꼬

하물며 무덤 위에 원숭이 울음 울 때야

뉘우친들 무엇하리

우리는 오늘 뭔가를 생산하기 위해서가 아니라 시간에 가치를 더해주기 위해 일한다. 그래서 바로 오늘보다 더 가치 높은 것은 아무것도 없다(Today, we work not only to produce, but to give value to time. Until nothing is worth more than this day).

은둔 시인 에밀리 디킨슨의 시간에 가치를 더하는 소박한 메시지다. '내가 만일'이라는 시의 일부다.

할딱거리는 개똥지빠귀 한 마리를 도와서

보금자리로 돌아가게 해 줄 수만 있다면

내 삶은 결코 헛되지 않으리.

식물은 1년에 한 번 죽는 연습을 한다. 가을에 잎을 떨어뜨린다. 겨울이 어떤 것인지 알기 때문이다. 그들은 가장 단출한 모습으로 선다. 스스로 이미 죽을 각오로 현재를 살고 있다. 그렇기 때문에 이미 많은 열매를 맺어 놓았고, 달콤한 과육 속에 자신의 모습인 씨앗을 담아 놓았다. 새도 가져가고, 바람도 가져가고 다람쥐도 가져간다. 또한 인간도 가져간다. 심지어 발밑을 흐르는 시냇물에도 몇 개 띄워 보낸다. 가지고 키워 낸 것은 모두 이렇게 나누어주고 기다린다. 봄은 겨울이 사라짐으로써 소생함을 알고 있다. 현재의 필요성을 넘어 미래의 소요를 위해 더 가지고 있다는 것이 어리석음임을 잘 알고 있기 때문이다.

벌은 제가 쓸 수 있는 것보다 더 많이 가지고 있다. 그래서 곰과 너구리에게 빼앗긴다. 물론 사람에게도 털린다. 자기의 몫 이상으로 가지고 있는 사람도 마찬가지이다. 전쟁으로, 명분으로, 간교한 사기로 자신이 더 많이 가질 권리가 있다고 허튼소리를 하지만 결국은 빼앗기게 마련이다. 그들도 결국 목숨을 잃게 된다. 자연의 이치가 그렇다.

식물은 가진 게 없으니 단출하다. 이 세상에 자신의 모습을 모두 남겨놓았으니 여한도 없다. 그리고 무엇보다 겨울이 끝날 것이라는 믿음을 가지고 오늘을 산다. 고통이 절망이 되지 않는 이유는 봄이 틀림없이 온다는 미래를 믿고 있기 때문이다. 불거불거(不居不去)다. 불필요하게 쌓아 둔 것이 없으니 잃어버릴 것이 없다는 것이다.

식물은 그 변태 과정에서 3번의 확장과 3번의 수축 과정을 거친다. 씨앗에서 잎으로 확장한다. 잎은 꽃받침으로 축소한다. 그리고 꽃잎이 커진다. 그러다가 암술과 수술로 축소된다. 다시 열매로 확장하고 그 열매 속의 씨앗으로 축소하게 된다. 이 원리를 자제의 원리라 부른다.

잎이 꽃으로 변할 때 이 원리는 절정에 달한다. 잎에 비하면 꽃은 죽어가는 기관이다. 그러나 이 죽어감은 존재를 위한 죽어감이다. 단지 형태의 변화만을 보이던 생명력이 이 단계에서는 영혼이라는 높은 수준의 징후를 보이기 시작한다. 이것은 곤충의 세계에도 적용된다. 애벌레의 왕성한 활동력이 나비라는 아름답지만, 덧없이 짧은 삶으로 변화한다. 구원과 해탈의 은유다. 자연은 다음의 계획에 관한 신의 살아있는 교육장이다. 보이는 것은 보이지 않는 것의 실상이다.

토르콰토 타소의 '해방된 예루살렘'에서 '아르미다의 정원'을 찬양한 노래다.

저 부드러운 장미봉우리를 보세요.

첫 번째 햇살에 처음으로 수줍게 고개를 내밀고

티 없는 잎새들 사이에 반은 열고 반은 닫은 채로

그 아름다움을 접어 두었으니 보이지 않을수록 더 고와 보여요.

그 아름다움을 한층 더 과감하게 활짝 펼치고 나면

그다음엔 시들다가 최후의 과도함 속에서 죽어가지요.

화려한 침대와 내실도 늙은 귀부인의 것과 숙녀의 것이

결코 똑같아 보이지는 않지요.

그렇게 하루가 지나는 동안 인간의 삶은

봉오리에서 꽃송이가 되고

그러면 더 이상은 피지 않고서 베어낸 풀처럼

창백하게 시들고 말라 간답니다.

오, 그러니 아직 시간이 있을 때 장미를 꺾으세요.

하루는 짧아서 시작하기가 무섭게 끝나니

아직 할 수 있을 때 사랑의 장미를 꺾으세요.

사랑하고 사랑받고, 안아주고 안기세요.

우리의 생명은 살아있는 자연과 한 그물로 연결되어 있다. 이 세상은 인간만을 위해 존재하는 것이 아니다. 우리는 광대한 우주, 살아있는 자연, 큰 생명의 일부일 뿐이다. 우리 인생은 천지자연에 대한 하나의 손님이다. 건곤의 무대에 던져진 하나의 손님인 것이다. 손님은 손님답게, 품위 있게 왔다 가야 한다. 손님이 영생의 주인인 척 모든 것을 주관하면 엉망이 되어버린다. 허허롭게 현재를 살아가야 한다. 살아 있는 것은 시간의 흐름 속에서 낡아 간다. 어차피 우주의 엔트로피는 시간의 추이에 따라 증가하게 되어 있는 것이기 때문이다. 이것을 알아야 현재를 풍성히 사는 빔의 마음을 갖게 된다.

죽음 없이 삶도 없다. 그리고 죽음 또한 현재 산 사람들의 문제이다. 죽은 사람에게 죽음은 아무 의미가 없다. 깨어서 살아 있다는 것은 낮 동안 빛 속에 있는 시간이다. 육체로부터 자유로운 어둠이 오기 전에 그들의 의미를 알고 있는 빛이어야 한다. 그늘은 휴식이다. 쉬는 것이다. 죽은 것이다. 그래서 오늘 빛의 시간이 중요하다. 품꾼같이 그날을 맞이하기 위해서…

과거는 회한의 후회를 상기시키며 미래는 끝없는 준비의 탐욕을 우리에게 가르친다. 어느 날 밀림 속에서 수련하고 있던 한 늙은 은자(隱者)가 움막 근처에서 호랑이가 크게 우는소리를 들었다. 그는 놀라 도망을 쳤고 호랑이는 그를 쫓아갔다. 그는 달리고 달려 마침내 낭떠러지에 다다랐다. 어쩔 수 없이 그는 벼랑 끝에서 뛰어내려 거기에 달려 있는 담쟁이덩굴을 붙잡았다. 위를 보니 호랑이가 울부짖으며 그를 노려보고 있었다. 이때 밑을 보니 또 다른 호랑이 한 마리가 그를 올려보고 있었다. 이때 희고 검은 두 마리의 쥐가 그 덩굴을 갉아먹기 시작하였다. 그 늙은이가 고개를 돌려보니 딸기 두 송이가 절벽에서 자라나고 있었다. 그는 손을 뻗쳐 그것을 움켜쥐고 먹고 나서 부르짖었다. "아 정말 맛있다!" 라고.

우리의 삶의 상황 또한 이와 다르지 않다. 우리는 삶과 죽음 사이에 매달려 있다. 시간이라는 낮과 밤의 검은 쥐와 흰쥐는 덩굴을 갉아먹고 있다. 이것이 우리의 삶이다. 우리는 매 순간의 선물에 감사로 대처할 수 있겠는가? 우리는 그 순간에 딸기를 먹고 '아, 정말 맛있다!'라고 감사의 찬송을 부를 수 있겠는가.

우리의 생이 짧다. 세상에 부러울 것이 없는 부자나 기타를 치며 동냥으로 연명하는 거리의 악사나 종국에는 똑같이 생명의 자궁인 한 줌의 흙으로 돌아가기 마련이다. 다른 점이 있다면 어떤 이는 생을 열정과 사랑으로 자신의 삶을 채우고 어떤 이는 탐욕과 회한으로 생을 채우다 간다는 것이다.

랭스턴 휴즈의 '도움말'이다.

내 말을 잘 듣게 여보게들,
태어난다는 것은 괴로운 일
죽는다는 것은 비참하지
그러니 꼭 붙잡아야 하네.
사랑한다는 일을 말일세.
태어남과 죽음 그 사이에 있는 동안.

행복한 삶을 산다는 것은 진리와 함께 현재를 열정적으로 사는 삶이다. 행복은 열정을 갖고 약동하는 생명 안에 존재한다. 가슴 뛰는 삶을 산다는 것이다. 가슴 뛰는 일을 찾아 하는 것이다. 그것이 신이 우리를 이 땅에 보낸 이유이자 목적이다.

작자 미상의 '신과 인터뷰'라는 시의 일부다.

내가 물었다.

"인간에게서 가장 놀라운 점이 무엇인가요?"

신이 대답했다.

"어린 시절이 지루하다고 서둘러 어른이 되는 것, 그리고는 다시 어린 시절로 되돌아가기를 갈망하는 것. 돈을 벌기 위해 건강을 잃어버리는 것. 그리고는 건강을 되찾기 위해 돈을 다 잃는 것. 미래를 염려하느라 현재를 놓쳐 버리는 것, 그리하여 결국 현재에도 미래에도 살지 못하는 것. 결코 죽지 않는 것처럼 사는 것, 그리고는 결코 살아 본 적이 없는 듯 무의미하게 죽는 것."

최고로 행복한 사람이란 가슴 뛰게 하는 일, 사랑하는 사람, 그리고 감사할 줄 아는 마음을 가진 사람이다. 생(生), 노(老), 병(病), 사(死)의 삶이라는 1막 4장으로 구성된 단 한 번 주어진 지구별에서의 축제 기간을 사랑하며, 즐기며 가슴 뛰는 일을 하다가 감사하다는 말을 남기고 가는 것이다. 생(生)해서 일원(一元)의 시간이 되면 멸(滅)하는 그 사이를 열정으로 연출하는 것이다.

한 인간으로 태어나 이름을 받고, 성별을 받으며, 한때는 어린아이로, 자라서는 젊은이로, 성인으로, 그리하여 그 숱한 사연들을 만들며, 그 숱한 사람들과 만나며, 때로는 사랑하고, 때로는 미워하고, 때로는 슬퍼하고, 만나고 헤어지고, 늙어가며 병들고, 영원하리라던 청춘의 푸른 날들도 필연으로 시들어 가는, 인생이란 쇼윈도 곁을 지나치는 짧은 통행이다. 자연 속에서의 인간은 잠시 비칠 정도의 단막의 역을 담당한 출연자다. 어둠 속으로 우리의 시야에서 사라져 갈

동안 우리가 바라보고 사랑할 빛의 시간이다.

사랑하는 만큼만 보인다. 사랑의 또 다른 이름이 관심이기 때문이다. 관심이 눈을 열게 한다. 같은 숲길을 걸어도 보고 싶어 하는 것만 눈에 보인다. 마음에 꽃이 피어야 들에 핀 꽃이 보인다. 많이 사랑하는 것만큼 삶의 폭이 커진다. 사랑한 시간만큼만 의미 있는 시간이며 진리다.

괴테의 '산 위에서'라는 시다.

만일 내가 너를 사랑하지 않는다면
어떤 기쁨을 이 경치가 줄 수 있었으랴!
만일 내가 너를 사랑하지 않는다면
어디서 나는 행복을 찾을 수 있었을까?

관심이 없을 땐 거기에 아무것도 없는 무(無)의 어둠 그것(It)이었다. 관심을 가질 때 너(You)라는 존재가 있었고 빛이 있었다. 그리고 너는 나를 존재하게 했다. 거기에 너와 나의 관계가 있었다. 관계라는 마음의 움직임인 만남이 있었다. 만남은 마음의 움직임이라는 생명활동인 신의 은총이며 사랑의 다른 이름이다. 만남의 상층부에 사랑이 존재한다.

있는 재산 다 준다고 사랑을 바치리오?

모든 참된 삶의 의미는 만남에서 시작된다. 인간과 인간과의 아름다운 만남은 사랑과 삶의 진정한 의미를 창출하며, 인간과 신의 인격적 만남은 구원과 해탈을 낳는다. 삶의 의미는 진정한 아름다운 만남의 지속성에 있다. 어떠어떠함으로 만나는 것이 아니라 있음 자체를 존중하며 사랑할 때 아름다운 만남이라 부른다. 아름다운 만남이라는 자양분 속에서 피는 꽃이 행복이다. 우리는 만났지만 진정 우리가 만났을까?

진정한 만남은 차이의 인정에서 출발한다. 진정한 만남은 언제나 한마음으로 일치함을 뜻하는 것만은 아니다. 그런 관계는 꼭두각시 관계밖에 없다. 진실 진정한 만남은 내 내면의 생각을 솔직히 표현해도 돌아서 가지 않을 거라는 믿음을 양쪽이 가진 상태를 의미한다.

김춘수 시인의 '꽃'이라는 시의 일부다.

내가 그의 이름을 불러주기 전에는

그는 다만

하나의 몸짓에 지나지 않았다.

내가 그의 이름을 불러주었을 때

그는 나에게로 와서

꽃이 되었다.

진리란 무엇인가? 또 어떻게 진리라는 것을 알 수 있는가. 현재의 끝에서 미래가 시작되지 않았을 때 느끼는 충일(充溢)한 기쁨이 함께하면 행복한 삶으로서 진리와 함께 한 삶이다. 우리는 행복이란 또는 성공이란 욕망을 만족시키는 데 있다고 믿게끔 길들여져 왔다. 그러나 그것이 아니라 충일한 감정의 퇴적이다.

그래서 우리는 틈틈이 나는 지금 무얼 하고 있는가? 지금 나는 현재 어디에 있는가를 물어야 한다. 그 물음의 대답은 존재론적인 대답이 아니라 지금 진행

되고 있는 것에 대한 인격적이고 열정적인 현존에 대한 대답이어야 한다. 공곡전성(空谷傳聲)이다. 계곡이 비어 있으면 메아리를 전할 수 있는 것과 같이 마음이 맑으면 삶의 깊은 의미를 볼 수 있게 된다는 것이다.

행복은 불필요한 것으로부터 얼마나 벗어나 있는가에 있다. 홀가분한 마음, 여기에 행복의 척도가 있다. 소유물은 우리가 그것을 소유하는 이상으로 우리 자신을 소유해 버린다. 필요를 충족시키는 곳에서 자족할 줄 알아야 한다. 삶의 목표가 풍부하게 소유하는 데 있는 것이 아니라 풍성하게 존재하는데 있어야 한다.

푸른 초장을 초장되게 하기 위해서 초장에 사슴만 둔 것이 아니라 사자도 함께 둔 것이다. 적정 이상의 풍족함이 지속적으로 창출되는 곳에는 새로운 사자가 진입해 온다. 새로운 번뇌의 싹이 자란다.

무상한 것에 집착함으로써 우리는 스스로 고통을 만들고 있는 것이다. 그것을 알게 되면, 우리는 자연스럽게 놓게 된다. 그래야 우리의 영이 공(空)하게 된다. 빈 곳에서 영혼의 청아한 메아리가 울려 나올 수 있다.

릴케의 아이들처럼 살라고 하는 '인생'이라는 조언의 시다.

인생을 꼭 이해해야 할 필요는 없다.

인생은 축제와 같은 것.

하루하루를 일어나는 그대로 살아 나가라.

바람이 불 때 흩어지는 꽃잎을 줍는 아이들은

그 꽃잎들을 모아 둘 생각을 하지 않는다.

꽃잎을 줍는 순간을 즐기고

그 순간에 만족하면 그뿐.

그래서 성공한 삶을 위해서는 버리는 방법을 발견하여야 한다. 과부족이 없는 삶을 위해서는 불필요한 것을 버리는 것이다. 초심자의 마음으로 돌아가(歸於初心) 그리고 또 버릴 것이 무엇인가를 결정하면 되는 것이다. 유아가 소년이 되기 위해서는 젖꼭지와 기는 방법을 버리고 오줌 누는 방법도 버려야 한다. 버리는 것이 성장한다는 의미다. 강물이 바다를 연하여 흐르는데 바다를 채우지 못하는 것과 같이 다 버린 후 마지막으로 남는 것이 있게 마련이다. 그것이 마음의 초보적인 호메오스타시스(恒心), 현재 만족이다. 인간이 행복을 느끼는 순간이다. 이것이 항상성(恒常性)을 가질 때 행복한 삶을 살고 있다는 거다.

　　살아 있다는 것은 스스로 변화한다는 것이다. 죽은 것은 스스로를 변화시키지 못한다. 단지 상황이 그것을 바뀌게 할 뿐이다. 이것은 변화가 아니다. 그저 썩어 가는 것이다. 삶의 진정한 의미는 '되어 가는' 과정 속에 있다. 이미 되어버린 것이나 미래에 동떨어져 있는 것이 아니다. 현재의 열정 속에 진정한 삶의 의미가 있다.

　　열정적으로 산다는 것은 변화를 만들어 가는 것이다. 변화를 만들어 가는 가장 강력하고 극단적인 방법은 혁명이다. 혁명을 규정하는 정의들 중에서 패러다임의 변화가 있다. 패러다임이 바뀌기 위한 전제는 정상으로 보이는 일상적인 것들에 대한 파괴와 단절을 가정하는 것이다. 혁명 속에는 항상 과거를 단절시키는 과정에서 발생하는 피의 냄새가 나는 이유는 여기에 있다. 핏속에는 언제나 죽음의 냄새가 난다. 그러나 피는 또한 새로운 탄생을 상징한다. 우리는 피를 흘리며 죽기도 하지만 어린아이는 어머니의 핏속에서 탄생한다. 바이블의 요체인 구원도 '피로써 정결케 되나니'다.

　　그러므로 삶은 피와 피 사이인 현재에서 존재한다. 과거라는 탄생과 죽음이라는 미래 사이에서 현재 존재하는 현존을 말한다. 살면서 새로운 삶을 살고 싶어 하는 사람이 있다면 정신적으로 우리는 죽어야 한다. 물리적 죽음이 오기 전에 우리는 정신적 해탈을 필요로 한다. 죽지 않고는 살 수 없다는 것이 혁명의 요체이다. 패러다임의 변화 즉, 사고의 축을 바꾼다는 것을 성서에서는 거듭난다는 단어로 표현하고 있다. 해탈과 부활은 현재를 열정적으로 산다는 다른 표현이다.

배추벌레는 열심히 먹어 살이 오르면 어느 날 고치가 된다. 고치는 배추벌레의 죽음이다. 또 어느 날 고치는 한 마리의 아름다운 나비로 변한다. 나비는 고치의 부활이다. 하나의 생명이 물리적으로 죽기 전에 그것은 눈부신 변신을 해내고 만다. 배추벌레는 자기 안에 힘을 가지고 있다. 고치가 되어야 할 시점에서 망설이지 않는다. 내일로 미루는 법이 없다. 현재를 열심히 산다. 미루는 것은 바로 죽음을 의미하기 때문이다. 자신의 입에서 실을 뽑아 스스로를 묶는다. 자유를 묶고, 싱싱하고 맛있는 배추 잎의 추억을 고통스럽지만 잊어버린다. 스스로 나비가 되어 하늘을 나는 꿈을 꾸며 좁은 공간 안에서 옷을 벗어버린다. 과거를 버리고 보다 나은 미래를 꿈꾸며 온전히 현재를 산다. 자연은 신의 산 교육장이다.

바쇼(芭蕉)의 하이쿠다.

더욱 보고 싶어라 꽃에 사라져 가는 신의 얼굴을

고슴도치 기름은 대머리 치료에 유용한 약재 중 하나다. 뇌의 모습을 하고 있는 호두는 뇌 영양에 좋다. 치열을 닮아 있는 옥수수에는 인간의 치아에 유익한 영양소들이 많다. 특히 옥수수 알이 붙어있는 몸통 부분에는 치근에 좋은 영양소가 많이 포함되어 있다. 자연 속에 감춰 두었다 인간에게 주는 신의 선물이다. 창조주의 교재(敎材)다. 진화론으로 풀 수 없는 창조의 신비 중 하나의 예다.

물총새는 길쭉한 부리와 날렵한 머리 모양 때문에 물속 먹이를 재빨리 낚아챈다. 인류는 태초부터 자연을 관찰하고 따라하면서 문명을 일궈왔다. 첨단기술도 예외가 아니다. 빠름을 자랑하는 신칸센은 개발 당시 소음이 심했다. 물총새를 본뜬 디자인으로 시속 320㎞를 자랑하는 신칸센500계(系)에서는 소음문제를 해결했다. 자연에서 영감 받거나 모방한 기술들은 성공률이 높다. 신의 교재를 잘 읽으면 성공한다.

풀잎 하나에도 별들의 운행에 버금가는 오묘한 신비를 간직하고 있음을 알고 있는 윌리엄 블레이크의 시다.

하나의 모래알 속에서 세상을 보고
들꽃에서 천국을 본다.
손바닥에 무한을 품고
한 시간에 영원을 담는다.

흰 눈이 생명을 얻기 위해서는 녹아 물이 되어 흘러야만 한다. 이스라엘 헬몬산의 눈과 이슬이 녹아 흘러내려 갈릴리 호수를 만들고 갈릴리 호수의 물이 요단강으로 흘러 사해를 만든다. 헬몬산의 눈과 이슬이 물이 되어 흐를 때까지는 살아 있었다. 이 물이 사해로 들어와 고일 때 죽었다. 살아 있다는 것은 받아 흘려보내는 그 사이를 의미한다. 현재시제를 의미한다.

신체도 내부에 물이 잘 흐를 때가 건강할 때다. 질병의 절대적 원인이 물, 즉 피가 잘 흐르지 않아 일어나는 현상이다. 의술이 마술로 인식되던 중세로부터 이발소를 상징한 문양이 피를 상징하는 붉은색, 칼날을 상징하는 파란색, 그리고 붕대를 상징하는 흰색으로 구성되어 있었다. 병들면 일차적 처방이 피를 흐르게 한 후 붕대를 감게 한데서 유래했다. 체했을 때 손을 따주면 시원해진다. 성인병에서 감기에 이르기까지 그 처방을 단순화시켜 보면 물을 잘 흐르게 하는 데 있다. 건강을 가꾸는 일차적 방안이 물을 잘 섭취하고 물기 있게 잘 배설하는 데 있다.

풍요(Affluence)의 어휘에는 '거침없이 흐른다(To flow to)'는 뜻이 들어있다. 사고(思考)도 마찬가지며 재물도 또한 같다. 흐르지 않으면 죽은 것이다. 생각과 돈은 힘의 한 형태이다. 피와 마찬가지로 흐를 때 현재 살아있다는 의미를 갖는다. 돈이 가장 효과적으로 흐를 때는, 그것과 맞바꾸는 삶의 에너지가 타인에 대한 서비스의 형태로 발휘되어 살아 흐르는 경우이다. 기쁘게 받아 감사의 노래와 함께 보내는 것이 현재의 삶이라는 비즈니스다. 체인(Chain)책무의 관계경영이 삶이다.

한 야생 멧돼지가 입 밖으로 삐죽 나온 이빨을 나무에 열심히 갈고 있었다. 지나가던 이리가 보고는 사냥꾼도 없는데 누워서 쉬지, 이빨은 왜 가느냐고 물었다. 멧돼지가 대답하기를 "사냥꾼이 들이닥쳤을 때 이빨을 갈면 너무 늦잖아!" 이 멧돼지에게는 오늘을 열정적으로 사는 '시간의식'이 있었던 것이다. 시간을 죽이면 결국 시간에 죽임을 당한다.

갑자기 눈보라가 몰아치는 어느 초겨울 날 한 농부가 길을 가다가 추위에 죽어가는 살모사 한 마리를 발견했다. 측은지심이 든 농부가 코트의 단추를 풀고 안가슴에 따뜻하게 품어 주었다. 생기를 되찾은 뱀이 농부의 가슴을 물었다.

"어이구, 신이시여! 자비를 베푼 보답이 이런 것이란 말입니까? 세상 참 더럽게도 주관하시는군요!" 하고 농부가 비명을 질렀다.

치료의 신 아폴로가 이 비난의 소리를 듣고 농부 앞에 나타났다. "착하고 자비로운 일로 고통을 당해서야 되겠느냐! 내가 상처를 치료해주마." 아폴로가 농부에게 말했다.

그런데 치료를 시작하려는 순간 농부가 색다른 주장을 펼치는 거다. "치료에 앞서, 배려에 대해선 감사를 드립니다만, 신께서는 진정 인간과 인간의 운명 사이에 개입하는 것이 옳다고 생각하시나요? 원칙적으로, 신들이 인간사를 놓고 이래라 하는 건 잘못된 것이라는 생각이 듭니다."

아폴로가 자신의 호의를 받아들이도록 원칙을 주장하는 농부를 설득하느라 진땀을 빼는 동안, 뱀의 독이 전신으로 퍼져 농부는 죽고 말았다. 농부가 현재를 놓친 것이다.

지저스 클라이스트께서 무리를 보시고 산에 올라가 앉으시니 제자들이 나아온지라 이렇게 가르치셨다.

"심령이 가난한 자는 복이 있나니 천국이 저희 것임이요, 온유한 자는 복이 있나니 저희가 땅을 기업으로 받을 것임이요, 긍휼이 여기는 자는 복이 있나니 긍휼히 여김을 받을 것이다."

그러자 시몬 베드로가 말했다.

"후학을 위해 그 말씀을 잘 기록해 놓을까요?"

그리고 유다가 말했다.

"그 말씀으로 출판하면 수익을 창출할 수 있을까요?"

그러자 마태오가 말했다.

"우리는 언제 여기서 떠날 건가요?"

그리고 그 자리에 참석했던 바리새인 하나는 지저스 클라이스트께 수업계획서를 보여줄 것을 요청하면서 선행연구에 없는 창조적 연구인가를 확인한 후 내일 다시 모여서 검토해 보자고 말했다. 그러자 지저스 클라이스트께서 우셨다.

알프레드 디 수자는 누가 나에게 오늘을 사는 지혜를 청한다면, 난 이렇게 답하리라 하며 '사랑하라, 한 번도 상처받지 않는 것처럼'이라는 시로 명쾌한 해답을 축약했다.

춤추라, 아무도 바라보고 있지 않은 것처럼

사랑하라, 한 번도 상처받지 않는 것처럼

노래하라, 아무도 듣고 있지 않는 것처럼

일하라, 돈이 필요하지 않는 것처럼

살라, 오늘이 마지막 날인 것처럼

시간에 대한 글로리아의 상세한 설명에 실비아는 언니를 자랑스러운 표정으로 흐뭇한 미소와 함께 쳐다보고 있다.

"인간들이 둥지에 함부로 똥 싸는 미물들 모양 절제를 잃고 살아 숨 쉬는 지구별을 황폐화시키고, 불필요한 도덕들로 스스로를 옭매게 하여 삶을 고해로 만들어버리고, 스스로 사회적 가면 페르조나(Persona)를 만들어 쓰고 사는 불편을 겪고 있지. 그래서 지성의 가면을 벗고 같이 부둥켜안고 소리 내어 울 수 있는 친구를 갖지 못하는 고독 속에서 몸부림치며 권태로워하고 있는 거야. 기도의 자장보다 고통의 신음 소리가 만들어 내는 자장이 소음이 되어 창조주를 괴롭히고 있는 상태지."

연극을 좋아했던 고대 그리스 로마인들은 언덕에 반원형으로 계단을 만들어 많은 사람들이 볼 수 있는 대규모의 야외극장을 지었다. 그런데 대형극장을 짓고 보니 다른 문제에 부딪혔다. 음향시설이 없는 시대이다 보니 뒷좌석의 관객은 배우들의 표정을 볼 수 없었고 대사도 들리지 않았다.

이에 대한 해결방안으로 배우들은 다양한 표정들이 그려진 큰 가면을 준비해 두고 상황에 따라 바꿔 쓰며 무대에 올랐다. 또 가면과 얼굴 사이에 큰 메가폰을 장치해서 배우의 목소리를 증폭시켰다. 로마인들은 이 가면을 페르조나(Persona)라 불렀다. 소리(Sound)가 가면을 뚫고(Pierce) 지나간다고 생각해서 Per(Pierce)+Sona(Sound)라 불렀다.

후일 셰익스피어는 연극의 중요성을 알리기 위해 "세상은 무대이고, 사람들은 배우일 뿐이어서, 모두가 적당할 때 입장하고 배역을 수행한 후 퇴장하는 캐릭터다."라는 대사를 반복했다. 셰익스피어의 작품이 인기를 얻어 퍼져나가면서 연극 캐릭터가 연기할 때 얼굴에 쓰는 가면을 뜻하던 'Persona'라는 단어는 진짜 사람을 뜻하는 'Person'과, 그 사람의 캐릭터, 즉 개성을 뜻하는 'Personality'라는 단어로 발전했다.

조선시대 관동지방에 빼어난 미모의 기생 하나가 있었다. 부임하는 사또마다 반해 버렸다. 한 감찰관이 임금께 그들을 탄핵하며 말했다.

"한낱 기생에게 혹한 자들은 벌레 같은 무리이옵니다."

"여자를 좋아하는 것이야 인지상정인데, 그리 쉽게 말할 것도 아니다."

"그렇게 자제력이 없어 무슨 일을 할 수 있겠사옵니까?"

감찰관은 더욱 강경하게 엄벌에 처할 것을 주청했다.

얼마 뒤 임금은 그 감찰관을 관동지방 사또로 임명했다.

그리고 관동목사(牧使)에게 미인계로 그를 시험해 보라는 밀지를 내렸다. 목사는 그 빼어난 기생을 불러 말했다.

"상감께서 이러이러한 어명을 내리셨는데, 네가 사또를 유혹할 수 있겠느냐?"

"어려운 일도 아니지요. 사또를 농짝 속에 넣어 바치리다."

얼마 뒤 기생은 일부러 말 한 필을 관아에 풀어 국화 꽃잎을 다 뜯어 먹게 했다. 노발대발한 사또가 말 주인을 잡아오라고 하자, 기생은 짐짓 과부로 꾸미고 관아로 들어와 뜰에 엎드려 빌었다.

"집에 말 한 마리 단속할 남정네가 없어 그리되었습니다. 죽을죄를 지었나이다."

사또가 힐끗 보니 갓 스물이 될까 말까 한 여인네가 단아하게 소복을 차려입었는데, 타고난 미인으로 화장기가 없는데도 꽃처럼 어여뻤다. 사또는 차마 벌주지 못하고 특별히 방면했다.

밤이 되자, 사또는 심부름하는 아이를 불러 물었다.

"아까 말 주인이라던 그 여인은 어디 사는 여인네냐?"

"실은 소인의 누이입니다. 청상과부로 관아 근처에 혼자 살고 있습지요."

사또는 그 말을 듣고 마음이 크게 흔들렸다.

다음 날 저녁, 심부름하는 아이가 가만히 사또께 와 아뢰었다.

"소인의 누이가 사또의 너그러우신 처분에 감사하여 집에서 딴 배 한 바구니를 바치고 싶은데 감히 직접 가져올 수가 없다고 합니다."

사또는 속으로 옳다구나 하며, 괜찮으니 직접 들고 오라 해서는 기생을 방 안까지 불러들였다. 밤이 으슥해지자 심부름하는 아이는 문밖에서 짐짓 코 고는 소리를 냈다. 사또가 기생의 손을 잡아당겨 앉혔다. 기생은 수줍은 척, 겁먹은 척하며 말했다.

"쇤네는 창기(娼妓)가 아니옵니다. 어찌 이러십니까?"

"밤이라 아무도 모른다."

그러고는 마침내 함께 잠자리를 했다. 그로부터 기생은 밤이면 들어갔다 새벽이면 나가니, 사또의 정은 깊어만 갔다. 하루는 기생이 사또에게 말했다.

"사또께선 저를 사랑한다 하시면서, 제집이 겨우 홍살문 밖인데 어찌 한 번도 안 오시어요?"

"그럼 찾아가마."

사또는 밤이 되기를 기다려 몰래 기생의 집으로 갔다. 옷을 벗고 베개를 베었는데 갑자기 문밖에서 웬 사내의 외침이 들렸다.

"내가 너를 박대하지 않았는데, 이제 와 나를 배신하다니 절대 용서할 수 없다."

사또가 어쩔 줄 몰라 당황하고 있으니, 기생이 말했다.

"저놈은 아주 포악한 놈이에요. 어서 저 농짝 안에라도 들어가 피하세요."

사또는 얼른 농 안으로 들어갔다. 뛰어 들어온 사내는 욕을 하며 소리를 질러 댔다.

"저 농짝 안에 든 옷은 몽땅 내가 해 준 것이니 관에 고소를 해서라도 되찾아야 네년한테 속은 분이 풀리겠다."

그리고는 굵은 새끼줄로 농짝을 묶어 걸머지고는 목사에게 갔다.

"소인이 해 준 물건들과 함께 그 기생년을 대령했습니다. 저는 결국 손해만 입었습니다. 제가 사준 물건들이 모두 저 안에 들었으니 보시고 찾아 주십시오."

목사가 농짝을 열어 보게 하니, 벌거벗은 남자가 두 손으로 얼굴을 싸쥐고 엎드려 있는 것이 아닌가! 사람들이 몰려들어 보니 바로 사또였다. 구실아치들이 모두 소리를 질렀다.

"사또께서 농짝 안에 들어 계십니다."

관아 사람들은 경악했고, 이 이야기를 전해 들은 자들은 모두 입을 막고 웃어 댔다. 스스로 사회적 가면인 페르조나(Persona)를 만들어 쓰고 부끄러워하는 사또의 모습이다.

임금과 영의정이 한가로이 차 한 잔을 나누며 담소를 나누고 있다. "폐하, 관동사또의 태도가 좀 거시기했어도 그렇게까지 망신을 주신 건 머시기한 것이 아니었을까 하는 생각이 드옵니다." 하니 임금이 대답했다. "결점 없이 고상한 인간인 척하는 감찰관의 태도가 하도 거시기해서 내가 좀 골려준 것이지요. 내가 좀 머시기했나? 그 친구의 태도가 하도 거시기하니까 내가 좀 머시기했지요." 하며 웃는다. 페르조나를 벗어던진 절대군주의 담소 모습이다.

"실비아의 귀환에 울프가 동행하게 된 것은 천일에 해당하는 울프의 조부 때부터 축적되어온 기도의 덕택이야. 실비아의 예정된 귀환 즉, 신의 필연(必然)에 우연(偶然)히 울프가 함께하게 된 경우지, 울프에게 부여된 우연(偶然)은 값없이 부여된 우연이 아니야. 울프의 조부와 부친 모친 그리고 울프를 진정으로 아끼고 사랑하는 사람들과 자신의 기도의 총합이 천일을 소진한 양이 된 순간에 실비아를 만날 수 있도록 프로그램이 마련된 거야. 신의 긍휼에 의해 마련된 우연의 만남이지. 천일의 기도.

신과의 교신채널이 기도야. 기도란 신의 존재공간인 우주에 보내는 진정성(念力)을 담은 생각의 체계화지. 생각이란 정보와 에너지의 체계화인데 생각을 바꾸면 운명을 바꿀 수 있어. 생각, 즉 기도를 보내면 신이 응답해. 신의 응답을 받았다는 것은 소망을 이루었다는 것이며, 성공, 즉 자기의 꿈을 성취했다는 의미야. 그래서 성공하기 위해서는 간절한 소망, 즉 생각을 가져야 한다는 거야. 일념통천(一念通天), 즉 진정으로 원하면 하늘이 응답한다는 거지. 이를 인지심리학에서는 이를 기대이론(Expectancy Theory)이라 부르고 있어."

인생이란 자기는 알지도 못하고 알 까닭도 없는 사이 이 세상 어디에선가 자기를 파멸시킬, 또는 성공시킬 작업이 진행되고 있는 그런 것이다. 이 세상 어디에선가란 자기의 내부일 수도 있고 바깥의 어느 장소 또는 다른 사람의 마음속일 수도 있다. 그런 작업의 기점이 어떤 악의나 선의에 의한 것이 아니다. 그것을 우리는 섭리에 인도되어 가는 운명이라 부른다. 나쁜 짓 하고도 버젓이 복받아 잘살고, 착한 일 했는데 재앙이 겹친다. 무작위에 의한 신의 섭리인 운명이다. 그러나 그 운명을 기도로 바꿀 수 있다는 것이다. 여기서 기도란 창조주께

드리는 청원이다. 섭리의 근원에 자비로운 주관자가 존재하기 때문이다.

"사람의 행태에 적용해 보면, 생각이 말이 되고, 말이 행동이 되고, 행동이 습관이 되고, 습관이 태도가 되고, 태도가 품성이 되며, 품성이 운명이 돼. 고로 생각이 바뀌면 운명도 변해. 생각하는 대로 된다. 성공하는 운명의 삶을 살기 위해서는 밝은 생각을 해야 돼. 밝은 생각의 출발점이 자애(自愛)야. 자애는 자기 동기부여(Self Motivation)의 출발점이며 신께 청하는 도움의 출발점이기도 해."

"내가 나를 사랑하지 않을 때 어떻게 타인이 나를 사랑하는 기적이 일어나겠는가?"

"하늘은 스스로 돕는 자를 돕는다."

자신을 돕고 귀하게 여기는 마음이 자애다. 섹시한 이성의 필요조건인 자신감도 자애의 다른 이름이다.

마음에 그리는 것이 기도의 출발이다. 마음에 그리면 그렇게 되지 못하도록 만드는 부정적 감정과 장애물은 자연 항복한다. 마음이 존재하는 수준에서 기(Ki), 즉 힘과 에너지가 작동하기 시작한다. 마음이 존재(Being)하면 자동적으로 사람의 행동은 통합되고 조직된다. 이러한 기제(Mechanism)는 마음에 품은 대로 실현되기 쉽다. 이것이 기도에 응답하는 신의 이법(理法)이다. 그래서 선인들은 '마음먹기에 달렸다'고 했다. 모든 것이 마음이 지어내는 일체유심조(一切唯心造)라는 뜻이다.

혜가(慧可)가 법명을 얻기 전 도(道)를 청하며 달마(達磨)가 면벽하고 있는 굴 밖에서 눈 오는 밤을 지새우며 서 있었다.

달마가 물었다.

"그래, 무엇을 알고자 하는가?"

"마음이 심히 편치 않습니다."

"편치 않다는 그 마음을 어디 가져와 봐라."

"찾아보니 없습니다."

"됐다. 그대 마음은 편안해졌다."

달마가 혜가에게 일체유심조를 깨닫게 하는 순간이다.

"생각이 기(氣)의 움직임을 가져오고, 기를 한곳에 모아 발산하는 것이 염력(念力), 즉 기도지. 기의 움직임의 방향이 미래의 냄새를 발산하지. 양기와 음기, 미래를 예지할 수 있는 단초의 물질이 바로 기야.

밝고 건강한 순간의 기도가 144볼트의 자장을 갖는다면 축적된 천일의 기도는 14만 4천 볼트 정도가 되는 고압의 자장을 갖는 것과 같아. 불리한 것은 밀치고 유리한 것은 당기는 강한 자장 때문에 창조주께서 돌아봐 주시게 되는 거지. 이것은 신이 일상의 인간사를 간섭하시는 것이 아니고 임계장력 밖에서 이법으로 다스리고 계신다는 뜻이야. 이법으로는 어느 한 인간도 구원받을 수 없지만, 신의 자비를 당기는 자장, 한계자장 속에서 기도로 운명을 바꿀 수 있다는 이야기지.

울프는 압축된 기도의 힘 즉, 염력(念力) 덕분으로 인간의 몸을 가진 체 신의 휴양지에 비상착륙을 허락받는 축복을 누리게 된 특수 사례야.

극념작성(尅念作聖)이지. 기도로 성(聖)스럽게 된다는 뜻이야. 즉, 간절한 소망으로 구원과 해탈을 입었다는 의미야. 극념작성이라는 글은 동방의 최고 시인 주흥사가 '천자문'이라는 시에 쓴 한 구절이야.

A.D. 502~549년 사이에 중국 양(梁)나라 무제(武帝)가 학명이 높은 주흥사(周興嗣)를 시기하여 죽이기 위해 보름의 말미를 주면서 한 편의 시(詩)를 짓도록 한다. 사자일구(四字一句)의, 소위 사언고시(四言古詩)로써 도합 250구(句)요, 125대구

(對句)의 글로 한 글자도 중복이 없으며 우주의 형상에서부터 삶의 모든 내용을 포함해야 한다는 조건을 붙여서 만들어 오라고 명했어. 여기에 쓰인 한자가 모두 일천자(一天字)이므로 오늘날 천자문이라 칭하게 된 것인데, 기(氣)를 전부 소진하여 쓴 후 천자문을 바칠 때 백발로 변한 후 보름 만에 죽었다는 전설에 의해 백두문(白頭文)이라고도 불러.

주흥사는 천자문에서 단 한 자의 유일한 중복을 숨기는 반항을 했는데 이것이 '아우를 병(並)'자다. 만나 아우른다는 의미인 '並'자는 두 사람이 나란히 서 있는 모습의 설 립(立)자 두 개(立+立)로 쓰인 병(竝)자와 두 사람이 창이 달린 방패(방패 간: 干)를 들고 있는 병(拼)자로도 쓰인다. 아름다운 만남의 모습인 병(竝)과 적대적 만남의 모습인 병(拼)을 은유하고 있는 것이 아닐까 해.

태아(太我)의 우주 소미립자로 나 홀로 불안하게 서 있을 때가 카오스(혼돈: Chaos)상태인 입(立)이며, 좋은 동행자를 만나면 코스모스(조화: Cosmos) 상태의 천국을 누리게 되는 병(竝)이고, 나쁜 동행을 만나면 무간지옥(無間地獄)의 상태가 되는 병(拼)이지.

작은 씨앗이 좋은 토양과 만나면 엄청난 새 생명의 창조력을 발휘한다. 남과 여의 바른 만남은 사랑을 창출하며 인간과 신의 인격적 만남은 구원과 해탈을 낳는다. 영생의 비법은 신과의 만남에 있다고 하겠지. 그 만남의 교신채널이 기도고, 그 기도에 대한 최고의 응답이 구원이고."

파우스트는 메피스토펠레스에게 영혼까지 팔아먹고 악마마저도 손대기를 꺼렸던 순결하고 아름다운 처녀 그레트헨을 타락시켜 어머니까지 살해하도록 만든다. 철저한 타락을 거친 그레트헨이 절망에 빠져 하나님을 찾는다. "하늘에 계신 아버지시여! 나를 지켜주소서." 하고 실존적 나약함을 깨닫고 절망보다 더 깊은 무한한 자기 체념으로 기도할 때 하늘로부터 "구원받았느니라! 하는 천사들의 합창소리를 듣는다."는 괴테의 작품 파우스트를 예를 들어 글로리아가 신과의 아름다운 만남을 이야기해준다.

울프가 묻는다. "세상에서 마음껏 즐기며 악한 일을 저지르다가 신을 믿는다고 시인하면 구원받는다는 뜻인가요?"

글로리아가 대답한다. "구원? 언감생심! 믿음 앞에 철저한 자기부정과 뉘우침이 필히 전제되어 있어야 해. 그리고 창조주 외에 그 누구도 예측하지 못하는 신의 임계장력이 태산처럼 앞을 가로막고 있지. 그래서 구원받기 위해서는 항상 절제의 삶을 즐기며 살아야 해.

이곳에 머무는 동안 두 사람 마음껏 즐기며 소중한 추억을 만드는 시간이 되도록 해봐. 식욕과 물욕 그리고 성욕, 이 세 가지 욕망이 자동조절되는 곳이니까. 버뮤다 삼각지에 임시로 마련된 신의 휴양지에서의 천 년이 지구별에서는 일 년이 되며, 지구별에서의 천 년이 선계에서는 찰나가 돼. 맞물고 돌아가는 크고 작은 톱니바퀴를 상상하면 이해가 되려나?

걸어서 도달하던 거리를 자동차로 달리고, 주판으로 계산하던 결산을 컴퓨터로 처리하며 일의 양을 늘리고 시간을 단축시키면 시간이 남을 것 같지만 남지가 않지. 즉, 일의 속도나 양을 늘리면 시간이 줄어들어 시간에 쫓기게 되지. 일(Business)의 어원이 바쁘다(Busy)야. 성취욕심을 내어 빨리빨리를 추구하면 할수록 시간에 쫓기게 되며 시간은 없어지지.

느림의 미학으로 천 년을 누려 봐, 그러나 그 느림이 0에 가까워지면 가까워질수록 권태라는 벌레가 자라게 되지. 그래서 적정을 즐기라는 거야. 중용, 즉 Nihil Nimis! 시간이 돈이며 돈이 욕망의 달성이라는 등식을 만들어 두고 쫓기며 사는 안타까운 중생들." 하면서 글로리아가 혀를 찬다.

"매미는 애벌레로 땅속에서 7년을 보내고, 성충이 되어 부화한 후, 7일을 매미로 하늘을 날아다니다가 생을 마감하지. 매미로 산 삶의 시간을 길이로 보면 7일이지만 애벌레가 산 7년의 활동 폭으로 비하면 7천 년의 비율이 되는 거야. 시간의 절대성은 인간이 계산해 낼 수 있는 길이고, 잴 수 없는 그 상대성은 폭이야.

인간은 시간을 폭으로는 잴 수 없어. 단지 느낌으로만 알 수 있지만, 길이로만 잴 수 있지. 순간의 고통이 길게 느껴지는 등의 느낌으로 말이야. 시간은 다양한 사람들 속에서 다양한 속도로 가고 있어.

시(時)와 공(空)이 만나 시공의 세계인 우주를 만들어. 시공 안에서는 에너지 불변이지. 시간과 공간은 우주 에너지가 두 가지 상대성으로 나타난 존재물(存在物)이어서 시공간의 크기는 우주에너지의 총량과 동일해. 그래서 시간과 공간은 서로 상대적으로 작용하며 서로 간에 치환(置換)될 수가 있어. 시간이 빨라지면 공간은 줄어들고, 공간이 늘어나면 시간이 느려지지. 시간은 공간의 다른 펼침이지. 전체의 값은 언제나 일정하여 불변(不增不減)이기 때문이야.

에너지가 시공간을 만든 직후에는 우주의 공간이 작았으므로 시간이 엄청나게 빨리 흘렀어. 지금의 영원과도 같은 긴 시간이 몇백만 분의 일 초 동안에 지나갔으며, 우주 팽창으로 공간이 확대되어감에 따라 시간은 점차로 느려져서 지금과 같은 속도로 시간이 흐르고 있지. 매미의 지하와 지상의 두 삶을 예로 하여 신이 시공(時空)의 의미를 우리에게 가르쳐 주고 있는 거야.

우주는 살아 숨 쉬고 있지. 날숨이 우주팽창이고, 들숨이 블랙홀이야. 이것은 들숨에 의해 모든 물질이 압축되어 마침내 하나의 점으로 축소되는 우주 전체의 종말로 인식되기도 해. 그러나 종말이 아니야. 보이는 것(物質)이 보이지 않는 정보와 에너지로 치환되는 모습이야. 에너지 불변의 현상이지. 이것을 공즉시색(空卽是色) 색즉시공(色卽是空)이라 말하는 거야.

날숨의 끝에서 시간이 무한히 느려지는 블랙홀의 반대현상으로 우주의 비산(飛散)이 일어나 마침내 공간이 0으로 돌아가면 시간마저 그곳에서 탈출하지 못하고 잠들어 버리게 된다. 영원한 변화와 탈출이 없는 곳, 어디라고 상상이 돼? 지옥이지. 반대로 들숨의 의미는 돌아감이야. 새로운 시작의 출발점이 되는 부활이지.

그리고 예정된 실비아의 귀환 프로그램은 누구도 바꿀 수 없어."

예정된 날에 울프와 실비아의 이별을 암시하고 있다.

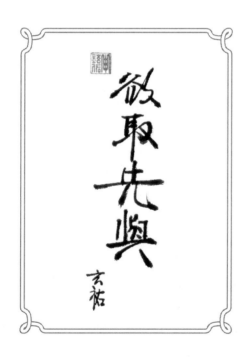

04

신은 왜
인간사를 간섭하지 않는가?

신은 왜 인간사를 간섭하지 않는가?

맑고 거침없는 오후의 햇살이 먼지와도 같은 입자들로 변해 찬란한 황금 빛으로 투영되고 있는 모래밭이다. 그 모래밭 너머로 무섭도록 파란, 마치 색을 혼합해서 쓸 줄 모르는 어린아이가 그린 바다처럼 파란 파도가 넘실거리며 달려왔다가 하얀 포말로 부서진다. 완전히 벗으면 약간의 찬기를 느낄 수온이지만 19세쯤의 소년 소녀가 두 마리의 인어 모양 산호초 사이로 유영하고 있다.

주위를 맴돌던 상어 한 마리가 갑자기 소녀를 공격한다. 소녀의 다리를 강하게 낚아채다가 소스라치며 도망간다. 소녀가 금강보벽(金剛寶璧)이라는 무공으로 신체를 철벽처럼 보호하고 있었던 것이다. 그 옆을 수영하던 소년이 도망가는 상어를 향해 손가락에 기(氣)를 모아 탄지신공(彈指神功)을 날린다. 작살 같은 물보라를 일으키며 날아간 탄지(彈指)가 상어의 아가미 사이에 동전만 한 구멍을 내며 관통한다.

잠시 후 물보라를 일으키며 날아오르는 새치물고기 모양, 소년 소녀가 두 마리의 인어같이 날아올라 사뿐히 모래사장 위에 내려앉는다. 소녀의 양손에는 커다란 전복과 바다 홍삼이 들려 있고 소년의 손에는 허벅지 다리보다 굵은 물고기 두 마리가 들려 있다. 찬 기운이 몸을 스치며 지나가자 두 아이의 몸에서 하얀 김이 안개처럼 피어오른다. 소년 소녀의 체취가 어우러져 복사꽃 내음을 발한다. 창공 위로 한 마리 해조가 부러운 듯 맴을 돌다 날아간다.

185㎝ 정도의 키에 잘 발달된 몸매의 동양인 소년과 175㎝ 정도의 키에 늘씬한 다리를 가진 혼혈서양인 소녀가 나신으로 서로를 쳐다보며 웃는다. 그 모습

이 살아있는 한 폭의 그림을 만들고 있다.

팬티를 주워 입은 소년이 돌아서 있는 소녀의 등 뒤에서 브래지어를 채워준다. 피부와 신체의 풍취는 소년 소녀의 것이지만 남자의 눈빛 속에서는 삶의 깊은 의미를 체득한 세월의 이끼가 형형하게 느껴지고 있었으며, 소녀의 해맑은 눈빛에서는 순수하지만 관능적인 정념의 활기가 쏟아져 나오고 있다.

원시적인 열정 위로 시간의 그림자가 내려앉는다. 태양의 색깔에서 돌아갈 시간을 감지한 듯, 두 사람이 서로의 눈빛으로 대화를 나눈다. 잠시 후 두 마리 제비가 창공을 뛰어오르듯 비상술(飛翔術)을 펼치며 신형을 암벽 위로 날린다. 시간의 투명한 막을 깨고 두 선이 사라진 느낌이다.

유한한 시간이라는 감옥에 갇힌 인간과 아름다운 여신의 슬프도록 아름다운 사랑. 신의 계획에 의한 필연(必然)과 인간의 소망으로 이루어진 우연(偶然)이 만나 여신의 휴양지에서 어느 하루의 오후를 보내고 있는 울프와 실비아의 모습이다.

흰 구름이 플로리다 지도를 그리고 있다. 물빛 창공을 올려다보면서 울프는 플로리다 대학 객원교수 초기 시절을 떠올리며 빙그레 웃고 있다. 학과 교수들과 석 박사 학생들이 공통으로 참여하는 세미나 시간, 울프는 유창하지 못한 회화 실력으로 땀을 흠뻑 흘리며 자기의 순서를 마치고 세미나실을 나온다. 촉촉하게 젖어서 어깨 위에 흘러내린 머릿결이 윤택하게 보이는 아담한 동양계 서양 미인 여자가 뒤따라 나오면서 말을 걸어온다.

"교수님, 오늘 발표 잘 들었어요. 좀 더 풍부한 어휘력과 재미있는 발표를 위해서 음담패설 원서로 영어공부를 한번 해보세요, 단시간에 효과가 있을 거예요."

"고마워요. 이름이 어떻게 돼요?"

"메리 안이에요. 중국계죠. 어머니는 미국인이에요." 하면서 웃는다. 보조개가 아름답다고 순간 느낀다. "자주 만나 대화를 나눠요. 나를 만나면 교수님의 회화 실력 향상에도 도움이 될 거예요."

이렇게 해서 세미나 시간마다 자주 만나게 된 두 사람. 어느 날 세미나를 마치고 나오는 시간에 학과장이 다가오면서 농담 같은 진담을 던진다.

"두 사람, 잘 어울리는 모습이지만, 교수님이 좀 배려해야 할 부분이 있어요."

"무엇을요?"

"메리 안의 남편인 데이비드 교수가 두 사람 사이를 고민하고 있어요."

"남의 가정을 위해서 잘 배려해 줘요. 한 달 뒤에 교수님의 와이프와 따님이 입국하잖아요."

"미안해요. 내가 보기보다 무신경한 편이거든요."

흐르는 구름을 보면서 생각을 이어간다. 메리 안의 제안에 따라 서점에서 구입해 읽은 『소녀경』. 성감을 만끽하려면 파트너를 먼저 절정을 느끼게 하라는 욕취선여(欲取先與). 그보다 더 큰 최고의 성희를 느끼려 한다면 동시만족(Same Time Ejaculation)의 상하동욕(上下同欲)을 기술하고 있었다.

그 다음번의 세미나에서의 울프의 발표다. 크게 성공하려면 먼저 베풀라는 고객만족전략의 욕취선여(欲取先與), 누구나 갖는 재물에 대한 욕망, 공급자와 소비자의 동시만족, 그리고 결실은 상하가 고루 나누어 가져야 성공한다는 의미로 상하동욕(上下同欲)을 원용한다. 상하동욕(上下同欲)과 욕취선여(欲取先與)라는 두 글귀를 풀어 경영학에 적용시킨 발표로 박수를 받는 장면을 떠올리고 있다.

말이 안 통하면, 선물을 안겨요. 〈희곡 베로나의 두 신사, 3막 1장〉

짐 진 당나귀를 언덕을 넘게 하는 제일의 방안이 당나귀 코앞에 당근을 내밀라는, 이이행지(利而行之)니 욕취선여(欲取先與)하라는 발표 장면에서 큰 박수를 받는 회상에 잠기는 순간이다. 날카로운 비명 같은 갈매기의 갑작스러운 울음소리에 울프의 의식이 현실로 돌아온다.

땀을 흘려 미끄러워진 피부와 젊고 비릿한 살내음을 발하며 해변에서 돌아오는 두 사람을 사랑스러운 눈빛으로 쳐다보며 글로리아가 말한다.

"울프는 오늘부터 12일간 선방(禪房)에서 참선을 시작할 거야. 하루 한 번씩 무아의 순간에 1만 2천 개의 정련된 지식을 유전인자 속에 복제해 받는 거지. 신학, 무공, 의술, 미술, 음악, 심리, 관상, 풍수 등 열두 권역에서 수천 년 동안 정련된 최고의 가치를 가진 지식 1만 2천 개씩을 복제해 받는 거야. 합하여 14만 4천 개로 정제되고, 압축된 프로그램들을 다운받는 현상과 같은 방법으로. 신기(神技)에 가까운 총합 14만 4천 개에 달하는 현인들이 체득한 지식의 진수들만을 복제케 하여 타고난 재능이 되도록 울프의 유전인자 속에 체화시키는 거야.

실비아의 언니들이 미안한 마음을 갚기 위해 인간세상에서 축적된 지식과 지혜들을 모아 실비아가 좋아하는 사람에게 주려고 준비한 선물이야. 신이 인간에게 주는 최상의 선물을 주려고 해, 사실은 창조주가 주시는 거야. 천일의 기도에 대한 응답으로 말이야. 우리는 모으고 전달하는 수고만 할 뿐이야. 한 번 더 생기(生氣)의 방에서 목욕을 마친 후 선방으로 가자고."

목욕 중 울프가 해야 할 일들을 설명한다. 꼭 기억하고 싶은 생각들만을 떠올리면 뇌 속에 별도로 마련된 기억의 방에 저장되며 세상에서 저장된 나머지 기억들은 사라진다는 설명이다. 인간이 개발한 컴퓨터의 포맷과 같다는 것 등의 설명이다. 인간이 지구에서 발견한 생각과 자연현상들은 신계(神界)의 그림자 효과 현상이며, 신이 인간에게 본향의 존재를 암시해 주는 것이라는 설명을 덧붙인다.

'자연은 신의 산교육장이라는 설명이군.' 울프가 혼자 중얼거리며 욕조에 몸을 담근다. 생수가 주는 맑은 기분을 온몸으로 느끼면서 참선의 자세를 취한다. 글로리아가 설명해준 14만 4천 개라는 숫자의 의미를 되뇌어 본다.

글로리아의 설명이다. "인간세상에서는 열 개를 한 묶음으로 하는 십진법을 사용하지만 에덴의 동쪽 넘어 천계에서는 열둘을 한 묶음으로 하는 십이진법을 사용하고 있어. 그 그림자에 속해 있는 지구별에서는 시간, 개월 수, 십이간지 등에서 천계의 흔적이 남아있지. 천계에서는 열둘을 완성의 수(數)라고 부르고 있어. 열은 인간의 능력한계를 의미하고 있고, 신의 아들 지저스 클라이스트께서 인간세상에 계실 동안에 열두제자를 거느리셨던 것도 천계의 진법을 상징하셨던 거야.

완성의 수 열둘에 완성을 확정시키는 수 열둘을 곱하면 144가 되지. 144라는 숫자는 활성을 상징하는 숫자야. 온전한 하나를 상징하는 원의 360도중 2/5가 양수이고 나머지 216은 쉼을 상징하는 음수지. 활동과 쉼의 구성 비율을 나타내고 있어. 활성과 쉼이 적정비율을 유지하며 작용할 때가 중용의 상태야. 권태와 탐욕이 고개를 숙이게 되고 충일감이 영혼의 안정 심(心)을 가져다주는 황금비율이야."

옛날부터 사람들은 하늘에서 가장 빛나는 태양과 달의 관계를 유심히 관찰했다. 그리고 하지(夏至)의 정오(正午) 12시에 태양은 자오선의 최고점에 이르는데 이날로부터 일 년이 지나 태양이 다시 자오선에 올 때까지 달은 총 열두 번 찼다가 기운다는 사실을 알아냈다. 1년은 12달, 시계의 눈금 12개, 12개 별자리, 12면체는 열두 개의 오각형 면을 가지고 있고, 음악의 한 옥타브는 12개의 반음계 음조로 이루어져 있다. 이스라엘은 초기에 열두 지파로 이루어져 있었다.

올림포스의 신은 모두 열두 명이다. 제우스와 헤라, 대지의 여신 데메테르, 아폴론과 그의 누이 아르테미스, 아테나, 헤르메스, 아프로디테, 대장장이 신인 헤파이스토스와 부뚜막 여신 헤스티아, 전쟁의 신 아레스, 술의 신 디오니소스가 그들이다. 그러나 시대에 따라 이 열두 신의 구성이 조금 변한다. 바다의 신 포세이돈이 끼는가 하면 헤스티아가 빠지기도 한다.

크고 높은 성곽이 있고 열두 문이 있는데, 문에 열두 천사가 있고, 그 문 위에 이름을 썼으니 이스라엘 자손 열두 지파의 이름들이라…. 그 성을 측량하매 12,000스타디온이요, 장과 광과 고가 같더라. 그 성곽을 측량하매 144규빗이니…. 〈성서, 요한계시록 21:12-21 천상의 예루살렘〉

예수와 제자 12명이 한자리에 모여 만찬을 할 때 이들의 수가 13이 된다. 그 하나인 유다가 배신한다. 12보다 하나 많은 13은 모순의 수다. 배신과 음모의 상징이 되는 수로 불길하게 여긴다. 아직도 서양에서는 13이 기피되고 있는 숫자다. 완성의 수인 열둘에 열둘을 곱한 수 144가 확실한 완성의 재확인을 위한 수, 인을 친 수다.

그리스 신화의 페르세포네는 제우스의 딸이다. 어머니는 땅과 수확을 돌보는 풍요의 여신 데메테르로, 자기를 도와 작물을 돌보는 페르세포네를 무척 사랑했다. 그런데 지하세계의 신 하데스도 페르세포네를 사랑했다.

어느 날 그녀가 꽃이 만발한 초원을 거닐 때, 땅이 쩍 갈라지면서 전차를 탄 하데스가 지하에서 솟아올라 페르세포네를 납치했다. 그는 그녀를 지하로 데려가 어두운 지하왕국의 여왕으로 삼았다.

데메테르는 사랑하는 딸을 잃은 충격에 사로잡혀 더 이상 식물을 길러내지 않았고, 사람들은 굶주렸다. 결국 주신(主神) 제우스가 신들의 전령 헤르메스를 지하로 보내 페르세포네를 살아 있는 것들과 빛의 땅으로 데려오게 했다. 그런데 불행하게도 그녀는 지하에 있으면서 석류 씨 여섯 알을 먹었기 때문에 1년인 12달에서 여섯 달은 지하로 돌아가야 했다. 석류 씨 한 알에 한 달 동안 지하세계에 머물러야 한다. 신들의 이법(理法)이다. 그래서 페르세포네는 1년 중 봄부터 여름이 끝날 때까지만 지상에서 살았다. 그동안은 식물이 만개하고 모두가 즐겁지만, 가을이 되면 그녀가 하데스로 돌아가야 하므로 땅은 춥고 황량하고 아무것도 자라지 않는 황량한 폐허가 된다.

1년의 반, 봄, 여름에서 돌아가야 할 마음의 준비를 하는 시간, 간절기를 제하면 페르세포네가 빛의 세상을 즐거워하는 날들이 360일 중 144일이 양의 날이다. 가을 겨울 그리고 간절기를 더하면 216이 음의 날이 된다. 이 비율이 신들의 법칙을 준수하는 수, 서로를 만족시키는 안정의 수, 황금비(Gold Rate)다.

앉아서 하는 운동 중에서 제일 재미나는 운동이 마작이라고도 한다. 상아나 골재에 대나무를 붙여 만든 마작의 패는 수(數)패, 자(字)패, 화(花)패로 만들어진다. 마작의 패는 144개다. 누워서 하는 운동 중에서 제일 재미나는 운동도 연중 144회 이상하면 음의 수로 넘어가기 때문에 해롭다.

"선인들이 이 황금비를 인간들에게 가르쳐준 적이 있지. 아마 '루카 바트리오'에게 가르쳐 준 것으로 기억나. 르네상스 시대의 수도승 루카 바트리오는 황금분할(Golden Section)을 신성비례임을 유추해 내었어. 가장 조화가 잡힌 비율인 황금비를 분수로 표시 $\frac{1}{1}$, $\frac{1}{2}$, $\frac{2}{3}$, $\frac{3}{5}$, $\frac{5}{8}$, $\frac{8}{13}$ 한 예를 봐, 규칙성을 나타내며 아름다운 비율을 만들고 있지. 숫자들을 ╱의 방향으로 보면, 앞의 분자와 분모의 수를 더하면 뒤의 분모가 되고 앞의 분모가 뒤의 분자가 되는 법칙성이야. 담뱃갑이나 명함, 물건을 선택할 때 대부분의 사람은 무의식중에 황금비의 치수를 즐거이 취하고 있음을 볼 수 있는데 이는 안정감을 주기 때문이야.

또한 바트리오가 성서 요한계시록 7장4절 〈인 맞은 자의 수를 들으니 이스라엘 자손의 각 지파 중에서 인 맞은 자들이 14만 4천이니〉와 14장1절 〈어린양이 시온 산에 섰고 그와 함께 14만 4천이 섰는데…〉 그리고 21장17절 〈그 성곽을 척량하매 144 규빗이니 사람의 척량 곧 천사의 척량이라〉 등을 읽고 양의 수, 즉 구원과 해탈의 수를 유추해 내었어."

글로리아가 도표 한 장을 보여주면서 설명을 이어간다.

절기(Season)	일수(Days & Ki)	구성(structure)-오행(五行)
춘(春, Spring)	72(양) ☆	생장-목(木)
간절기(In-between)	18(음)	이행-토(土)
하(夏, Summer)	72(양) ☆	번성-화(火)
간절기(In-between)	18(음)	이행-토(土)
추(秋, Autumn)	72(음)	속박-금(金)
간절기(In-between)	18(음)	이행-토(土)
동(冬, Winter)	72(음)	소멸-수(水)
간절기(In-between)	18(음)	이행-토(土)

"표를 보면 양(陽)인 ☆표의 합이 144이며 나머지인 음(陰)의 합이 216이다. 요한계시록에 나오는 음의 수 666을 곱하여 보면 216이 나온다. 일수의 총합이 360으로 완전한 1인 원(元)을 의미하며 음양합일(陰陽合一)의 음력 일 년을 나타내고 있어. 나머지 5일을 모아 윤달을 만들지. 계절의 패턴이야. 기원전 1500년경에 중국 고대인에게 신들이 가르쳐준 숫자야."

대 일원(元)은 12회(會), 1회는 30운(運), 1운은 12세(世), 1세는 30년(年), 1년은 12월(月), 1월은 30일(日) 1일은 12시(時)다. 근대화 이전 동양에서는 하루를 12시로 나누었다. 자시(子時), 축시(丑時), 인, 묘, 진, 사, 오, 미, 신, 유, 술, 해시(亥時)의 12간지다. 봄, 여름, 가을, 겨울 4계절의 소순환을 년이라 하며 대순환을 원이라 하는데 1원(元)을 년으로 계산하면 129,600년이 된다. 여기에 윤달을 더하면 144,000년이 된다.

작은 1원은 인간이 생(生)해서 멸(滅)로 돌아가는 한 생애로 표현되기도 한다.

"작은 우주인 인체도 36.5도일 때가 가장 건강한 상태지."

낮이 양이고 일이며, 밤이 음이며 쉼이다. 양기가 시동하는 지점은 북극이며 절후는 동지다. 동짓날은 일양시생(一陽始生)하는 날이다. 아침 해가 매일 일 분 삼 초씩 일찍 뜬다. 양기가 점차 상승하여 춘분이 되면 낮과 밤의 길이가 같아진다. 이어 상승의 종점인 망종에는 지구가 태양 적도에 가장 가까워진다.

음기가 시동하는 지점은 남극이며 절후가 하지다. 하지는 일음시복(一陰始復)하는 날이다. 음기가 점차 하강하여 추분이 되면 주야평분시점이 된다. 음기가 하강을 지속하여 대설이 되면 냉기가 극점에 이른다. 태양 적도가 지구에서 가장 멀어질 때이다. 우주의 기는 일정하나 음양의 변화로 나타나는 계절의 우주 이법이다.

시냇물 소리, 따스한 햇볕 아래 졸고 있는 염소 떼, 새들의 합창 소리가 맑고 밝게 72일간의 봄이 지나간다. 그리고 간절기 18일. 뜨거운 태양, 나무들이 자라는 소리, 태풍이 그르렁거리며 지나가는 소리들이 들리는 72일간의 여름, 그리고 18일간의 간절기. 성장과 생동의 기간 144일이 이 기간에 존재한다.

더운 여름이 가고, 수확의 기쁨으로 농부들의 축제가 펼쳐진다. 술에 취해 쓰러져 잠이 든 농부가 깨어나 끝없이 맑고 깊은 가을 하늘을 본다. 이렇게 수장절 72일의 축제기간이 지나가고 18일의 간절기. 스산하게 가을이 간다.

수확이 끝난 황폐한 들판에 매서운 바람이 분다. 강가의 얼음이 깨지는 소리가 들리는 72일, 아늑한 집안 온도를 유지하기 위해 모두 다 문을 닫는다. 그리고 봄을 맞이하기 위해 18일의 간절기를 보낸다. 216일 음의 기간 중 그 절정을 이루는 겨울이다. 하데스의 메마르고 음산한 콧김이 낙엽 부서지는 소리를 내며 지표를 지나간다.

『사기』'고조본기'에 의하면, 건달에서 훗날 황제가 된 한 고조 유방의 왼쪽 넓적다리에는 검은 점 72개가 있었다고 한다. 양의 숫자다. 음기의 진나라 폭정이 극에 달할 때 장량, 한신, 소하, 역이기 등 새로운 천하통일의 봄을 기다리던 전략가들이 구름처럼 모인다. 결(結)하여 실(實)을 맺는다. 그와 건곤일척을 겨루는 좋은 배경의 출신 항우는 음의 기운 초선을 택하며 31세로 자살한다. 음은 결(結)하나 실(實)하지 못한다. 성(盛)한 듯 보일 뿐이다. 기승전결(起承轉結)이다. 악이 일어나 선을 멸하는 것 같으나 극적인 전환을 맞으며 선이 항상 승리한다. 행위의 그림자는 항상 남으며 그 보이지 않는 그림자는 우주의 이법(理法)대로 합당한 결과를 낳는다. 사필귀정(事必歸正)의 진정한 의미다.

"여기서 재미있는 것은 왼쪽 다리에 있다는 점 72개의 의미야. 오른쪽 다리를 생각해 보라는 거지. 양은 음이 있어야 존재 의미를 갖게 되고, 천사도 한쪽 날개로는 날 수가 없어. 인간은 누군가와 만나야 무엇을 성취할 수 있게 된다는 은유야. 이슬람교도들은 천국에 가면 72명의 미녀들이 반겨준다는, 만남의 신앙을 가지고 있지.

기원전 270년경에 이집트 왕인 프톨레마이오스 2세가 이스라엘의 12지파에서 각각 여섯 사람씩, 72명으로 이루어진 유대 학자단을 시켜 고대 율법서인 토라를 그리스어로 번역한다. 구약성서의 모체가 된다. 이 그리스어 번역판 토라가 전체 세계를 기독교와 만나게 한다.

김치에도 음양의 이치가 있다는 어느 시인의 '홀아비김치'라는 시다.

더 세게?
좀 더 세게?
배추는 꼭 껴안은 연습으로 평생을 나지.
무는 땅속에 거시기를 꽉 처박고는 몸을 자꾸 키우지.

그래, 처녀 속곳인 배추 품에
무채 양념으로 속 박는 거여.
김장김치 하나에도 음양의 이치가 있기에.

무나 배추
한 가지로만 담근 걸,
그래서 홀아비김치라고 하는겨.

'144와 216이 만나 온전한 360의 원(圓)인 하나를 이룬다는 의미뿐만 아니라, 이 수(數)들의 진정한 의미는 활동과 쉼, 천국과 지옥, 나와 타의 공존, 열정과 절제, 양과 음, 떠남과 머무름, 자유와 방종의 한계, 즉 신의 한계장력과 이법이 존재함을 알게 하는데 있어.

그리스어에 '로고스'라는 단어가 있어. '말'이라는 의미를 갖는데, 법칙, 기술(記述, Description)이라는 뜻도 포함하고 있지. 성서 요한복음에 "태초에 말씀이 계시니라"에서 보는 바와 같이 신학적인 의미로는 창조주의 말씀이라는 뜻을 갖지. 절대자의 말씀이란 법칙, 즉 이법(理法)으로 이해하면 돼, 표현을 바꾸면 우주는 말에 의해 생겨난 것이야. 우주는 말하고 있다. 여기서 우주가 말하고 있다는 것은 무엇인가? 패턴이야. 패턴을 읽는 것이 신의 마음을 읽고 순응하는 것이며 그 순응을 달리 표현하면 믿음이지. 믿음이 해탈과 구원에 이르게 하는 것이고, 두 번 일어난 일은 틀림없이 세 번 일어난다는 것이다.

만물이 무상(無常)으로 유전(流轉)하는 듯이 보이게 되는 것은 신이 인간세상사 관여를 절제하시려는 자비심의 발로지. 불규칙하게 보이는 변화 속에서도 일념(一念)하면 패턴을 찾을 수 있지. 즉, 창조주를 만나 인도하심을 입을 수 있다는 거야.

신이 인간사를 일일이 간섭하시지 않아. 폭풍우가 사악한 주인의 농장을 지나치고, 선량한 농부의 작물을 망치는 경우를 본다. 악인이 출세하고 미덕을 쌓고도 몰락하는 사람들을 보면서 혹간 철없는 인간들은 신의 무심을 느끼기도 하지만 아니야. 신은 인간을 지극히 사랑하여 임계장력 속에서 마음껏 욕심을 누리며 살 수 있는 자유를 줬어. 인간 죄성(罪性)에 대한 아량의 한계를 선물로 준 것이지. 물이 얼음으로 바뀌는 상전이(相轉移, Phase Transition)와 같은 임계점을 둔 것과 같아."

신의 임계장력 속에서 살아가는 인생은 카드놀이와 같은 것이다. 신이 인간에게 이 광활한 시공간 속에 존재해야 하는 이유도 알려 주지 않은 채 운명의 패만 나누어 준다. 그 패를 적절히 활용하여 판을 이끌어 가는 것은 온전히 인간의 몫이다.

유대인 신학자 본회퍼의 기도 시다.

나는 누구인가?
이 고독한 물음이 나를 비웃는다.
하지만 내가 누구이든 신은 안다. 내가 그의 것임을.

이렇게 기도의 삶을 살아온 본회퍼가 아우슈비츠 수용소에서 죽어갈 때, 모세와 그의 백성들을 위해 바다를 갈랐고, 삼손에게 신비의 능력을 부여했던 신의 도움을 간절히 기도했지만 신을 만나지 못했다. 그토록 기다려도 나타나지 않자 "이제 우리는 신이 없이 사는 것을 배우지 않으면 안 된다"라는 말을 남기고 죽었다. 빛나는 아침에 등불을 켜 들고, "나는 신을 찾는다!"라고 외치며 찾아다녔던 니체도 신을 만나지 못했다.

신이 직접 다스린 구약의 시대, 선지자 예레미야가 신께 질문한다. 〈구약 성서 예레미야 12장 1절〉 주께 질문하옵나니 악한 자의 길이 형통하며 패역한 자가 다 안락함은 무슨 연고니이까. 신의 은총은 우리가 받을 만해서 받는 것이 아니다.

신은 오래 참으며 임계점 밖에서 초장이 초장(草場)되게 하는 이법(理法)으로 다스린다. 인간이 찾을 때만 나타나는 신은 신으로서의 더 이상의 의미가 없기 때문이다. 신은 우리가 생각하는 것보다 훨씬 강하게 우리를 키우고 있다. 스스로 일어서며 스스로 치유하고, 사람이 사람을 이끌고 사랑하도록 한다.

우기가 지나고 건기가 시작할 무렵 킬리만자로의 서쪽 사바나 지대의 중심에 있는 세렝게티 대초원에는 뭇 생명들이 모여들어 상생의 축제를 벌인다. 그들에게 축제란 먹고 먹히는 살육의 시간이기도 하다. 먹으면서 동시에 먹히는 아수라! 사육제다. 이것이 자연의 현행(現行)이다. 신은 먹힌 생명을 불쌍히 여기지도 않으며 배불리 먹은 생명을 나무라지도 않는다. 신이 자연을 다스리는 이법이다.

"그러나 인간은 신의 아량의 한계가 끝나는 한계점을 모르기 때문에 절제의 삶을 살아가야 하는 거야. 즉, 신이 가진 주권의 영역이 존재하기 때문이지. 장력한계의 설정이 인간을 인간 되게 하는 것이며 준엄한 신의 공의로움을 선언하고 계셔.

태양신 아폴로에게는 인간 여인에게서 낳은 아들인 파에톤이 있었어. 파에톤은 아버지 아폴로 신을 만나기 위해 만난의 여정을 거쳐 신전을 찾아오게 되지. 아들을 만난 반가움에 아폴로는 파에톤에게 무슨 소원이든 들어주겠노라고 약속을 해. 아폴로에게 당시 불길이 타오르는 사륜마차가 있었어."

글로리아가 이야기를 이어 간다.

"파에톤은 그 마차를 꼭 타고 싶다고 조른다. 오랜 시간 동안 아들을 방치한 잘못을 속죄한다는 심정으로 아폴로는 마지못해 허락하면서 당부한다. 너무 낮지도, 너무 높지도 않게 달려라. 너무 높으면 신의 궁전이 불타버리고 너무 낮으면 대지가 까맣게 타버린다. 중간을 가는 것이 안전하다며 신신당부한다. 운전에 미숙한 파에톤은 너무 낮게 달린 나머지 땅 위의 모든 것을 불태워버린다. 더 이상 두고 볼 수만 없었던 제우스가 번개를 내려 파에톤은 최후를 맞는다는 것이다. 자유운행의 한계, 절제를 설명하고 있는 신화야."

또 다른 신화다. 미노스왕의 미움으로 크레타 섬에 갇힌 명공 다이달로스(Daedalus)의 아들 이카루스(Icarus)는 새의 깃털에 초를 붙여 만든 날개를 달고 하늘을 날아 섬을 탈출한다. 이카루스는 아버지의 충고를 무시하고 태양 근처까지 너무 높게 나는 바람에 뜨거운 햇볕에 날개를 붙인 초가 녹아버려 바다에 추락해 죽고 말았다. 이카루스가 떨어진 그 바다를 이카리아해라 부르며 이카루스의 날개는 임계장력을 넘어가는 인간의 탐욕으로 상징된다.

'내가 구원과 해탈이라는 단어를 동시에 구사하는 것은 영적으로 타(他)를 인정하라는 의미야. 무엇에서 벗어나 무엇으로 옮겨 간다는 의미며 관계조화를 하라는 것이야. 신의 존재와 절제의 의미도 포함하고 있지만.

양기의 144도와 음기의 216도의 합이 360도의 원을 만들어 하나, 즉 완전을 이룩한다는 거지. 관계기저(基底)야. 옴살 맞게 된다는 뜻이기도 하고.

옴살(holistic) 맞음은 좌뇌와 우뇌의 공조, 이(理)와 정(情)의 균형, 가슴과 머리로 균형 잡힌 사고(Holistic Paradigm)를 할 줄 아는, 즉 관계조화를 할 줄 아는 인간이 된다는 의미야. 양뇌경영(兩腦經營)의 삶, 절제된 삶을 살 줄 아는 지혜를 갖는다는 의미도 되고."

에코는 숲과 언덕을 좋아하는 아름다운 요정이지만 쌍방적 대화를 모르고 일방적으로 떠드는 습벽 때문에 여신 헤라의 벌을 받는다. 나르키소스는 허상의 샘 요정을 쫓는 사랑의 일방향성 때문에 비운을 맞는다. 그리고 거기서 맺힌 한들이 메아리와 수선화로 변해 자연에 배어 들어간 사건이 되어 오늘날까지 신화로 전해지고 있다. 쌍방향의 균형 상실, 즉 옴살의 상실에서 일어난 비극이다.

"옴살의 밖은 환경과 아름다운 만남이고, 내면은 자기와의 온전한 만남이지. 온전한 인간(The Self)이 된다는 것은 내면에 모성적인 원형(Anima)과 부성적인 원형(Animus)을 간직해야 한다. 모성적인 것의 상징은 감성과 쾌락이며, 부성적인 것이란 이성과 절제를 상징한다. 부성적인 낮(활동144)과 모성적인 밤(쉼216)이 서로 대립하고 있는 것 같지만, 사실은 신의 동일한 뜻을 이루는데 함께 일하고 있어. 성숙한 인격이란 양심(兩心)을 가져 쾌락과 절제, 자유와 책임을 동시에 소유하고 지배하는 것을 말해.

양자론을 통해서 알려주고 있는 물질세계의 실상은 이 세계는 반드시 타(他)가 있어야 아(我)가 존재할 수 있는 상대성에 바탕을 둔 세계라는 것이야. 공즉시색 색즉시공으로 보이는 것은 보이지 않는 것의 실상으로 신은 모든 것을 대칭적으로 창조했어. 있는 것이 없는 것을 규정하며 없는 것이 곧 있는 것을 규정하고, 나는 너로 인해 나가 되지. 너라는 존재가 없는 나는 공허한 물질일 따름이지."

어려움이 있어야 쉬움을 알게 되고

긴 것을 두고 짧은 것을 재는 법이며

높은 것과 견주어 낮은 정도를 보고

소리와 비교해서 음악을 알아듣고

앞이 정해져야 뒤가 따를 수 있음이라.

"점(點)의 잠시성(Ephemeral)이 선(線)의 영원성(Permanent)으로 이어지며 삶 또한 불행과 행복을 씨줄과 날줄로 하여 짠 한 폭의 비단이 되게 하며, 빛과 어둠, 성(聖)과 속(俗), 보이는 것과 보이지 않는 것, 유한과 무한, 큰 것과 작은 것, 물질과 정신, 좌뇌와 우뇌, 지성과 감성, 무(武)와 문(文), 명분과 실제, 주관과 객관, 자아와 타아, 탄생과 죽음, 가난과 부유함, 노동의 피로와 휴식의 달콤함, 내 안의 큰 우주와 내 밖의 무한한 우주인 태아태극(太我太極), 통에서 중요한 것은 통 자체가 아니라 가운데의 빈 공간, 통이나 주전자는 그 빈 데 무엇을 담기 위해 존재하는 것을 알게 하여 불행 중에서도 소망을 갖게 하신 창조주의 자비를 은유하고 있는 거지. 행복은 불행이 존재해야 그 의미를 부여받을 수 있듯이."

셰익스피어는 희곡 『소네트』에서 이렇게 노래했다.

'오, 악한 것도 은혜롭다. 왜냐하면 선한 것이

악한 것 때문에 더 선한 것이 되기 때문이다'

"재미있는 얘기를 하나 덧붙이면, 부처님이 7가지 보시를 말씀하셨어.

첫째, 화안시(和顔施) 온화한 얼굴을 하는 것이 보시 즉, 베풂이다.

둘째, 언시(言施) 따뜻한 말로의 베풂이다.

셋째, 심시(心施) 진심으로 대하는 베풂이다.

넷째, 안시(顔施) 부드러운 눈빛으로 대하라.

다섯째, 신시(身施) 행동으로 실천하는 베풂을 주라.

여섯째, 상좌시(床座施) 좋은 자리를 먼저 양보하라.

일곱째, 찰시(察施) 계속하여 보살펴 주는 베풂이다.

더 나아가 그리스도의 큰 육보시(肉布施)가 있다. 인간의 몸으로 세상에 와서 대속의 재물로 자신의 몸을 사랑의 제물로 준다는 의미야."

옛적 수태가 불가능한 남편을 가진 한 아낙이 회임을 위해 정성을 다하여 공양하며, 죽기로 기도하니 수도사는 어쩔 수 없는 측은지심에 육보시하였다. 그 후 아들을 가지게 되었는데 이것이 신묘하다는 소문을 일으켜 많은 기도 여인들을 모이게 했다. 세월이 흐른 후 수도사님도 인간인지라 자기의 핏줄이 보고 싶어 새해 첫날 공양을 갈 테니 색동옷을 입혀 놀이터에서 놀도록 아이 어머니들에게 부탁했다. 여럿 아이들이 색동옷을 입고 노는 것을 보고 이유 모르는 이웃 아낙도 따라서 자기의 아이들에게 색동옷을 만들어 입히기 시작했다. 색동옷 유래의 속설이다.

"큰 육보시는 구원의 상징이 되며, 작은 육보시는 음란행위로 평가하는 인간의 좁은 시각을 은유하는 우스개야. 작은 육보시는 '파계'라는 비판을 받는다. 파계가 아닐 수도 있다. 애탐의 늪에서 벗어난, 베풂의 덕마저 잊어버린 허허로운 마음의 망덕보시(亡德布施)일 수도 있다."

낙관론자는 장미꽃만 보고 그 가시를 보지 못하며

염세주의자는 장미꽃은 보지 못하고 그 가시만 본다.

옴살주의자(Holistic Paradigm)는 가시와 꽃을 동시에 본다.

낙관론자는 생(生)이라는 여행의 목적지 도착 이후의 세상을 넘어다보며 미리 흠뻑 취한다. 장진주사를 부르며 가는 정철과 이태백 같은 이들이다. '혼(魂)은 하늘로 백(魄)은 땅으로'를 흥얼거리며 간다. 낙관으로 포장된 허무다. 슬픈 허무가 때론 아름다운 시를 낳기도 한다.

시인 천상병의 슬픈 체념과 가녀린 긍정이 어우러진 '귀천(歸天)'이라는 시다.

나 하늘로 돌아가리라

새벽빛 와 닿으면 스러지는

이슬 더불어 손에 손을 잡고

나 하늘로 돌아가리라

노을빛 함께 단둘이서

기슭에서 놀다가 구름 손짓하면은

나 하늘로 돌아가리라

아름다운 이 세상 소풍 끝나는 날

가서 아름다웠더라고 말하리라

염세주의자는 무사한 목적지 도착만을 희구하며 눈을 감고 기도하며 인생을 여행하는 사람들이다. 구원과 해탈을 바라며 미래만을 살다 간다. 눈 위의 기러기 발자취가 녹으면 없어지듯, 인생의 자취도 흔적 없이 흩어진다며 설니홍조(雪泥鴻爪)를 노래한 북송(北宋) 제일의 시인 소식(蘇軾)과 트라피스트의 수도사들이 그 예다.

소식(蘇軾)의 '화자유면지회구(和子由澠池懷舊)'라는 시다.

정처 없는 인생은 무엇과 같을까
날아가던 기러기가 눈 내린 진흙 위에 내려선 것과 같다.
진흙 위에 우연히 발자국을 남기기는 하여도
날아간 기러기 어디로 갔는지 어찌 알겠는가.

헛되고 헛되며 헛되니 모든 것이 헛되도다. 이 땅의 모든 것이 헛되다고 생각하며 에덴의 동산만을 염원한다.

생멸(生滅)의 덧없음을 노래한 월명사의 제망매가(祭亡妹歌)다.

어느 가을 이른 바람에 여기저기 떨어지는 나뭇잎처럼
같은 가지에 나고서도 가는 곳을 모르는구나.
아아, 극락에서 만나볼 나는 도를 닦으며 기다리겠노라.

옹살주의자는 머리로는 애벌레가 꾸는 나비의 꿈을 꾸며, 가슴에는 황진이를 안고, 여신이 쳐다보면 눈웃음치며 간다. 삶의 진정한 의미는 그 과정에 있다며 '장진주사'의 의미를 열정으로 바꾸어 흥얼거린다. 적당히 게으름피우며, 적당히 착하게 살다 가는 사람이다. 울프가 그 예다.

김소월의 '밭고랑 위에서'라는 시의 2연이다.

오오, 빛나는 태양은 나려 쪼이며
새무리들도 즐거운 노래, 노래 불러라
오오 은혜여, 살아 있는 몸에 넘치는 은혜여

"생각의 불균형, 편견과 오류, 행간에 존재하는 은유, 갈등의 상극성(相剋性)을 이해하는 사유(思惟)를 옴살이라고 하지. 이것을 인간이 잃어버린 거야. 신이 인간을 창조할 때 희구했던 인간상을 말이야. 세상을 지배하며 멋들어지게 세상을 누리며 살라고 했는데 인간들이 신의 이법, 절제를 버리고 위선의 가면을 쓰고 제멋대로 살아가며 지구를 파멸시키기에 이른 거야. 천국을 지옥으로 만들어 버린 거지."

글로리아가 천국과 지옥을 구별해 설명해주는 자상함을 보인다.

"천국은 꿈과 열정, 환생(Incarnation)과 오행의 변화가 존재하며 기다림이라는 수레에 실린 희망(Change The Times)이 있는 곳이고, 지옥은 무료함과 영원한 쉼의 무서운 균형(Fearful Symmetry)인 권태만이 존재하는 곳이지. 천국은 열정적 삶을 실현하다간 사람들이 가는 곳이고, 지옥은 오늘이라는 시간을 체념해 버리고 어제의 회한과 내일의 탐욕으로 살다간 사람들이 가는 곳이야. 지옥과 천국은 이런 곳이야." 하면서 이야기 하나를 곁들인다.

고대에 후라는 사람이 있었다. 그는 죽자마자 자신이 매우 아름다운 곳에 있다는 것을 알게 된다. 꿈에서 그리던 안락함과 아름다움이 있었다. 그때 하얀 옷을 입은 사람이 다가와 말했다. "원하는 건 뭐든지 해도 됩니다. 무슨 음식이든 실컷 먹고 재미있고 즐겁게 지내세요." 후는 너무 기뻐서 그가 살았을 때 꿈꾸던 것을 다 해봤다. 수년 동안 즐겁게 지내던 후는 어느 날 하얀 옷을 입은 사람에게 말했다. "이미 제가 하고 싶은 일은 다 했습니다. 이젠 약간의 일이 필요합니다. 내가 쓸모 있는 사람이라는 느낌을 받고 싶습니다." 그 사람이 대답했다. "미안합니다. 내가 당신에게 줄 수 없는 중요한 것이 하나 있는데 그게 바로 열정을 쏟을 수 있는 일(Business)입니다. 이곳엔 전혀 할 일이 없습니다." 후가 말했다. "영원히 지루하게 살라는 말입니까? 차라리 지옥에 가겠습니다." 그러자 하얀 옷을 입은 사람이 다가와서 낮은 목소리로 이야기했다. "지금 당신이 어디에 있다고 생각합니까?" 충족의 과정과 변화의 희열이 없는 즉, 희망이 없는 곳. 지옥이었다.

"천국은 감내할 만한 시련이 있는 곳이야. 폭풍이 부드러운 미풍을 염원하게 하고, 구름이 태양을 염원하게 하며 메마른 대기가 비를 염원하게 할 때 그의 마음은 신을 갈구하는 법을 배우게 되지. 우리가 환난 중에도 즐거워하나니 이는 환난은 인내를, 인내는 연단을, 연단은 소망을 이루는 줄 알기 때문이지.

폭풍은 결코 적이 아니야. 모든 먼지와 권태를 씻어가는 하나의 도전이지. 살아 있음을 느끼게 하며 나무를 보다 젊고 강하게 만드는 새 생명의 씨앗이야. 긴장이란 삶의 양념(Stress is the spice of life)이며 신의 존재를 알게 되는 축복이지."

05

천일의 기도

천일의 기도

"**인**간의 시각(時刻)과 신의 시각에 대해서 조금 더 설명하면 아주 재미있는 사실을 알게 되지. 인간이 고개를 한번 돌리는 순간 초 단위시간 속에 잡히는 영상이 한 장의 평면영상이라면, 신의 일고(一顧)의 찰나에 인간이 백 년 동안 펼쳐 놓는 입체영상으로 잡혀. 입체영상이라고 표현하는 것은 다각도를 조명하며 내밀한 생각까지를 관조한다는 것이지. 심판의 날 신이 인간을 판정하는 방법이야. 하루를 천년같이 천년을 하루같이 보는 시공간역추적 영상법이지."

인간의 시간은 과거로 흘러 희미해지지만, 신의 시간은 미래가 현재로 침입해 들어오면서 인간의 현재적인 삶의 태도를 결단케 하는 힘으로서의 미래라서 지워지지 않는다는 것이다. 책장 속의 활자와 같은 선명성을 보관한다는 것이다. 시간 속을 살아가는 인간의 삶이 낡아 없어지는 허망한 꿈이 아니라는 은유다.

"창조주의 아들 지저스 클라이스트께서 세상에 계실 때 제자들에게 천국이 벌써 임했다고 말씀하셨지. 그것은 수천 년간의 시공을 순간에 바라볼 수 있는 신들의 시공간 관조법을 설명하고 계셨던 거야. 물론 최후의 심판을 경고하시는 말씀이시긴 하지만…"

"신들의 시각으로 보는 시공간 관조법을 구경시켜주지." 하면서 글로리아가 사각의 손거울 하나를 식탁 위에 세우며 두 손바닥을 마주치자 한쪽 벽면 전체에 시간과 공간의 병치(倂置)가 나타난다. 천일의 기도에 대한 신의 응답으로 여신의 휴양지 방문을 허락받은 울프의 조상대에서부터 울프의 탄생에 대한 원초적

역사가 실제로 눈앞에 존재하며 살아 움직이는 입체영상으로 전개된다.

경남 합천군 가야면 성기리 둠산마을의 야산. 솔향이 입체영상 화면 밖으로 전해오는 듯한 풍광을 가진 야산이다. 상복을 입고 관을 지게에 지고 산을 오른 사내가 지게를 내리고 목발로 고정시킨 후 표시해둔 장소를 찾아 땅을 판다. 작은 농사와 부업인 풍수로 가난하게 생계를 이어온 울프의 고조부가 후손 중에서 왕기(王氣)를 갖고 태어난다는 어혈지(御穴地)에 자기 모친의 시신을 암장하고 있는 모습이다. 혼자서 장례를 마친 후 가족을 남겨둔 채 한밭, 즉 후일 대전(大田)이라 불리는 곳으로 홀로 야반도주한다.

이튿날 새벽, 사내아이가 태어난다. 아명이 태봉(太峯)이다. 왕기를 받은 듯한 풍모의 장한으로 성장한다. 외진 산간마을로 선교를 위해 눈 덮인 산길을 내려오다 굴러떨어져 움직이지 못하는 벽안의 외국인을 발견한 태봉. 자기 집에서 병구완을 해준다. 자기 집에 머물던 미국인 선교사로부터 한문 대역 영어성경으로 기독교 신앙을 전수받는다. 세례를 받은 후 영수(領袖)가 된다. 체계적 안수목사 양성 교육기관이 없었던 시대에 성서에 대한 일정교육을 필한 사람에게 부여한 직함이 영수다. 신(申)영수, 울프 조부의 직함이다. 목회자로서의 시간이 흘러 1905년, 경남 협천군 성기리에 초대교회인 숭산교회를 설립한다.

사람 두 배 크기의 화강암 돌 절구통을 한 손으로 들어 올리는 장사 신영수를 따르는 합천군 지역의 청년들이 늘어나자 일본 순사들의 노골적인 박해가 시작된다. 균이라는 아명을 가진 맏아들이 11세 되던 해에 지게 위에 성경을 깔고 그 위에 균의 동생을 올려 앉힌 후 한 손으로는 부인의 손을 붙잡고 중국 심양으로 신앙의 자유를 찾아 떠난다.

중국 심양 서탑이라는 마을에 정착한다. 방앗간들이 밀집해 있는 지역이다. 마을로 들어오려면 작은 언덕을 넘어야 한다. 곡물 마차들이 새벽이면 방앗간을 향해 힘겹게 넘는 고갯길이 있는 마을이다. 언덕을 힘겹게 넘어오는 곡물 마차들을 11살 난 균이 어둠이 채 가시지 않는 이른 새벽에 마을 밖 언덕 초입에 서서 기다리고 있다. 힘겹게 넘어오는 마차를 뒤에서 혼신의 힘을 다해 밀어준다. 마차를 끌던 중국 마부가 고개 위에서 쉬면서 감사의 인사를 걸어온다.

"고맙다, 얘야! 신세를 어떻게 갚아야 하니?"

"아저씨, 제 이름이 균인데요. 칠성제분소에서 제분하시면서 제 소개로 왔노라 하시면 돼요. 특별히 잘해 주실 거예요."

균의 소개로 제분을 마친 제분소 사장이 오후가 되면 그날 균의 이름으로 제분한 마차의 수에 할당된 수당을 지불한다.

균의 일에 대한 열정과 성실성이 서탑마을에 자자하게 퍼지면서 7년의 세월이 흐른다. 어느 봄날 신수는 훤하나 좀 무능하게 생긴 부잣집 사위 왕가가 찾아와 자본투자를 제시하며 동업을 제안한다. 奉天市(봉천시) 皇姑區(황고구) 大寶二段(대보이가) 140之(지) 51번지에서 복리제분소(福利製粉所)라는 상호 아래 두 사람의 동업이 시작된다.

그해 가을, 사장인 왕가가 한 명뿐인 여종업원을 임신시킨 사건이 발생한다. 실제적 자본주인 왕가의 장모가 나타나 투자자본회수를 주장한다. 근동 망신을 당한 왕가는 동업 포기를 결심하고 투자자금을 자기의 장모와 해결하라는 메시지를 남기고 사라져 버린다. 3년 저리로 변제를 약속한 균이 실제적 사장이 된다.

공식 교육기관에서 받은 교육기간이 국민학교(초등학교) 3년이 전부인 균이 일본어, 중국어, 영어, 조선어 등 4개 국어에 능통하여 단순한 주문제분만이 아니라 중국 농민들의 고추를 모아 빻아 조선, 중국, 일본 등 세 개 나라에 무역거래를 한다.

어느 날 일본인 백화점을 우연히 방문하게 된 균이 셀로판지를 보게 된다.

"셀로판지에 고춧가루를 담으면 저장운반이 편리해질 거야! 왕소금 가루를 조금

넣으면 장기저장도 가능할 거고, 왕소금값이 고춧가루의 10분의 1이니까 수익의 폭도 늘어날 거야!" 이날 떠올린 아이디어가 훗날 대박을 불러온다. 일 년에 열두 수송열차분의 고춧가루를 생산해 내는 제분소로 키운다. 조선인 최초로 심양전화 2-4223번을 부여받는다. 만주 대륙 최초에 저장 가능한 셀로판지 포장 고춧가루가 엄청난 부를 가져다준 것이다.

균은 12살 어린 신부 김해 김씨를 만나 행복한 날들을 보낸다. 어린 신부를 위한 예단의 하나로 손위 처남에게 신발공장을 대구에 설립한 후 경영권을 내준다. 검정고무신과 검정운동화를 조선 최초로 생산토록 해준 것이다. 균은 시대를 보는 혜안이 있어 사업을 예측하는 것마다 성공으로 이어진다.

처남 내외가 판매대금을 밤을 새워 계산해도 시간이 모자랄 정도로 신발 생산이 호황을 맞는다. 매일 쏟아져 들어오는 돈을 주체하지 못한다. 처남이 기생집을 출입하며 돈을 소모시킨다. 부인은 새로이 조선에 들어온 서양 춤에 정신이 팔려 공장을 돌아보지 않는다. 공장을 도맡아 관리하던 총지배인이 사장의 싹수없음을 판단하고 기술자 몇을 데리고 부산으로 이주해 신발공장을 창업한다. 대구공장의 경쟁력이 급강하하면서 도산한다. 이것이 40여 년 후 부산이 세계 신발 수출의 메카로 부상하게 된 단초가 된다.

중국, 조선, 일본 등 동서양의 문화가 혼조하며 사회질서마저 혼란한 만주. 자금이 있는 곳에 마적들뿐만 아니라 독립군을 사칭한 무력집단이 수시로 출몰하여 도움을 청하는 무법의 시대다. 독립군에게 주는 도움도 내놓고 할 수가 없다. 일본 형사가 눈치채면 가혹한 처벌이 뒤따른다. 독립군들의 요청이 있으면 신 영수(領袖)는 자신을 따르는 신자 집 뒷마루에 쌀과 함께 군자금이 든 자루를 두면 슬쩍 집어가는 방법으로 독립군을 후원한다. 독립군들이 일본군에게 붙들려서 고문을 못 이기고 군자금의 출처를 밝혀야 할 때를 대비해서다. 준 것이 아니라 잃어버린 것이라고.

매년 가을걷이가 끝나고 초겨울이 오면 신영수는 거래처 수금여행을 떠난다. 허름한 옷차림에 괴나리봇짐 하나다. 여행 중 잠자리는 목로주점 객사다. 실내 벽난로, 중앙의 통로, 나무침상, 발을 마주 보고 잠자는 봉로 방이다. 군데군데 모여앉아 술잔을 나누며 객담(客談)을 나누다가 먼저 눕는 순서대로 잠든다. 익일 새벽에 일어난 순서대로 각자의 갈 길을 출발한다.

어제저녁 객담을 나누다 옆자리에 잠든 여행객에게 인사나 남기고 갈려고 들여다보니 죽어있다. 흔히 있는 일이다. 확인해 보면 틀림없이 정수리에 대가리 없는 대못이 박혀있다. 행락사로 판단한 객점 주인이 길가에 내다 놓으면 들개들이 몰려와 처리한다. 술자리에서 객담을 나누다가 신분이 노출되든지 재물을 가진 눈치를 채이면 당하는 풍경이다. 일경은 독립군을 죽이고, 독립군은 일경이나 일경의 정탐원을 죽이고, 마적은 재물 가진 자를 암살하는 각축전이 벌어지는 곳, 만주대륙에서 흔히 볼 수 있는 풍경이다.

수금한 돈은 허리띠에 묶어 감추고 가진 재물이 없다는 것을 보이기 위해 식사 도중 무엇을 찾는 척하며 일부러 봇짐을 끌러 보인다. 막노동 일을 찾아 길을 떠났다는 설명을 덧붙이고 식사를 마친다. 그리고 피곤한 듯 구석 자리에 누워 잠을 청한다. 이것이 안전하게 만주벌판을 여행하는 최상의 방법임을 체득한 신영수의 호신술이다. 음지에서 아들의 성공을 돕고 있는 신영수의 모습이다.

음지에서 아들의 사업을 도우면서 심양 서탑교회를 세운다. 초대당회장으로 김덕성 목사를 취임시키며 자신의 이름은 뒤편으로 감춘다. 많은 세월이 흐른 후 문병 온 후배로부터 서탑교회의 부흥소식을 듣고 태봉은 웃으면서 세상을 떠난다.

후일 아들 균과 며느리는 태봉을 회상하며 무능했던 사람으로 평가를 내린다. 음지에서 수고한 부친의 노고를 모른 것이었다. 인간에 대한 진정한 평가의 기준이 무엇이 되어야 하는지 곱씹어 볼 필요가 있는 부분이다. 360도로 구성된 원에서 216도의 음지와 144도의 양지. 음이 있어야 양이 존재한다. 음지에서 수고하며 자기를 위해서는 한 푼의 재물도 축적하지 않아 무능력자로 평가되는 인자와 위선의 축적으로 성인이나 영웅으로 평가되는 인간의 단면적인 판단은 분명 아이러니임을 보여주는 장면이다.

대한민국의 해방을 일찍이 감지한 균은 처가의 연고가 있는 대구로 이주를 결심한다. 모든 재산을 처분하여 일본 은화와 금괴로 바꾼다. 가족 전부가 막노동꾼의 남루한 복장으로 갈아입는다. 소가 끄는 달구지에 낡은 이불 보따리와 낡은 가재도구들이 눈에 띄도록 실어 올리고 그 밑에 은화와 금괴를 감추고 만주를 떠난다.

일본인 부자가 대구시 남산동에 건립한 주택을 구입하고 직장으로는 인접한 대신동에 제재소를 마련한다. 1,200여 평의 일본인 소유의 제재소를 구입한 것이다. 계약서류를 넘겨준 일본인들이 하나둘 일본으로 철수하기 바쁘다. 어수선한 시국이다.

일제 순사로 일하던 대우라는 사람이 나타나 제재소가 자기의 소유라 주장하며 재판 수속을 밟는다. 권력을 등에 업은 사기꾼 대우의 악질 사기라는 것을 알지만 어쩔 수 없이 육백 평을 양도하기로 하고 합의한다. 해방 후 이 사람이 대한민국 국회의원에 출마한다. 악질 순사가 입법자가 되던 시절이다. 이 승만 대통령의 최대 실정이 일제 잔재를 청산하지 못한 결과가 균의 집안에도 일어나고 있는 격동기다.

균은 성질이 급하며 의심이 많고 신경질적이다. 격동기에 자수성가하여 이국에서 살아남기 위해 후천적으로 형성된 성격만은 아닌 것 같다. 왜냐하면 같은 환경에서 성장하여 만주에서 동고동락하며 지내온 균의 아우는 성격이 느긋하며 온화하다. 90%는 핏속 유전인자의 영향으로 형성된 것이라 생각된다. 울프는 균의 아들로 다시 태어나는 것은 거절하지만 아버지의 아들이었음을 자랑스러워 하고 있다.

격동기의 한복판 균을 아버지로 한 울프가 대구시 남산동 573번지 한옥에서 탄생한다. 방이 아홉 개에 다락방 하나 창고가 하나인 저택이다. 집 뒤로 얼마를 걸어가면 맑은 시냇물이 흐르는 곳에서 송사리를 잡을 수 있고, 가을이면 두 그루의 감나무에서 단감이 서너 접 열리고 봄이면 앵두나무가 자태를 뽐내고, 겨울이면 화단 가장자리에 무를 저장해 두었다가 야식으로 시원하게 깎아 먹을 수 있는 공간. 울프 어린 날의 추억이 서린 집이다.

울프가 6살 때 지나가는 달구지 뒤에 몰래 올라타고 친구 집에 놀러가던 중이다. 다 왔다고 생각하며 뛰어내리는 순간 지나가던 택시에 치어 일 년을 병상에서 보낸다. 혼자 병상에 누워 많은 생각을 하는 아이로 자라는 계기가 된다.

그의 부친이 좋은 사립학교에 보내고 싶은 욕심에서 울프가 사는 동네에서 멀리 떨어진 초등학교에 입학시킨다. 혼자 먼 길을 통학하게 된 어린 울프가 중간에서 딴 호기심에 마음을 빼앗겨 중간학교를 시작한다. 연못으로 들판으로 돌아다니며 어린 자연인이 된다.

울프가 13살 되는 해에 울프의 부친은 제재소를 청산하고 악질 대우에게 빼앗기고 남은 600평 대지 위에 36개의 점포를 지어 서문시장 장터에 중심상가를 만든다. 상호를 '구성사'로 정한다. 이어 전대미문의 화재를 만나 전소한다. 남산동 주택을 처분한 자금으로 '구성사'를 재건축한다. 조금의 여유 자금을 남겨 대구 중구 서야동 28번지로 이사를 간다. 이곳이 울프의 본적지가 된다.

울프의 부모가 지난날의 부를 다시 찾기 위해 사업에만 몰두할 동안 울프는 송어 낚시와 과일 서리 등으로 산과 들을 헤매며 학업을 멀리한다. 64명 중에서 63등을 헤매고 다닌다.

중학교 2학년 때다. 같이 손잡고 다니던 한 살 위의 친구가 어느 날 여학생을 만나기 시작했다. "울프야! 오늘 저녁 내 여자 친구의 친구를 한 명 소개해 줄 테니 동네 놀이터에서 7시에 만나. 시간 잘 지키고, 알았지?" 혼자서 여자 친구를 만나는 것이 좀 어색했던 친구가 울프가 같이 나가주기를 신신당부한다.

저녁 식사 후 울프는 여자 친구 소개를 받는다는 들뜬 마음으로 어떤 옷을 입고 나갈 것인가를 궁리하고 있다. 울프의 어머니가 숯불 다리미로 울프의 교복을 열심히 다름이질 하고 있다. 내일 등교준비를 해주고 있는 것이다. 다림질을 마치길 울프가 주위를 맴돌며 기다린다.

금방 다린 새 교복을 차려입고 어머니 몰래 대문을 빠져나온다. 약속 장소를 향해 열심히 걸음을 재촉하고 있는데 순간 검은 먹구름이 하늘을 덮더니 소나기가 쏟아지기 시작하는 것이다. 돌풍을 동반한 소나기다. 남의 집 처마 깊숙이 몸을 피해 보지만 금세 생쥐로 변해버린다.

생쥐 모습의 자신을 내려다보면서 울프가 어머니 모습을 떠올린다. 아버지를 도와 사업장에서 하루를 보내고 퇴근 후에도 피곤한 기색 하나 없이 울프의 내일 등교를 챙기시던 모습을 떠올리며 미안한 생각에 순간 눈물을 글썽이며 집으로 돌아선다. 울프의 참회 장면이다. 그리고 그날 이후 학업에 매진한다. 성적이 수직 상승한다. 담임선생이 신기해한다.

대입 준비를 하고 있는 겨울 저녁이다. 집안 식구들이 출타하고 없는 집에서 울프가 밤늦게까지 혼자 입시공부에 몰두하고 있다. 집안 살림을 도와주고 있는 '순이 아주머니'가 출타하고 돌아와 잠자리에 들 준비를 한다. 삼십 대 중반의 건강 미인이다. 남편의 의처증으로 고향을 버리고 울프네 집으로 흘러와 집안일을 돕고 있는 아주머니다.

"울프야, 늦었으니 이제 그만 자지? 이리 와, 추운데 같이 잘래?" 하며 묻는다. 읽고 있던 책을 덮고 순이 아주머니 이불속으로 들어가 눕는다. 순이 아주머니가 살포시 안아 준다. 용기를 내어 슬그머니 울프가 봉긋한 가슴을 만져본다. 울프가 하는 대로 몸을 조용히 맡기고 있다. 이때 아주머니가 조용히 몸을 반듯하게 눕는다. 더 이상의 진도에 상식이 없는 울프는 아주머니가 조용히 잠이 든 것으로 생각한다. 한참을 조용히 숨소리만 듣고 있던 울프가 그만 잠들어 버린다. 순진의 극치다.

그날 이후 순이 아주머니가 울프에게 쌀쌀맞게 대한다. 울프가 이유를 몰라 당황해 한다. 같이 자자고 할 때의 그 눈빛이 무얼 말하고 있었는지를 울프가 몰랐던 것이다. 여자가 행복하지 못한 관계에 평안이란 있을 수 없다.

고등학교를 마칠 때쯤 전교 일등을 하기도 한다. 그러나 기초가 부실하다. 안정적 성적이 아님에도 욕심을 부려 서울 소재 명문대학의 법학과를 지망한다. 그 당시에는 전국에 대학이 몇 개 없어 비율이 셌을 때다. 보기 좋게 낙방한 후 이차 대학 상학과에 입학한다. 초급장교 교육을 이수하고 육군소위로 임관된다.

직장 그리고 가정을 다람쥐처럼 오가며 성실히 살아가고 있는 울프의 모습이 이어진다. 후일 울프의 친우가 지어준 아호가 다람(茶嵐)이다. 차 다(茶), 향기 람(嵐), 다람. 친우가 다람쥐를 상징하며 지어준 것이지만 다람쥐와는 의미가 다르다. 다향 같은 울프의 성품을 나타내 주고 있는 아호라고 몇 친구들이 말하긴 한다.

울프가 좋아하는 색깔은 파랑, 꽃은 개복숭아, 나무는 앵두, 음식은 밀가루 음식, 고기는 돼지고기, 음료수는 핫초코, 과일은 수박, 냄새는 샤넬No.5이다. 여자가 바르는 향수지만 남자가 좋아하는 냄새로 개발된 것이다. 음악은 사노라면과 데니보이, 마음의 경구(Aphorism)는 열정은 있으나 탐욕을 가지지 말라는 욕이불탐(慾而不貪)이다.

사람은 남자보다 잘생긴 여자를 더 좋아한다. 못생긴 여자를 보면 성형할 부분을 살피며 걷는 습성이 있다. 못생긴 한국 여성을 동반한 외국인을 보면 흐뭇해하면서 한국 미인을 동반한 외국 남성을 보면 괜히 짜증스러워한다. 그리고 산보다 바다를 더 좋아한다.

특히 바다낚시를 즐긴다. 낚싯줄로 전해오는 물고기의 퍼덕임에서 사정(射精) 같은 생명의 전율을 느낀다. 팽팽하게 드리운 낚싯대를 바라보며 물고기들의 움찔함을 기다리며 큰놈을 상상하는 꿈, 정중동(靜中動)에서 찾는 진정한 삶의 비유라 말한다. 가슴 졸이는 욕망 즉, 꿈이 있는 삶 동안만 생명이 살아있다는 생각이다. 행복은 살아 있음을 느끼는 것이다.

낚시는 잡아챔이다. 포식동물이 생존하기 위해서 하는 최초의 행동은 바로 잡아챔이다. 잡아채지 않으면 먹이가 없다. 먹이가 없으면 짝짓기도 없고, 짝짓기가 없으면 새끼도 없다. 잡아챔을 잘못하는 사람은 성공하지 못한다. 잡아챔을 잘하는 사람은 성관계도 잘한다. 미인 미남은 용감한 사람이 채간다. 잡아챔이 없는 곳에 신의 축복이 없다. 기회라는 놈은 뒤통수가 없기 때문에 앞에서 잡아채야 한다. 성공과 실패는 누가 한순간을 유리하게 사용하느냐에 달려있다. 기선제압에 실패하면 대어의 반항에 낚싯대가 부러지던지 놓치게 된다.

라틴어로 된 비문(碑文)에 사는 건 필연이 아니지만, 낚시를 하는 건 필연이라는 글이 있었다. 가슴 졸이는 욕망 뒤에 따라오는 충족감이 성행위보다 낚시가 더 크다는 것이다. 낚시와 관련된 많은 경구들이 있지만 그중의 압권이 '상어와는 절대로 물어뜯기 시합을 하지 마라'이다. 남자와 여자는 차이점이 있다. 여자는 잠자리에서 복수(複數)의 희열을 느낄 수 있지만 남자는 낚시에서 느낀다.

자신이 좋아 부르는 자신의 별명은 오우아거사(吾友我居士)다. 책하고만 교분을 나누다 보니 자주 왕래하는 친구가 없어 '내가 나를 벗 삼는 사내'라 이름 지은 것이다. 문인 이덕무의 글에서 흉내낸 별명이다. 영어로는 '론 크레이지 울프'다. 가족들이 부르던 별명은 둘리라는 만화에 나오는 '고길동' 아저씨다.

울프가 자신을 오우아거사라 부르며 지어 부르던 시 '꽃필 때'다.

꽃이 질 때나 필 때

바람 불 때나 눈 올 때

마음이 허허로워

문득 사람이 그리워질 때

오시게

고구마 구워 안주 삼아 담근 술 같이 마시세

동이 다 비웠다고 미안해 마소.

내가 휘적휘적 걷고 싶은 날

상상의 발목을 붙들고 날아

자네 집에 들러 마신 술에

취한 날이 몇 날인지

몇 동인지

기억이 가물가물하오

그러니 미안해 마소.

삶의 깊이도 말하지 말고

인생을 아는 척 마세

사람들의 시비 대충은 알고

사람들이 밤마다 바꾸어 꾸는 꿈의 내용도

대충은 알지 않소

모닥불 지피며 술이나 마시세

나무 사이 부는 바람도, 산 넘어 나는 구름도

우리보다야 세상사 더 잘 알고 있지 않겠소.

모닥불에 고구마 굽다가

눈이 마주치면 그저 싱긋 웃기만 하세

고구마 없으면 감자를 구워도 좋고.

올봄엔 고구마파종 더 많이 해두겠소.

오우아거사(吾友我居士)들에게도 찾아오는 벗들이 있긴 하다. 밤중 일편명월 그것이 벗이라는 조선 중기의 문인 신흠의 시조를 풀어써 본다.

산촌에 눈이 오니 돌길이 묻혔세라

사립문을 열지 마라 날 찾을 이 뉘 있으리

밤중만 일편명월(조각달)이 긔(그것이) 벗인가 하노라

동물 중에서는 청개구리와 게(Crab)를 좋아한다. 울프는 개구리의 물과 뭍을 동시에 사는 옴살과 자기 몸의 수십 배를 뛰어 풀잎에 올라앉는 열정을 좋아한다. 그래서 개구리의 미니어처(Miniature)를 여러 개 가지고 있다. 벗들의 방문이 있을 때면 하나씩 나누어 준다.

개구리가 가진 속설이 '행운과 귀향'이다. 물과 뭍을 오가며 사는 속성이 금의환향을 한다는 설로 발전한 것이다. 올챙이 적에는 물에서 자라 개구리가 되어 뭍에서 놀다가 다시 물로 돌아가기 때문이다. 비를 만나 하늘을 나는 용(龍)의 대구(對句)가 땅의 개구리(蛙)다. 옛적에는 개구리의 울음이 진정한 농번기의 시작을 알려주는 전령이라 믿었다. 행운의 목소리다. 용과 개구리는 둘 다 생명의 원천인 물과 관계있는 동물이다. 지금도 중국 소수민족들의 궁전 처마에는 빗물이 용의 입에서 떨어지면 땅의 개구리가 받아먹는 조각품이 존재하고 있다.

그리고 게(Crab)를 좋아하는 이유는 자기를 닮아있다고 생각하기 때문이다. 불의를 보면 게거품을 물고, 집게로 물고 죽는 다혈질이다. 남의 집 구멍에는 들어가지 않는다. 그래서 사회적 지수(Social Quotient)가 떨어진다. 창자가 없어 무장공자(無腸公子)라는 말을 듣는 게지만 들어갈 곳과 안 들어갈 곳을 구분하지 못해 욕을 버는 인간보다는 낫다고 게거품을 문다.

울프의 아들이 동기 의사와 결혼하여 민(旼)과, 하(河)라는 이름의 두 아들을 갖는다. 손자들의 이름들을 지어준 울프는 작명의 의미를 천간지지와 오행을 연구하면서 깊이 깨닫게 된다. 동쪽에서 떠오르는 온화한 태양의 모습을 의미하며 지어준 민이는 커 갈수록 성격이 온화하다. 동쪽에서 흘러오는 물, 인간 생존을 위해 필요한 물과 같은 인재가 되라는 의미의 '물 하'자를 쓰는 울프의 둘째 손자 하는 커 갈수록 정치적이며 리더십이 강하다.

며느리가 울프에게 하(河)의 임신 소식을 전하던 전날 밤 울프가 꿈을 꾸었다. 누군가를 태우고 고속도로 진입을 준비하는 순간 제복을 입은 사람들이 다가와 울프가 타고 있는 차의 양쪽 후드에 두 개의 깃발을 달아준다.

그리고 출생 전날 밤 울프가 또 다른 꿈을 꾼다. 많은 사람들이 둘러서서 무언가를 쳐다보며 신기해하며 수군거리고 있다. 울프가 다가가서 사람들의 어깨너머로 내다보니 큰 고목나무 밑에서 왕관을 쓴 큰 두꺼비 앞에서 작은 두꺼비들이 모여 절을 올리고 있었다. 다음 날 하가 태어났다.

울프의 딸은 안과의사와 결혼하여 딸 우(祐)와 아들 영(榮)을 갖는다. 우라는 작명을 도울 우(祐) 자로 한 것은 나라가 필요로 할 때 도움을 줄 수 있는 인재가 되라는 의미를 갖고 지었다. 특히 우는 그림에 재능을 보인다. 색상이 맑고 밝은 무지개 같은 그림을 잘 그린다. 그래서 울프가 아호를 무지개 정원이라는 뜻을 가진 예원(霓園)이라 지었다.

예원이 다섯 살 때, 남동생 영(榮)이 서울에서 태어난다. 왠지 허전한 마음을 그림으로 달랜다. 그간의 그림을 모아 5세의 나이로 『티아나 공주 이야기』라는 제하의 그림책을 발간한다. 예원은 결단력과 판단력이 대단하다. 그래서 울프가 예원의 별명을 '열정의 공주'라 지었다.

울프는 비 오는 겨울날 딸을 결혼시킨 후 세상 책무를 다 마친 것 같은 홀가분한 기분과 함께 왠지 모를 허전함에 사로잡힌다. 그날 이후 대학에서의 강의에 열정이 떨어짐을 느낀다. 명예퇴직을 신청하여 5년 기간의 명예교수로 부임된다. 그리고 얼마 후 아내와 함께 퇴임기념 여행을 떠난다. 맞물고 돌아가던 톱니바퀴를 뛰어내린 것 같은 허전한 기분에 사로잡히면서 옆 좌석의 아내를 돌아보며 말을 건넨다. "지나온 삶이 허무한 것 같아." 다분히 위로를 기대하며 건네 보는 말이다.

"나도 당신한테 시집와서 세끼 밥 먹은 것밖에 없어." 아내의 대답이 싸늘하다. '뭣이! 세끼 밥만 먹었다고, 내가 당신이 큰 머슴 하고 부르면 네! 하고 금방 달려오면서 평생 동안 전력을 다했는데 그걸 몰라줘!'하는 내면의 자아가 소리 없는 고함으로 항변한다. 울프는 퇴직의 허전함을 아내가 더 진하게 느끼고 있을 것이라는 생각을 못한 채 서운함만 느낀다. 제주여행이 서로의 허전한 기분으로 냉랭해진다.

울프가 역지사지(易地思之)라는 말을 머리의 지식으로는 생각할 줄 알았으나 가슴의 감성으로는 느끼지 못하고 있었다. 사회적 호칭을 내려놓고 삼식이 남편의 아내가 되는 허전한 마음을 부인이 느끼고 있다는 것을 전혀 생각하지 못했던 것이다. 실천이 없는 지식, 검은 건 글자요 흰 건 종이일 뿐이라는 문맹자와 별반 다른 것이 없었다.

남자는 자존심으로 살고, 여자는 사랑받고 있다는 느낌으로 행복하다고 했는데, 현시욕의 충족은 아니더라도 "여보, 그동안 수고 많이 했어. 당신과 함께 해서 행복했어."라는 한마디 위로를 받았더라면 만사형통했을 텐데, 돌아온 냉랭한 대답에 울프의 기분이 허전함에서 허무로 바뀐다.

유심산매(有心山梅)

겨울을 이긴 산매화, 보아줄 이 돌아보나.

무심해운(無心海雲)

아무도 없고 무심한 파도와 구름만 흘러가네.

내 마음이 모자라서 그러하지 하며 울프가 자기를 위무한다. 그래서 책장 머리에 붓글씨로 쓴 욕취선여(欲取先餘, 그저 얻기를 구하기 전에 먼저 베풀라)라는 글귀를 세워두고 있지만 섭섭한 마음이 시간이 갈수록 새끼를 기른다. 여행 후 우울증 증세를 보인다.

원효대사가 득도의 고행 중에 산골 작은 절에 들어갔다. 자신이 원효라는 것을 감추고 주지 스님에게 머물기를 청했다.

"원하는 대로 머무르게, 객승이라도 놀고먹는 법은 없으니까 우리가 손해날 것은 없지."

다음 달부터 주지스님은 원효에게 청소와 장작 패는 일 그리고 공양 시중을 시켰다. 원효가 보기에 학승들은 각자 책을 지키고 앉아 열심히 외고는 있으나 머리로는 전혀 이해하지 못하는 것 같았고, 주지스님은 날마다 방에 누워 빈둥빈둥 누룽지만 먹는 게으름뱅이였다. 누구도 뒷마당에서 장작을 패고 있는 객승이 유명한 원효대사라는 것을 알아채지 못하는 것 같았다. 몇 개월이 지나 원효는 서서히 부아가 치밀고 이런 곳에 있는 스스로가 한심하게 느껴져 절을 떠나기로 결심했다. "내가 바로 원효인데…"

그가 떠날 채비를 하자 주지는 이렇게 성실하게 일 잘하는 객승은 처음이니 더 머물다 가라고 한사코 붙잡는 바람에 "내가 원효인데…"라는 마음을 지닌 채 3년이라는 세월을 보냈다. 어느 날, 더는 참을 수 없어 모두 잠든 새벽녘에 몰래 줄행랑을 치는데 그의 등 뒤에서 "원효야!" 하고 부르는 소리가 들렸다. 산골짜기 절에서 자기의 이름을 아는 사람이 없는데 갑자기 "원효야!" 하는 소리에 깜짝 놀라며 뒤돌아보니 주지스님의 목소리였다. 주지스님은 원효를 알고 있었던 것이다. 원효대사가 현시욕(顯示慾)을 깨우치는 순간이다.

근대사에서의 대 사상가인 헤겔도 '남들에게 인정받고 싶어 하는 욕망, 나의 진정한 욕망은 타인의 인정을 욕망하는 것'이라고 했다. 일반 중생의 현시욕이야 더 말할 나위 있을까.

생명체에서 필요 이상으로 나타나는 욕망 중에서 제일 먼저 나타나는 욕구 중의 하나가 현시 욕구다. 해탈을 위한 마지막 욕구도 현시욕이다. 공작새는 생명을 걸고 암컷의 관심을 끌기 위해 덤불에 걸려 맹수의 밥이 될 위험을 무릅쓰고 꼬리를 펴고 현시(Conspicuous)하는 도박을 한다.

전통춤에서 최고의 절정이 고수(鼓手)의 '얼쑤'라는 추임새가 나오는 순간이다. 최고의 긍정이며 칭찬인 추임이다. 현시욕의 긍정적 자극이 칭찬과 추임새다. 현시욕의 긍정적 측면이 자라면 존재감인 열정이 된다. 칭찬은 고래도 춤추게 하며 나무도 힘차게 자라게 한다. 세속적 존재감이며 현시욕이며 인간관계의 기저다.

부정적 자극이 멸시와 비하(卑下)다. 무간지옥(無間地獄)을 건설한다. 현시욕의 부정적 측면이 자라면 탐욕과 지배욕, 권력욕이 된다. 그래서 망담피단(罔談彼短)이 필요하다. 나의 단점을 남에게 이야기할 필요가 없고 남의 단점을 말할 필요도 없다. 긍정적 좋은 말만이 필요 되는 이유다. 인간은 자기의 단점을 알고 있는 사람을 기피한다. 비밀을 묻어버리기 위해 살인도 한다.

어느 해 동짓날에 김선달의 집에서 팥죽을 너무 많이 쑤어서 상해버렸다. 아내가 이를 아까워하자 김선달은 장에 가서 팔아먹자며 꾀를 알려 주었다. 장에 가서는 자리를 깔아놓고 맛있는 팥죽이 한 그릇에 ○○전이라고 방을 붙였다. 손님들이 자리를 하자 선달의 아내가 손님들을 향해 묻는다.

"손님들, 서울식으로 초를 쳐서 드릴까요, 아님 시골식으로 그냥 드릴까요?"

그러자 김선달이 그 말을 받는다.

"시골 사람들이라 초를 치면 시어서 먹질 못한다구!"

그러자 시골 사람들은 은근히 약이 올랐다. 사람 무시한다며, 이래 봬도 입맛은 서울식이라며 이구동성으로 서울식을 달라고 주문했다. 그리하여 이들은 신 팥죽을 초 친 팥죽으로 너끈히 팔아 치운다는 얘기다. 현시욕을 긍정적으로 자극한 예이다.

주자는 사람의 본성(本然之性)이 무리지어 생활하며, 혼자가 되지는 않을까를 언제나 불안해하는 존재라서, 타인에 의하여 자신의 존재가 확인되는 희열은 말 그대로 재탄생의 희열을 느낀다 했다. 제주도 여행길에서 솔직한 내심을 드러내며 대답한 아내의 한마디에 울프가 존재감을 상실한다. 울프도 평범한 한 명의 범부임을 알 수 있는 장면이다.

울프는 새로운 생활의 변화를 위해 대구에서 강화도로 이주한다. 아내는 주중은 딸네 집에서 보내고 주말에 들러 빨래와 먹을거리를 챙겨주고 간다. 무연고지라 울프가 깊고 푸르고, 빈 가을 하늘 같은 고독을 느낀다. 빠져 떨어질 것 같은 공허감에 공포를 느낀다. 최초의 인간 아담이 느꼈던 권태가 울프를 괴롭힌다.

울프의 일기장 하나가 영상에 나타난다.

창밖의 풍경이 어제 내린 눈으로 한 폭의 아름다운 산수화를 그리고 있다. 모처럼 쌓인 눈이라 밟아 보고 싶다. 운동 삼아 걷고 목욕도 할 겸해서 두툼한 겉옷을 걸치고 나오면서 아내 방을 쳐다본다. 유난히 눈을 좋아하는 아내다. 대구에서 살면서 겨울이 되면 눈이 내리지 않는 곳에 시집 잘못 왔다고 투덜거리던 아내라 같이 걷고 싶지만 딸애 집에 가고 없다.

폭삭폭삭 밟히는 눈이 좋아 이 생각 저 생각하면서 걸었던 것이 다니던 목욕탕을 지나 강화남문까지 왔다. 두서없는 생각들이 떠오른다. 고향을 두고 내가 여기에 왜 와있지?

그저 외손녀 보기 편하고, 고향 갈 비행장 가깝고, 공기 좋고, 낚시와 텃밭 가꾸기 좋은 곳이라서 간다고 지인들에게는 말했지만 아니다. 일 갑자(一 甲子)라는 세월의 정상을 넘고 나니 점차 지구를 떠나야 할 마음의 준비를 하고 있는 것 같다. 내가 세상에서 가장 사랑하는 손자들을 고향에 두고 온 것을 보면 버리는 마음의 연습을 하고 있는 것이다. 내가 데리고 자면서 키운 첫정이라 하루를 걸러 보지 못하면 눈에 밟히는 첫 손자 민(旼)이지만 떠나와 봤다.

수정한 비숍의 시구처럼 버리고 떠날 기술을 익히기 위해 떠나와 봤다.

잃어버리는 기술은 배우기 어려운 게 아니다.
너무 많은 것들이 잃어버려질 작정을 하고 있는 듯
잃었다고 큰 문제가 생기지 않는다.

매일 뭔가 잃자.
어릴 때 자란 앵두 열매 익는 기와집,
분지 속에 덥고 춥고 칼칼한 계절이 있는 고향
잃어버리는 기술은 배우기 어려운 게 아니다.

그럼 연습할 건 더 많이, 더 빨리 잃어 보기,
엄마의 시계, 여행하기로 되어 있던 곳, 친구들의 이름
그렇다고 큰 문제 될 건 없지.

당신을 잃는 것도(농담하던 목소리, 내가 사랑하던 몸짓)
난 거짓말 않으려는데.
분명 잃어버리는 기술은 배우기 어려운 게 아닌데
마치 큰 문제인 것처럼 보이지만.

나는 삶에 대한 회의가 들 때마다 삶의 열정을 불어넣기 위해 새로운 환경 변화를 추진했던 것 같다. 미국 플로리다 주 게인스빌에서의 생활, 그 후 몇 년 뒤 다시 시카고 생활, 그리고 강화도로의 이사다. 삶에 대한 회의라 표현했지만 마땅한 단어를 찾지 못한 표현이라는 생각이 든다. 권태로운 생활환경을 바꾸

고 싶어서다. 짜릿한 변화의 성취와 일에 대한 열정이 식을 때 나는 심한 삶의 갈증을 느낀다.

집안 피의 속성이 게으름과 술인 것 같은데 나는 좀 돌연변이인 것 같다. 살면서 직장을 세 번 바꾸었는데 늘 최고로 부지런한 사람으로 불리었다. 그래도 할 일을 못 찾으면 책을 읽는다. 혼자서 부지런한 병에 걸려있다. 특히 사회적 관계지수(Social Quotient)가 떨어지는 병이 심각하다. 알면서도 고치지 못한다.

아내 피의 속성을 생각해 본다. 자존심이 강하고 이지적이다. 후천적 이지(理智)가 가끔씩 자녀들과 논쟁을 벌인다. 아이들은 감성적 자모이기만을 원하지만 이지적 멘토(Mentor)로 자기의 주장을 강하게 펼치기 때문이다. 한마디를 보태야만 존재감을 느끼는 아내다. 강한 자아(自我)가 어떨 때는 싸늘하게 느껴진다.

그래서 아내에게 들려주고 싶은 어느 17세기 수녀의 기도가 있다.

주님, 주님께서는 제가 늙어가고 있고

언젠가는 정말로 늙어 버릴 것을

저보다도 잘 알고 계십니다.

저로 하여금 말 많은 늙은이가 되지 않게 하시고

특히 아무 때나 무엇에나 한마디 해야 한다고 나서는

치명적인 버릇에 걸리지 않게 하소서.

모든 사람의 삶을 바로잡고자 하는 열망으로부터

벗어나게 하소서.

저를 사려 깊으나 시무룩한 사람이 되지 않게 하시고

남에게 도움을 주되 참견하기를 좋아하는

그런 사람이 되지 않게 하소서.

제게 겸손한 마음을 주시어
제 기억이 다른 사람의 기억과 부딪칠 때
혹시나 하는 마음이 조금이나마 들게 하소서.
나도 가끔 틀릴 수 있다는 영광된 가르침을 주소서.

(중략)

아멘.

눈길을 걸으면서 나는 누굴까? 라는 걸 생각해 봤다. '나를 사랑하는 사람들이 나를 평가해 내린 정의'라고 사람들은 말하지만 틀렸다고 나는 생각했다. 왜냐고? 나의 아버지는 보리쌀을 곁들인 일식삼찬 절제의 삶을 사신 분이다. 자기 자신을 위한 투자에는 엄격하지만 쾌척에는 대범하셨다. 기독대학 설립자 두 형제가 찾아와 대명동 캠퍼스 대학 부지 마련 기금을 청한다. 4모보 대지 구입 자금을 쾌히 헌납한다. 그러나 우리 어머니와 삼촌들은 아버지를 자린고비라 부르셨다. 나의 할아버지는 기독교 영수(領袖)셨었는데 내가 뵌 느낌은 성자다. 그러나 나의 아버지와 어머니가 내리시던 정의는 무능한 분이셨다. 재물을 뜬구름 같은 것이라며 경시하셨기 때문이다.

재물은 뜬구름 같은 것.
프라시노시나이힐리필리피케이션(Floccinaucinihilipilification)

재물을 좋아하는 사람들의 시각에는 재물을 모으지 못한 사람을 무능한 사람이라 부를 수도 있지만, 틀렸다고 생각한다. 삶을 바라보는 시각에 따라 재물의 가치가 달리 보이기 때문이다. 책을 많이 읽으셨는데 자기에 대한 글을 한자도 남기신 것이 없다. 노인이 가는 것은 작은 도서관이 가는 것이라 했는데.

한 줄의 글, 한 권의 책으로 삶의 혁명을 일으키며 섬광같이 역사를 바꿀 수 있다고 나는 믿는다. 그래서 나는 죽음의 신이 아무 예고 없이 어느 날 갑자기 찾아와 나의 문을 노크할 때를 예상하며 이 책을 쓴다. 돌아오지 않을 길을 떠나고 나면 누군가의 가슴에 살아남은들 떠난 자에게 무슨 의미가 있나 하지만 나는 나의 이야기를 남기고 싶었다. 무엇을 잡고 연연해서가 아니다. 파란 하늘을 본 아이의 감동 같은, 내가 사랑했던 사람들에게 들려주고 싶었던 이야기다. 한낱 꿈속의 빈말 같다고 해도, 내가 바라본 삶의 시각(Ways of thinking)에 남은 잔상인 '나'다.

네가 나를 알아보는 이상으론

아무도 나를 알 수는 없다.

〈엘뤼아르〉

추천장에 '이 사람은 폭풍우가 몰아치는 날에도 잠을 잡니다.'라고 쓰여 있었지만 일손이 급한 농장주인은 한 청년을 고용했다. 며칠 후 거센 비바람을 동반한 폭풍이 부는 밤, 농장주인은 놀라 잠에서 깨어 청년을 불렀지만 깊은 잠을 자고 있는 청년을 깨우지 못했다. 주인은 급한 마음으로 외양간으로 달려갔다. 놀랍게도 가축들은 넉넉한 여물 옆에서 편안히 자고 있었다. 그는 밀밭으로 뛰어나갔다. 밀 집단은 단단히 묶인 채 방수 천에 덮여 있었다. 곡물 창고도 비 한 방울 맞지 않고 있었다. 그제야 주인은 '이 사람은 폭풍우가 몰아치는 날에도 잠을 잡니다.'라는 말의 의미를 알았다.

나는 이 청년보다도 더 준비가 철저한 사람이었다. 나는 40대 초부터 소박한 노후준비를 시작했다. 거주 아파트 하나, 쌀이 나올 논 세 마지기, 월세가 나올 상가 하나, 포도밭 하나, 경산시 와촌에 전원주택지를 마련했다. 그때가 나의 전성기였던 것 같다. 헛되고 헛되며 헛된 준비였었다. 재물에는 밀물과 썰물 같은 성쇠가 있는 것 같다. 삶에 대한 열정이 식으면 재물도 떠나간다.

재물의 상징인 돈(Money)이라는 단어의 어원이 거대한 악마라는 의미를 가진 '맘몬(Mammon)'이다. 잘만 다스리면 요술램프 속의 거인을 하인으로 부릴 수도 있다는 의미를 내포하고 있는 단어다. 악마는 뜨거운 것을 좋아한다. 열정과 욕망이 있는 곳에서 재물은 활력을 발휘하며 주거한다. 열정이 식은 곳에서는 맘몬이 떠나간다. 열정이 없는 사람이 돈을 탐하면 실패한다.

악마인 맘몬의 아이러니 하나가 세상을 긍정적으로 바라보며 열정을 다하는 사람만을 부자로 모신다. 부정적 사고를 가졌거나 능력 이상으로 재물을 붙들면 재앙을 잉태시킨다. 맘몬이 떠나려 할 때 흔적 없이 가도록 놓아줘야 한다. 맘몬이 앙탈을 부리며 떠나간 흔적은 불행과 재앙이다.

또 이 생각도 했다. '동화책에 마귀할멈은 나오는데 왜 마귀 할아범은 나오지 않지?' 솜털같이 부드럽고 감성적이던 아내가 나이가 들수록 이지적 평론가로 변해간다. 남성호르몬의 증가 현상인 것 같다. 요즘 나 혼자 웅얼거리며 부르는 아내의 별명이 하나 있다. '소크라', 모모 씨의 아내다. 이 말을 입 밖에 낸 적은 없다. 아내의 귀에 들어가면 지구에서의 평안한 날이 종식될 거라는 것을, 삶의 과정을 통해 깨달아 알고 있기 때문이다. 나도 일 갑자(一 甲子) 만에 얼마쯤 영악해진 것 같다. 여자와 코끼리는 한번 섭섭하면 영원히 잊어먹지 않는다는 속담도 외우고 있다.

기자가 호킹 박사에게 물었던 이야기도 떠올랐다. 세상에서 제일 이해하기 어려운 것이 무엇이냐고 물었더니 여자의 마음이라고 대답했다. 여자의 대답이

이러했었지 아마, 제일 알기 쉽고 간단한 것이 여자의 마음이라고. 여자는 할 말을 다 못하면 못살고 남자는 한 말을 다하면 가족이 다 못살게 된다. 여자가 행복하지 못한 관계에 평안이란 있을 수 없다. 우리 부부는 십 년에 한 번꼴로 싸웠다. 내가 내뱉으면 싸움이 된다. 뱉기 전에 이젠 슬그머니 내 방으로 사라지는 지혜를 터득했다. 여자에겐 칭찬 외의 직언은 금물이다.

하우게의 '언덕 꼭대기에 서서 소리치지 말라'는 시다.

거기 언덕 꼭대기에 서서

소리치지 말라.

물론 네 말은

옳다, 너무 옳아서

말하는 것이 도리어 성가시다.

언덕으로 들어가,

거기 대장간을 지어라,

거기 풀무를 만들고,

거기 쇠를 달구고,

망치질하며 노래하라!

우리가 들을 것이다.

듣고,

네가 어디 있는지를 알 것이다.

여자에게뿐 아니라 어느 누구에게도 직언은 삼가야 한다. 직언하면 당 태종 이세민의 충신 위징(魏徵)의 이름이 떠오른다. "다 폐하를 위해서 드리는 간언입니다." 하면서 위징은 직언을 삼가지 않았다. 아마 위징은 직간(直諫)을 할 때마다 목숨을 내놓기로 각오했을 터이다. 위징의 직언이 얼마나 강력했는지는 이세민이 그가 죽은 다음에야 그가 벼르던 고구려 정벌에 나섰다. 이세민은 패전의 눈물을 삼키면서 '위징이 살았다면 그릇된 판단을 내리지 않았을 것'이라며 직언의 충신을 그리워했다.

위징이 강력한 직언을 할 수 있었던 것은 직언을 수용할 줄 아는 지혜를 가진 이세민임을 알았기 때문이었다. 그러나 중국 최고의 정치교범인 정관정요의 주인공인 이세민도 위징 사후에, 비록 나중에 복원시켜주긴 했지만 위징의 비석을 깨부수며 직언에 대한 누적된 감정을 표출하기도 했다.

중세 초 북유럽 사람들의 생활상을 묘사한 『냘의 사가』라는 두껍고 오래된 책이 있다. 요약하면 이렇다. 두 친구가 술을 마시던 중 한 명이 '당신 아들은 수염이 잘 안 자란다'라고 말한다. 수염은 남자의 상징이기 때문에 이 말이 모욕으로 들렸다. 모욕의 대가는 복수였다. 두 집안 사이의 복수극은 전쟁으로까지 이어졌고 결국 아이슬란드의 몰락을 가져왔다는 어이없는 이야기다.

희랍을 관리하던 신들 중 하나인 테레시아스는 잠자리에서 남자보다 여자가 더 재미를 본다는 직언을 했다가 헤라의 분노를 사서 시력을 잃었고, 비판과 직언의 신 모모스는 창조주께 직언을 하다가 신들의 정원 출입금지령을 받았다. 그래서 하루살이에겐 입이 없다. 자연은 신의 살아있는 교육장이다.

어느 시인의 '겨울 들판을 거닐며'라는 시의 일부다.

겨울 들판을 거닐며

겨울 들판이나 사람이나

아무것도 가진 것 없을 거라고

아무것도 키울 수 없을 거라고

함부로 말하지 않기로 했다.

생각이 옆으로 가지치기를 한다. '좀 더 의미 있고 철학적인 심오한 생각들을 좀 해봐!' 하면서 내면의 내가 나를 꾸짖는다. 수백억 광년의 거리에서 온 별빛의 관측에서 이제껏 인간들이 알아온 우주의 크기가 전체 우주의 4% 미만에 해당한다는 것이다. '우주의 시각에서 보면, 지구는 모래알만 하며 태양은 지구에서 6m 거리에 있는 탱자만 한 크기의 별이다. 인간이 크고 중요하다는 생각도 모두 다 여름날 구더기들의 높이뛰기 시합이지 뭐' 하고 자위해 본다. 아니 창조주의 시각에서 보면 호모 루덴스니, 심오한 철학자니, 사상가니 하며 떠들어도 지구라는 작은 먼지 위에 기생하고 있는 세균과 같은 존재들일지도 모른다. 오늘 내가 눈밭을 걸으면서 떠올렸던 단상들이다.

선원면 세광아파트 베란다로 몸이 돌아오니 생각도 현실로 돌아왔다. 고향에서 정성 들여 가져온 화분들이 겨울 추위를 넘기지 못하고 다섯 개 반이나 죽었다. 적자생존이지 뭐. 봄이 오면 서울의 꽃시장이나 한 번 가봐야겠다.

- 강화에서 -

삶의 변화에 대한 갈증을 달래기 위해 상루이스로 향하는 비행에 오르는 영상으로 이어진다. 짧은 순간에 백 수십 년 이상의 모습이 영상화되어 보여지고 있는 신비로운 장면을 글로리아가 울프에게 보여주고 있는 것이다.

백 수십여 년의 지나간 시간은, 과거와 미래의 영원한 시간을 투영하며 돌아가고 있는 섬세한 필름 위에 부풀어 오른 시간의 작은 거품이다. '오! 순간이여! 잠시 사라지는 초원의 빛이여, 꽃의 영광이여!'

'초원의 빛(Splendour in the Grass)이여'라는 워즈워스의 시다.

한때 찬란하게 빛나는 빛이었지만

이제는 내 눈앞에서 사라져 가고,

다시는 찾을 길 없을지라도

초원의 빛이여. 꽃의 영광이여.

우린 슬퍼하지 않고, 오히려

우리 뒤에 남아 있는 것에서 용기를 얻으리라.

존재의 영원함을

처음으로 공감하며,

인간의 고뇌를

사색으로 누그러뜨려,

죽음을 간파하는 그 믿음 속에서,

세월 속에 현명한 마음으로 남으리라.

06
일체유심조

일체유심조

포도주와 신기하게 생긴 천상의 과일들로 차려진 만찬을 세 사람이 즐기고 있다. 풍성하고도 농염한 매력을 풍기는 글로리아가 오늘은 선홍색 드레스로 성장을 했고, 어린 소녀의 얼굴 모습이지만 이지적 지성이 오히려 색향을 느끼게 하는 실비아는 진초록 드레스로 정장을 했다. 평소 깔깔거리기를 좋아하는 실비아도 말수가 줄었다. 왠지 무거운 분위기가 만찬 식탁을 누르고 있는 분위기다. 가끔씩 눈동자 속에 울프의 모습을 각인시키려 하는 듯이 실비아가 울프를 뚫어져라 쳐다본다.

만찬을 마친 세 사람은 암벽 앞으로 카펫처럼 펼쳐진 모래사장에 누워 별들을 쳐다보고 있다. 수정구슬처럼 흩뿌려져 있는 은하수가 금방 떨어져 얼굴을 때릴 것만 같이 가깝게 느껴오는 밤이다. 초저녁 밤하늘이 너무 맑아 슬픈 빛깔이라는 생각이 든다. 무거운 분위기를 깨기 위해 글로리아가 입을 연다.

"실비아 이해해! 나도 오늘은 인간소년을 한번 안아 봐야겠어!" 하면서 울프를 보듬어 안는다. 육감적이지만 모성적 충만함이 풍기는 글로리아의 여유로운 태도다. 울프는 새물 옷 냄새를 맡으며 어머니 품과 같은 포근함을 느낀다. 글로리아가 농담을 이어간다.

"내가 너희들의 교성을 들을 때마다 정말 부러웠었어!" 하면서 영조 때 대제학을 지낸 이정보의 시를 도발적인 목소리로 읊으면서 두 사람을 놀린다.

간밤에 자고 간 그놈 아마도 못 잊으리.

기와공의 아들놈인지 진흙에 뽐내듯이.

두더지 아드님인지 곡국이 뒤지듯이,

사공놈의 큰아들인지 삿대로 찌르듯이,

평생에 처음이요 흉중에 야릇해라,

전후에 나도 무던히 겪었으되 참 맹세하지.

간밤 그놈은 차마 못 잊을까 하노라.

"아니! 언니!" 하면서 실비아가 부끄러운 웃음과 함께 무거운 분위기를 내려놓는다.

"인간소년의 냄새는 정말 향긋하군! 향수의 신 '페르몬'이 십팔 세 소년 소녀의 체취가 나는 향수만을 줄곧 만들던 이유를 이제야 알 것 같아." 하면서 치골을 울프의 몸 위로 바짝 붙여온다. 울프가 어색한 웃음을 웃으면서 실비아를 돌아본다. 실비아가 오늘만은 특별히 혜량하겠다는 미소를 짓는다. 쓸쓸한 미소다. 실비아가 가끔씩 플로리다에서 헤어진 첫사랑을 떠올리며 짓던 미소다. 이별의 포옹인 줄 실비아는 이미 알고 있었다.

실비아가 빨려들듯이 깊고 맑은 하늘을 올려다보며 '친구'라는 자작시를 읊는다.

여기에 없는 것은 마음의 교류다.

친구야 오늘은 발가벗고 물장구치러 웃으며 가자.

그러다

쌓였던 그리움을 허허로운

웃음으로 덮지 못할 때

부둥켜안고 소리 내어 울자.

하늘 호수로

마음을 띄울 수 있는 지성의 가면을 벗고

강보의 유아가 어머니의 젖가슴을 파고들 듯

연약하고 무기력하고 의지할 것 없는 모습으로 서보자.

끝없이 고독의 구멍을 넓혀가는 지성의 굴레를 벗고

진솔하게

아파하고 좌절하며 분노하는 모습도 보여 보자.

우리를 하나 되지 못하게 하는 지성의 투명한 가름막을 깨고

저편으로 우리를 던져보자.

우는 모습 그대로.

울프의 마음도 순간 짠해 온다. 마음과는 달리 밀고 들어오는 글로리아의 향긋한 체취에 울프는 스르르 눈을 감는다. 복부 아래 쪽으로 짜릿한 전극이 지난다. 난교스럽고 기만적인 모습에서 떨쳐 나오려는 안간힘이 실린 어색함이 얼굴에 나타낸다. 어색함을 숨기려 희미한 기억들을 억지로 떠올린다.

젊은 날의 영상이다. 초급장교 시절. 부대 근처 라면을 끓여 파는 구멍가게 식탁에 세 동기가 둘러앉아 한 친구의 무용담을 입가에 춤을 흘리면서 귀 기울이고 있다. 총각 장교들이라 모이면 관심사가 여자 이야기가 된다. 오늘은 김 중위가 하숙집 주인아주머니를 점령한 무용담을 늘어놓고 있다. 다음 날 식사 메뉴가 융숭해졌다는 이야기다. 지금 생각하니 주인아주머니를 점령한 것이 아니라 풋풋한 총각 녀석이 사십 대 성숙한 아주머니한테 점령당한 거다. 입가에 웃음이 떠오른다. 젊음이 유혹의 덫을 피해 한 생애를 지난다는 것이 정말 어렵

고 귀하다는 생각을 한다. 인생에서 가장 큰 장애는 재난이나 위험이 아니라 유혹인지도 모른다. 그리고 참을 수 없는 존재의 가려움을 충격적인 '존재의 떨림'으로 전환하는 능력은 여자가 남자보다 우월함을 확신한다. 젊은 날의 잔상이다.

조선 최고의 문신들인 유성룡, 이항복, 정철, 심희수, 이정구 다섯이 술자리에 모였다. 술판이 무르익자 '제일 좋은 소리'에 대한 이야기가 나왔다. 정철이 먼저 말했다.

"밝은 달밤 누각 위를 지나는 구름 소리가 좋지!"

심희수가 뒤를 이었다.

"붉게 물든 가을 산봉우리서 부는 바람 소리가 제일이지요!"

유성룡이 말했다.

"몽롱한 새벽 창 아래서 작은 술잔에 술 따르는 소리에 묘미가 있지!"

이정구가 이어 말했다.

"산속 초당(草堂)에서 젊은이가 시 읊조리는 소리 또한 아름답지요!"

그러자 이항복이 웃음을 지으며 말했다.

"모두 다 좋은 소리겠습니다마는, 듣기 좋기로야 그윽한 밤 깊숙한 방에 사랑하는 이 치마끈 푸는 소리만 하겠습니까?"

그 말에 모두들 한바탕 크게 웃었다.

가장 버리기 어려운 인간의 욕망 중 하나가 현시욕이라면, 가장 물들기 쉬운 것이 본성 중 하나인 색진(色塵)이다. 불가의 육진(六塵), 색(色), 성(聲), 향(香), 미(味), 촉(觸), 법진(法塵) 중 중생의 마음을 어지럽히는 것들 중에서 그 으뜸이 색이다.

마케도니아를 바라보고 있는 터키의 북서쪽 헬레니즘시대의 고대 항구도시 도로 중앙 바닥에 대리석으로 새겨진 매춘광고가 있다. 현존하는 세계 최고의 역사를 가진 광고물이다. 내용을 보면 글자 한 자 없지만, 누구나 쉽게 매음임을 알고 찾아올 수 있도록 그림으로 잘 새겨져 있다. 고대사회에서는 긴 항해를 마치고 방문하는 선원들의 색진을 털어내 주기 위한 사회적 배려가 있었다. 생리적 욕구를 적당히 털어내지 못하면 다른 일을 즐겁게 시작하지 못하는 동물이 인간임을 고대인들은 알고 있었다. 여신의 신전과 주택가 사이에 위치하고 있다는 사실이 의미를 가진다. 정신력은 약하나 신체가 건강한 사람일수록 색진에 약하다는 것에 고대인들은 잘 대처했다.

"울프! 내 말에 귀 기울이지 않고 뭘 그렇게 생각하고 있어!" 하는 글로리아의 목소리에 회상에서 깨어난다.

"내일 우리는 떠나. 우리가 이곳을 출발하는 즉시 이곳 신들의 휴양지는 이제 영원히 폐쇄될 거야. 인간들이 지구별을 너무 오염시켰기 때문에 더 이상 신들의 휴양지로 사용할 수가 없게 되었어. 울프도 내일 이곳을 떠나야 돼."

마음의 준비는 늘 하고 있었지만 내일 당장 떠나게 되었다는 이야기에 울프는 순간 정신이 아득해짐을 느낀다. 한참 동안 글로리아의 이야기를 몇 차례나 되뇌어 보던 울프가 실비아를 따라 신들의 나라에 동행할 수 있는 방법은 없을까 생각한다. 울프의 마음속을 훤히 읽은 글로리아가 안타까운 표정을 지으며 그 불가능성을 설명한다.

"신들의 나라에는 머리에 환형(Gloriole)이 있어야만 출입이 가능해. 태양 뒤편 신들의 나라를 출입할 수 있는 인식표지. 신이나 성화(Glorified)된 성자들만이 출입할 수 있다는 신분증이지. 이것이 없는 사람이 태양 가까이 접근하면 타서 재로 변하는 거야. 인간 여인에게서 태어난 태양신 아폴로의 아들인 파에톤이 아버지의 불의 전차를 타고 태양 가까이 접근하다가 타죽고 말았어. 인간의 탐욕으로 말미암아 에덴동산에서 쫓겨난 이후 누구도 성화되지 않는 상태로 태양계를 넘어간 사람이 없어."

기원전 1750년경 만들어진 인류 최초로 집대성된 법전이 새겨진 함무라비 법비의 아랫부분에는 법 조항이, 윗부분에는 함무라비 왕과 신의 모습이 새겨있는데 신의 머리 위에 안개와 같은 아우라(Aura)가 있다. 성모마리아나 성자를 그린 로마의 미술품들을 보면 머리에 환형이 있다. 머리의 환형을 이루는 오라는 인간의 두개골 정중앙에 자리 잡은 솔방울 샘, 즉 송과선(Pineal Gland)에서 나온다. 교황의 지팡이에도 솔방울 모양의 문양이 새겨져 있다. 솔방울을 닮은 송과선은 17세기 프랑스의 수학자며 철학가인 데카르트가 영혼의 자리(Seat of the soul)라고 불렀던 곳이다.

성화된 인간의 송과선에서는 보라색을 띠는 황금빛 에너지장이 머리 위에 나타난다. 깊은 마음을 가지려 노력하면 누구나 머리에 환형의 흰색 에너지장이 나타나기 시작한다. 영적으로 깨어날수록 황금빛을 띠게 된다. 황금빛 환형 위에 보라색 테두리를 갖게 될 때 우주가 보내는 영혼의 경고를 감지하는 등의 능력을 갖는 순수 동물의 반열에 들게 된다.

동물들은 머리에 환형이 없지만 자연재해를 예측한다는 사실은 이미 오래전부터 알려져 왔다. 해안의 지진 등 우주가 보내는 영혼의 경고음을 동물들은 감지하는데 인간들은 대부분 무심하게 놓쳐버린다. 마음이 상념들로 복잡하게 덮여 있기 때문이다.

영혼의 경고음을 기(Ki)의 감응이라고도 부른다. 기운(氣運)의 감지라고도 하는데 수컷들은 생명보존, 즉 종족보존 영역에서는 특히 강한 기의 감응을 갖는다. 오셀로 증후군 환자들의 아내 가운데 상당수가 남편이 질투심을 느낀 바로 그 상대와 실제로 성관계를 갖고 있었다는 것 등이다.

동물들은 본능대로 살뿐 상념이 없기 때문에 우주의 신호를 쉽게 감지한다. 과거 일어난 일에 집착하지도 않고, 미래를 걱정하지도 않는 마음의 상태다. 오로지 현재의 순간을 열정으로 산다. 현재의 소리에 귀를 기울이며 어린이처럼 순수를 살기 때문에 우주가 보내는 전조(Omen)를 청음한다. 모든 것이 마음이 지어내는 일체유심조(一切唯心造)를 살기 때문이다.

글로리아의 위로가 이어진다. "인간 누구나 생로병사인 단일채널 단일단계모형의 레테의 강을 넘어야 할 대기행렬 속의 한 사람이야. 사유하는 모든 것은 마감의 시간을 갖지. 마감의 시간이 있어야 존재했다는 사실을 인식할 수 있어. 이별은 사랑의 순도를 잴 수 있는 측량계고, 만남과 이별은 둘로 나눌 수 없는 하나이며, 이별이란 삶의 또 다른 시작을 의미해, 이별 없는 영원의 다른 의미는 권태며 죽은 상태를 의미하는 것이지. 삶의 진정한 의미는 216의 슬픈 이별과 144의 아름다운 만남의 관계성 속에 360이라는 온전한 하나로 존재할 수 있어. 아름다운 인간적인 만남이 사랑인 거고."

사람들은 원래 팔다리가 여덟 개 달린 창조물로서 팔 네 개, 다리 네 개, 머리가 두 개였다. 제우스는 신에 대한 인간의 오만함 때문에 인간 몸에 번개를 내리쳐 둘로 쪼개었다. 그리고 떨어진 피부를 배꼽으로 묶었다. 그리고 각각의 한쪽을 그리워하는 갈증을 느끼게 만들었다는 글로리아의 설명이다.

인간은 두 쪽으로 각각 분리된 안드로규노스(Androgynous)의 양성구유(兩性具有)다. 원래 양성구유인 인간이 주신 제우스에 의해 양성으로 각각 분리되었기 때문에 인간은 서로 떨어진 반쪽을 그리워하게 되어 연애감정이 발생하게 되었다고 한다. 현재의 인간은 그 한쪽이기 때문에 그리움이 없는 상태의 사랑을 권태와 죽음으로 인식한다.

인간은 360분의 216인 영(靈)과 144의 육(肉)인 이원 현현체이다. 육의 상태로

만 존재하면 우리는 물질이라 이름하며 영만이 존재하면 우리는 귀신이라 부른다. 잠시와 영원, 만남과 이별, 아와 타가 공존할 때 삶이 열정을 갖는다. 양쪽이 어느 하나를 정복할 수 없는 영원한 인빈시블(Invincible)이라는 것이다.

트로이 전쟁 이전, 신과 인간들이 같은 공간에서 살던 고대 시절을 상상하며 만든 남자와 여자 조각상들이 아직도 유럽지역에 많이 남아 있다. 남자의 나신상에서는 난폭한 굴곡의 강인함을 상징하는 근육, 즉 힘을 나타내고 있고 여자의 나신상에서는 선의 미려함을 표현하고 있는 것이 많다.

열정의 상징인 근육과 아름다움의 상징인 부드러운 선의 만남, 그리고 조화가 온전함의 하나인 사랑을 이룬다는 은유가 담겨있다. 신이 최단으로 표현하고 싶었던 미(美)가 '사랑이 있는 만남'이라는 것을 조각가의 상상력을 빌려 말하고 있다.

암컷과 수컷의 눈과 날개가 하나씩이어서 짝을 짓지 아니하면 날지 못한다는 전설상의 새인 비익조(比翼鳥), 두 나무의 가지가 서로 맞닿아서 결이 서로 통한 연리지(連理枝)는 사랑이 있는 만남을 은유하고 있다. 사랑이 있는 온전한 만남이 옴살이다.

"실비아를 짝사랑했던 헤르메스가 날개 달린 외짝신발을 타고 우리를 마중오기로 되어 있어. 귀여운 친구지. 외짝 신발은 만남, 이별 그리고 혼자라는 것을 은유하고 있지." 하면서 헤르메스에 대한 이야기를 울프에게 전해준다.

아름다움의 여신 아프로디테와 사랑을 나누기도 한 헤르메스는 제우스의 심부름을 도맡는 전령신이다. 상업을 주관하는 신이기도 하며 또한 '도둑의 신'이다. 제우스는 헤르메스를 전령신으로 삼으면서 지팡이 하나와 날개가 달린 마법의 가죽신을 내렸다. 올림퍼스의 신들 중에서 제우스의 심부름으로 이승과 저승을 자유자재로 오르내리는 신은 헤르메스밖에 없다.

그리스 로마 신화에는 신발의 이야기가 자주 나온다. 아득한 옛날 그리스인들이 잃어버린 자존심, 황금빛 양의 털가죽을 찾아오는 영웅인 왕자 이아손이 아버지의 복수를 하러 나타났을 때 외짝 신 모노산달로스(Monosandalos)를 신고 나타났다. 모노는 하나라는 의미이며 산달로스는 오늘날 우리가 샌들이라고 부르는 신발의 이름이다.

헤라클레스와 함께 그리스를 대표하는 영웅 테세우스의 아버지는 여행길에서 나중 테세우스의 어머니가 되는 여인을 만나 동침한 후 아들이 태어나면 자기를 찾을 수 있는 칼과 가죽 신발을 신표로 남긴다. 신발이 신화에 자주 등장하는 이유는 무엇일까?

'달마도'에 나오는 소림사의 소림권법을 창시한 달마대사가 들고 있는 지팡이에는 신발 한 짝이 매달려 있다. 신데렐라는 무도회에서 잃어버린 유리 구두 한 짝으로 말미암아 왕자와 재회하며, 우리나라 고전 소설 『콩쥐팥쥐』에서의 콩쥐는 꽃신으로 말미암아 행운을 맞는다.

『신데렐라』의 가장 오래된 판본은 9세기경 전족이 시작된 중국에서 기록된 것이라는 주장이 있으나 원전은 기원전 7세기경의 이집트로 거슬러 올라간다.

로도피스라는 소녀가 나일 강에서 목욕하고 있을 때 독수리 한 마리가 그녀의 슬리퍼를 낚아채서, 이집트 왕 프삼티크 1세의 발밑에 떨어뜨렸다. 이것을 길조라고 생각한 왕은 신발 주인을 찾기 위해서 수백 명의 소녀에게 슬리퍼를 신겨보다가 마침내 로도피스를 만나 그녀를 왕비로 삼았다. 그 결혼식을 기념하기 위해 기자의 제3피라미드가 건립되었다. 이들 역시 모노산달로스가 아닌가. 신발은 만남의 상징어가 아닐까.

천자문에 나오는 사자성어 아우를 병(竝), 모두 개(皆), 아름다울 가(佳), 기이할 묘(妙)로서 모두가 아울러지면 기이한 아름다움을 만들어 낸다는 의미의 병개가묘(竝皆佳妙)가 아닐까. 인간은 누군가와 껴안을 때만 날 수 있는 외짝 날개의 천사들이 아닐까.

신발은 발이 움직일 때 안전하게 하는 보호막이다. 양말도 발을 보호하는 장치가 아닌가. 크리스마스이브 날 산타클로스는 착한 사람의 한쪽 양말 속에 선물을 담아두고 간다고 하지 않는가. 남을 보호해 주는 사랑이 담긴 인간관계의 중요성을 은유하는 것은 아닐까? 어떠한 삶을 살았는가를 묻고 있는 것은 아닐까? 신발은 만남의 상징이기라도 한 것일까? 외짝의 의미는? 신과의 실존적 만남. 인간적인 인간성을 지닌, 인간의 냄새가 나는 사람을 만나야 하는 은유가 아닐까? 헤르메스가 가진 날개가 달린 외짝 가죽신이 속도와 만남을 상징하며 울프가 살아가고 있는 21세기의 세상에도 그대로 적용될 것이라는 것을 암시해 주고 있다.

글로리아가 아름다운 만남의 출발이 베풂에 있다는 것을 설명한다. 이별 이후 울프의 형통한 삶을 염려하며 많은 이야기를 들려주고 있다. 복연선경(福緣善慶)의 삶을 살려고 노력해야 한다고 가르쳐 주고 있다. 복 복(福), 인연 연(緣), 선할 선(善), 경사 경(慶)이다. 복이라는 인연은 선을 베푼 결과인 경사로 나타난 것이다. 인생사 복잡계(複雜界)에 긍정적 영향으로서의 인연이다. 고로 베풂이 복의 근원이 되며 경사라는 결과로 나타난다. 당대가 아니면 후대에라도 좋은 일이 일어난다는 것이다. 자선도 투자며 계기를 감사를 받고 파는 것이라는 설명을 덧붙인다. 글로리아의 자상함이 엿보인다.

어느 가난한 스코틀랜드의 소작인이 늪에 빠진 소년을 구해주었다. 귀족이었던 소년의 아버지는 감사의 뜻으로 그 소작인 아들의 교육을 책임지겠다고 했다. 시간이 흘러 소작인의 아들은 런던 대학교의 세인트 메리 병원 의과대학을 졸업했다. 이 아들이 훗날 페니실린의 발견자로 이름을 떨친 알렉산더 플레밍이다.

수년 뒤 그 귀족의 아들이 폐렴에 걸렸는데, 페니실린의 도움으로 목숨을 구했다. 이 귀족은 랜돌프 처칠 경이며, 그의 아들은 한 세기를 이끈 지도자 중한 명인 윈스턴 처칠 수상이었다. 작은 베풂 하나가 인류의 운명에 직간접적으로 상상하지 못할 영향을 미친 예다. 베풂은 무상이 아니라 투자다.

글로리아가 아름다운 만남의 결실을 세세하게 설명하고 있다. 베풂은 먼저 주는 것이다. 크게 성공하려면 먼저 베풀라는 장욕취지 필선여지(將欲取之 必先興之)의 약어가 욕취선여(欲取先興)다. 얻기 위해 먼저 베풀라는 뜻이다. 인간관계의 기저(基底)다.

나눔의 허허로움이 관계의 주춧돌임을 설명하고 있다. 먼저 마음을 열고 진실하게 다가가면 상대방도 마음을 연다. 인간 전부가 계기가 주어지지 않아 아직까지 만나지 못한 친구다. 먼저 사랑해야 사랑받을 수 있다는 것이다.

떠날 준비를 마친 글로리아가 천일의 기도에 대한 창조주의 보상선물을 울프에게 전한다.

"울프의 조부 대에서부터 축적되어 온 순정의 천일기도에 대한 보상으로 창조주께서 울프에게 두 가지 특별한 선물을 보내 주셨어.

첫째 선물은 12병의 생명수야. 울프가 아끼는 사람 12명에게 주면 돼, 나이든 사람이 마시면 에너지 충만한 18세의 젊음을 찾을 수 있게 돼, 그러나 한 사람이 두 번 마시면 효능이 없어.

두 번째 선물은 금아와 은아 그리고 144,010명의 안드로이드가 들어 있는 상자야. 금아와 은아 외 10명의 지휘부 안드로이드가 각각 14,400명의 안드로이드를 통제하며 울프를 보필할 거야. IQ144 이상의 안드로이드들로 구성된 가히 무적의 조직이지!

작은 손톱만 한 안드로이드 하나가 144㎥(입방미터)의 실체로 증폭 변환할 수 있어. 144개의 촉수로 다방면 공격을 가할 수 있기도 하고, 주변 144m를 섭씨

144도에서 영하 216도로 달구기도 하며 얼어붙게도 할 수 있고, 시속 6,000만㎞로 화성까지 수분 내에 갈 수 있는 가공할 만한 비행체가 되기도 해, 안구에 비친 물체로 복제될 수도 있지. 뇌파 복제를 동시에 수행하면서 말이야.

이것이 안드로이드를 통제할 수 있는 지휘권이야. 울프의 생각대로 안드로이드들을 조종할 수 있어." 하면서 글로리아가 차고 있던 보랏빛 팔찌를 벗어준다. 벗어준 팔찌를 울프의 손목에 갖다 대자 순간 팔찌가 울프의 손목 속으로 스며들며 형체가 사라진다.

울프가 금아와 은아를 뇌리에 새기기 위해 돌아보며 그리스 신화를 떠올린다. 피그말리온(Pygmalion)이 조각한 여인들보다도 더 아름답다는 생각을 한다.

사이프러스의 왕자로 태어난 피그말리온은 조각가로 유명했다. 여자는 결점이 많기 때문에 독신으로 지내야 한다고 믿었던 그는 마침내 세상에서 찾아볼 수 없는 이상적인 여인상을 상아로 조각했다. 그리고 시간이 흐를수록 그 여인상에 심취하여 온갖 정성과 사랑을 쏟으며 실제 연인으로 환생할 수 있기를 간절히 열망했다. 사랑의 여신 아프로디테는 그의 간절한 소망을 알고, 피그말리온이 비너스의 축제날 그 여인에게 키스하는 순간, 실제 인물로 환생시켜 준다.

"사실 금아와 은아도 안드로이드야. 창조주께서 인간에 부여한 사랑 이상으로 열정을 쏟아부어 만든 작품이야. 평등과 자유 그리고 사랑만이 존재하는 신들의 세계에서 신들을 보좌하며 도와줄 실체가 필요 되어 만든 물건이지. 생명체보다 더 정교하고 지능지수도 뛰어나지만 생식력은 없어. 과욕이 없는 것이 인간과 다른 특징일 뿐이야. 교활하지도 않고, 합하여 선을 추구하는 성향을 가지고 있어." 인간의 끝없는 타락에 실망한 창조주의 마음이 엿보인다.

'내일은 울프 조부가 기도했던 왕 같은 후손을 탄생시키는 새날이 될 거야. 금아와 은아를 데리고 북한으로 가서 새 나라를 건설해, 북한을 지명하는 것은 지구상 가장 폐쇄되어 있는 곳이기 때문에 오히려 여타국가의 저항과 방해 없이 조용하게 새 국가 건설이 가능할 거라는 판단에서야. 아마 한 시진 후 해가 지고 나면 헤르메스가 도착할 거야. 그때 우리는 떠나야 해'라는 글로리아의 말에 조용히 회상에 젖어 있던 실비아가 머리의 환형과 신의를 벗는다.

이슬 먹은 눈빛 그리고 해맑은 얼굴에 빛나는 머리칼을 부드러운 화환으로 들어 올린 채로의 나신, 탐스럽도록 아름답게 비치는 저녁노을에 황금빛을 반사한다. 울프에게로 다가와 얼굴을 당겨 입술을 포갠다. 주의의 시선에 아랑곳하지 않는 모습이다. 태고의 몸짓으로 완수하는 사랑이다. 페르조나를 벗어던진 모습이다. 문득, 그런 그의 움직임이 섹스에 대한 욕망과는 또 다른 별개의 감정일지 모른다는 생각이 든다.

타오르는 욕망이 정상적인 이성과 사고를 죄다 갉아먹는다. 오직 원초적인 본능만 존재할 뿐이다. 젊음이 요동친다. 천 년 동안의 여느 날과 달랐다. 처연함이 묻어있는 몸짓이다. 블랙홀이 거대한 에너지를 삼키듯이, 거대한 화산이 시뻘건 용암을 용트림하듯 꾸역꾸역 토해내며 폭발하듯이 두 사람의 몸이 동시에 전율을 발하다가 경직된다.

말라메르의 '오후의 목신'이라는 시에서처럼 시각은 이글이글 자줏빛이고, 후각은 석류의 농익은 냄새며, 미각은 새콤달콤, 촉각은 촉촉하고, 청각은 꿀벌들의 조급한 잉잉거림 같은 사랑 행위의 감각이 총동원되었다.

그대는 내 열정을 알지

자줏빛으로 벌써 익은

석류는 저마다 벌어지고

꿀벌들도 잉잉거리고

한참을 석상처럼 안고 있다. 강한 폭발의 여운이 안개처럼 흩어진다. 젊음과 열정을 동시에 토해내는 한 폭의 생동하는 명화다. 아름답다. 슬프도록 아름답다. 말없이 서로를 바라보고 있는 두 사람의 눈빛이 더더욱 슬프도록 아름답다. 글로리아와 그녀를 보좌하고 있는 두 여인이 돌아서 눈물을 훔친다. 천 년의 사랑이 끝나는 순간이다.

글로리아를 모시고 있던 금아와 은아가 '아름다움의 슬픔'이라는 울프의 시를 음송하기 시작한다.

연초록 풀잎은 투명해 슬프다.
신록의 싱그러움은 향기로워 슬프다.
드높이 흘러가는 구름은 자유로워 슬프다.
오각 눈꽃은 눈이 시리도록 시원해 슬프다.

아름다운 것은 슬픈 것이다.
아름다운 것은 슬픈 것이다.

그래서
오늘은 노래를 부르자.
오늘의 노래를 부르자.

울면서도
아름답게

오늘의 노래를 부르자.

풀꽃 같은, 흰 구름 같은. 눈꽃 같은….

가시나무새의 목소리로 오늘의 노래를 부르자.

헤르메스의 도착이 주변의 공기 진동으로 느껴진다. 영혼의 떨림 같은 웅혼(雄渾)한 울림이다. 바람이 아름다운 음악 소리를 내고, 빛의 파장이 길을 열어 방향타 역할을 담당한다. 새들이 내려앉고, 꽃들이 고개를 숙인다. 호수의 물들이 황금빛 물방울들을 만들어 뿜어 올린다. 바닥의 영롱한 무지갯빛 보석 구슬들이 서로 부딪치며 아름다운 소리를 만들어 낸다. 숨겨진 글로리아의 연인이자 천상의 실세며 바람둥이가 도착하는 장면이다.

헤르메스가 글로리아를 공식적 연인으로 부르지 못하게 글로리아가 막고 있다. 이것은 실비아의 처녀성을 훔쳐간 주인공이 지상과 지하를 마음대로 다닐 수 있는 유일한 신인 헤르메스의 변신일 거라는 의심을 버리지 못하고 있기 때문이다. 큰언니인 탐랑(貪狼)이 글로리아에게 헤르메스의 바람기를 귀띔해준 이후로 헤르메스에게 향한 마음의 문을 어느 정도 닫고 있다.

열두 개의 무지개로 둘러싸인 영롱한 구름이 펼쳐지며 이별을 기다리는 사람과 신들의 발밑으로 펼쳐지며 두 방향으로 나누어진다. 손에 잡힐 듯 펼쳐진 무지개 위로 파랑새 두 마리가 날아 앉으며 슬픈 목소리로 노래를 부르기 시작한다.

울프가 신의 휴양지에서 천 년 동안 기르던 애완 새다. 작자 미상의 '부활'이라는 시를 개조해 가끔씩 읊조리던 울프의 입술 모양을 늘 유심히 바라보던 두 녀석이 울프와의 이별을 슬퍼하며 송가로 부르는 모습이다. 카운터소프라노 파리넬리의 청아한 목소리다. 가시나무새의 절규보다도 더 슬프게 들리는 무명 시다.

내 무덤 앞에서 눈물짓지 말라.

나는 그곳에 없다.

난 잠들지 않는다.

난 수천 개의 바람이다.

난 눈 위에서 반짝이는 보석이다.

난 잘 익은 이삭들 위에서 빛나는 햇빛이다.

난 가을에 내리는 비다.

당신이 아침의 고요 속에 눈을 떴을 때

난 원을 그리며 솟구치는 새들의 가벼운 비상이다.

난 밤에 빛나는 별들이다.

추억이라는 내 무덤 앞에서 울지 말라.

난 거기에 없다.

난 잠들지 않는다.

눈에 눈물방울을 달고 있던 실비아가 갑자기 슬픈 목소리로 울프를 부른다.

"울프! 이것 가져가! 내 눈물방울로 만든 목걸이야. 울프에게 위기가 닥칠 때 나의 신호를 이 목걸이를 통해서 전해 줄게! 이 목걸이를 통해서 서로의 파장을 느낄 수 있게 될지도 몰라. 잘 가, 그리고 행복해." 천 년의 사랑이 막을 내린다.

신의 휴양지에서의 천 년이 지구의 시간으로는 일 년이 경과되었음을 울프가 북한의 주석궁을 금아와 은아를 대동하고 방문하면서 알게 된다.

07

색즉시공

색즉시공

평양의 예전 주석궁 안 소회의실이다. 울프가 대고구려 제국(Great King-dom of Kokurea) 창건을 위한 준비완료 상태를 점검하고 있다. 대고구려 제국의 구성은 현재의 대한민국, 북한, 일본, 만주, 옛 고구려 영토와 발해지역으로 한다. 대한민국을 남고구려라 부른다. 북한을 세로로 두 개로 나누어 서고구려와 동고구려 문화자치구라 부른다. 일본을 동섬고구려라 칭한다. 옛 고구려 영토와 발해지역을 합하여 북고구려라 칭한다.

감성적 미인인 금아가 복지와 건설상황을 보고하고 있다. 제국의 지휘부를 평양에 두기로 하고 안드로이드 1팀인 대금팀 1만 2천 명을 투입하여 북한 동서남북 전역을 아우르는 밭 전(井)자 모양의 고속화도로를 왕복 12차선으로 12일 만에 건설 완료 했다는 것이다.

지하로는 시속 1,440㎞의 속도로 지하철이 다니고 지상에는 화물차 및 대중교통 차량이 주로 활용토록 하고, 지상 144m 높이로 자가용 경비행기들이 다니도록 설계되었다. 레이저광이 자동비행 항로를 지상의 차선 같이 유도해 주도록 첨단화된 시설이다. 밭 전(井)자의 좌측 반은 산업중심도시로 개발하고 우측의 반은 문화도시로 육성한다.

서고구려에 세계에서 제일 아름다운 도시를 건설하기 위해서 단독 주거 형태의 72평형, 144평형의 표준설계도를 각각 144개씩을 만들었다. 삭막한 아파트형 건축이 아니라 한 채 한 채가 개성을 가진 아름다운 전원주택 형으로 별에서 가져온 보석 같은 건축재로 건설하는데 각 건물마다 144평의 텃밭을 둔다는 것이다. 과일과 채소는 기본적으로 자급자족하는 형태를 취하고 있다. 주식인 쌀은 농업관리국에서 1년에 2인 기준 1가마씩 무상배분한다는 것이다. 인공태양으로 생산한 전력도 일정량 무상이다.

동일업종 12년 이하 근속자가 병들면 2인 병실, 12년 이상이면 1인실, 24년 이상이면 특실에서 치료를 받을 수 있는 의료시스템을 운용하고 있다. 단일 직종에서 장기근속을 장려하는 정책을 펼치고 있다. 자기가 즐거워하는 업을 선택하여 열정을 가지고 외길을 갈 때 행복할 확률이 높은 삶을 살 것이라는 울프의 판단에서 펼치고 있는 정책들이다.

오랜 경험을 가진 어부는 배에 앉아서 물소리만 들어도 물밑에 어떤 고기 떼가 놀고 있는가를 알 수 있으며, 경험이 많은 사냥꾼은 밤에 산짐승의 눈에서 반사되는 빛을 보고도 호랑이인가 여우인가를 판단해 낸다. 이들의 이런 재능은 하늘에서 떨어졌거나 배 속에서 가지고 나온 것이 아니라 바로 실천경험에서 얻은 것이다. 경험에 든든한 바탕을 둔 열정이 삶을 성공으로 이끈다는 생각이다. 한 번의 행동으로 이룩되는 것이 아니라 습성으로 성취되는 것이 성공이다.

농사가 힘들어 뱃사람이 된 사람이 바다 일 힘들다고 한여름 농사일의 고통을 잊어버리고 풍요로운 가을 들판만 생각하면 죽도 밥도 안 되는 법이다. 귀가 얇아 전망 있고 좋다는 소리만 들으면 끼어들어 찔끔대는 사람은 백발백중 실패한다. 무슨 분야든 거기서 더 세분화된 곳으로 파고들어 평생 한우물만 판다는 각오로 뛰어들어야 겨우 성공이 보일 것이다.

직업이라는 것은 소명의식(召命意識)을 갖고 온몸과 마음으로 갈망하고, 정서를 자극하며, 영혼을 채워주는 것으로 인식해야 한다. 성공하기 위해서는 자신의 전망에서 비롯된 열정이 담겨있을 때 성공확률이 높아진다. 성공이란 인생의 여백에 열정으로 그리는 그림이다. 건강한 욕망에서 출발한 열정은 모든 성취의 시작이다. 일을 통해 남을 즐겁게 하면서 나를 즐겁게 하는 것이 프로의식 즉, 천직(天職)으로의 인식인 소명의식(Vocation)이다. 신의 부름(Calling)을 받아 전심전력으로 일을 수행한다는 의미다.

진도 앞바다에서 해양사고가 있었다. 목적성취를 위해 모인 구성원들을 우리는 '같은 배를 탄 사람들'이라고 부른다. 생사를 같이한다는 뜻이다. 6,825톤의 세월호가 승선 인원 475명을 싣고 가다가 조난했다. 배가 기울기 시작하자 승객들은 객실에 대기하라는 방송만을 남긴 채 선장 이하 간부선원 전원이 배를 버리고 도망쳤다.

승선 인원 대부분의 인원이 수학여행을 위해 승선한 고등학교 학생들이었다. 3백여 명의 사망자 대부분이 꽃봉오리 같은 학생들이었다. 초기 대처만 슬기롭게 했다면 전원 생존할 수 있었는데, 간부선원들은 자기 목숨을 우선 보존하기 위해 귀중한 초기대응 2시간을 버리고 자기들만이 아는 길을 통해 탈출했다. 장수들만이 재난이라는 적을 앞에 두고 도망한 것이다. 그리고 그들은 살아남았다. 그러나 직업에 대한 소명의식이 없는 최악의 인간들이었다는 악명을 얻었다. 69세의 선장이 평소 한 번쯤 자신에게 '나는 어디로 가는 누구인가?'를 물었더라면 젊은 학생들의 생명을 구한 영웅으로 영원히 기억될 수 있었을 것이다.

직업에 대한 인식이, 알 지(知) < 좋을 호(好) < 즐길 낙(樂) < 미칠 광(狂)의 부등호에서 오른쪽에 있을수록 성공의 확률이 높다. '지지자(知之者)는 불여호지자(不如好之者)요, 호지자(好之者)는 불여락지자(不如樂之者)'다. 알기만 하는 자는 좋아하는 것을 하는 것만 못하고, 좋아하는 자는 즐기는 자만 못하다는 것이다. 좋아하는 일을 직업으로 선택하면 평생 일할 필요 없이 놀 수 있다(Find something you love to do and you'll never have to work a day in your life). 노자는 '일은 노는 것처럼, 그리고 온전히 함께할 수 있는 가정(In work, do what you enjoy. In family life, be completely present)이 있다면 성공'이라고 말했다.

미치도록 좋아하는 일을 추구하면 성공의 확률이 높다. 그러나 그 속에 전수할 가치가 있어야 한다. 전수할 가치가 클수록 성공의 의미가 크기 때문이다. 놀이는 목적과 수단이 결합되어 있지만, 노동은 목적과 수단이 분리되어 있다. 인간은 '호모 루덴스'라고 문화사학자인 요한 하이네스가 말했다. 호모 루덴스는 '유희하는 인간', 즉 '놀이하는 인간'이라는 뜻이다.

그러나 오늘의 사회를 살아가는 인간들은 호모 루덴스가 아닌 '사회적 동물'로써의 호모 사피엔스가 태반이다. 일만 하고 유희는 잃어버렸다. 충일한 감정의 퇴적이 없는 곳에 마음을 두면 욕망의 갈증이 삶의 목을 조이게 된다. 직업에 대한 믿음, 성취 열정, 상식적 합리성 추구의식을 가진 구성원이 있는 조직만이 살아 역동한다. 열정 없이는 큰 성취를 이루지 못한다(Nothing great was ever achieved without enthusiasm).

죽을 사람, 미친 사람, 가는 사람은 막을 수 없다. 그러나 열정, 즉 직업의식이 없는 사람은 더더욱 곤란하다. 열정을 상실한 텅 빈 영혼을 가진 자는 정신적 파산자이기 때문이다. 열정 없이 일하는 사람에게서 성취의 의미를 기대하는 것은 효모 없이 반죽이 부풀기를 기다리는 것과 같다. 일을 망친다.

첫발이 운명의 방향을 결정한다는 생각을 울프가 가지고 있다. 비행기는 이륙할 때 3.4km의 활주로를 달리면서 연료의 절반을 소진한다. 첫 출발에 온 힘을 불태운다는 것이다. 그래서 그는 가능하면 직종을 바꾸지 않는 것이 좋다고 말한다. 길은 많다. 그러나 그 많은 길을 다 가보기에는 생이 너무 짧기 때문에 자기가 제일 잘하는 것 제일 좋아하는 일을 하면 성공할 확률이 높아진다.

로버트 프로스트의 '가지 않은 길'이라는 시의 한 구절이다.

노란 숲 속에 길이 두 갈래로 났었습니다.
나는 두 길을 다 가지 못하는 것을 안타깝게 생각하면서
오랫동안 서서 한 길이 굽어 꺾여 내려간 데까지
바라다볼 수 있는 데까지 멀리 바라다보았습니다.

인생 여정에서 하나의 길을 선택하면 다른 길은 가보지 못하는 운명의 여정으로 남는다. 삶은 선택이다(To live is to choose). 한 길을 가며, 다른 길의 모습을 그리워하지 않아야 한다. 생이 너무 짧다. 그래서 열정을 다해 외길을 가야 한다는 것이다. 만법귀일(萬法歸一)이다. 참으로서의 도는 만물과 하나가 되는 것이다. 탐구하거나 좋아하거나 사랑하는 대상과 하나가 될 때 도(道)라고 할 수 있다. 삶이라는 작품이 아름다운 명작이 되는 것이다.

명작의 즉흥곡은 없다. 명작은 깊은 영감, 오랜 기간 잘 길러진 감성이 어느 한순간 화산처럼 분출한 것이다. 분명한 목표의식과 부단한 노력, 그리고 그다음에 일어나는 것이 즉흥곡의 기적이다. 빨리 자란 나무는 단단하지 않아 목재로 쓸 수 없다. 역사(役事) 속에서 이룩된 역사(歷史)다. 타고난 에너지를 부족한 곳을 채우려고 낭비해서는 안 된다. 추구하는 걸 얻는 건 성공이다. 뭔가를 추구하면서 좋아한다면 그건 행복이라는 울프의 인식을 바탕으로 제국건설 정책들이 정해지고 있다.

기타행정운영은 최저복지는 제국이 지원하나 나머지는 각자가 열정으로 삶을 풍요롭게 하겠다는 행동으로 나타날 때 지원하는 시스템을 추구한다. 무상은 인간의 열정을 잠재우는 수면제라는 생각을 기본으로 한 정책이다. 울프가

평소 주장하는 '물맞이 물'의 정신을 금아가 먼저 이해하고 운영의 기본철학으로 채택한 것이다. 개인이 가꾸는 '텃밭'의 생산성이 집합농장의 생산성보다 높고, 풍년의 희망으로 농부는 씨를 뿌리고, 이익이란 희망으로 상인은 장사를 하며 인센티브가 고용인의 열정을 자극한다는 것을 금아도 알고 있었다.

울프가 생각하는 '물맞이 물'의 정신이란 무상(無償)으로 주는 창조주의 자애에 대한 최소의 응답인 행위가 있어야 성공한다는 것이다. 줄탁동기(啐啄同期)를 위한 이이행지(利而行之)다. 물맞이 물은 자신이 준비해야 한다는 의미다. 신은 우리가 손을 내밀지 않으면 우리의 손을 잡지 않는다. 우리의 의지를 존중하고 있기 때문이다. 씨앗을 심어야 거목으로 자라게 하신다는 논리다. 신께서 새들에게도 먹이를 마련해 주시나 취하려 날지 않으면 주시지 않는다(God gives birds their food, but they must fly for it). 새를 보려면 먼저 나무를 심어라. 산은 올라오는 사람에게만 정복된다.

줄탁동기(啐啄同期)를 위한 이이행지(利而行之)의 요체는 병아리가 알 속에서 부화를 위해 껍질을 쪼기 시작하면 암탉이 달걀을 품고 있다가 부화의 시기를 놓치지 않고 적절한 순간에 알의 껍데기를 부리로 쪼아 병아리의 탄생을 돕는다는 의미다. 쫄 줄(啐), 두드릴 탁(啄), 같을 동(同), 때 기(期)다. 같은 기간에 반응하여 생일을 맞이한다는 의미다. 절묘한 조화를 아름답게 이루어 낸다는 의미다.

부활절날 천주교의 수녀들이 달걀을 아름답게 장식하여 선물하는 풍습이 있다. 신이 내미는 은혜의 손길을 자신의 의지로 그 손을 잡아야 신의 축복을 자기의 것으로 만들 수 있다는 것이다. 신과의 절묘한 만남을 통하여 부활한다는 상징의미다. 진정한 성공과 마음의 평화를 얻고자 한다면 열정을 다해 첫발을 움직여야 한다. 나머지는 섭리(Providence)에 맡기는 것이다. 그다음 걸음, 그리고 마지막 걸음은 신께서 옮겨놓으신다는 것이다. 행함이 없으면 이로운 어떤 것도 이룰 수 없다는 이이행지(利而行之)다. 신의 뜻에 인간의 행동이 더해지는 만남이 있을 때 성공한다.

성서 마태복음의 '구하라! 그러면 얻을 것이오. 찾아라! 그러면 보일 것이며, 두드려라! 그러면 열릴 것이니라!'라는 말씀과 같다. 소망의 열정이 없으면 구원과 해탈도 없다는 의미다. 마중물을 준비해야 은혜의 바닷물을 길어 올릴 수 있게 된다. 급히 큰불을 일으키려는 사람도 시작은 지푸라기 모닥불을 피운다. 성공은 재능의 문제라기보다는 마음가짐의 문제다.

성공은 재능보다 삶에 임하는 태도에 달려있다.
Success is more attitude than aptitude.

신을 믿으라, 하지만 차는 잠그고 다녀라. 하늘은 스스로 돕는 자를 돕는다. 달걀이 스스로 껍질을 깨트리고 나오면 한 마리의 생명력을 가진 병아리로 부화하고, 남이 깨트린다면 달걀프라이가 된다.

노력이라는 행위 없이 얻은 성취는 마귀가 주는 독약이 들어 있는 떡이며 행복감도 없다. 행복은 성취의 환희와 노력의 과정에서 일어나는 쾌감에 존재하기 때문이다. 달성 가능한 긍정적 비전과 열정을 다해 한 발을 움직이는 실행력이 성공의 열쇠가 된다. 큰 성공에의 도달은 미쳐야 미친(도달한)다는 불광불급(不狂不及)이다. 미친 듯한 열정적 실행이 없으면 큰 성취를 이룰 수 없다는 뜻이다.

울프는 금아에게 임금과 인센티브에 있어서 차별을 두라고 지시한다. 일의 강도, 수행 난이도, 성취의 질, 수행위험도에 따라 급부가 달라야 한다는 생각에서다.

63빌딩 꼭대기의 유리창 청소부는 길거리 청소부보다 시간당 임금을 더 많이 받아야 한다. 성공률이 낮은 일일수록 성공했을 때 그 보상은 커야 한다는 등의 사고다. 민주주의가 이유 없이 나누어 갖는 평등주의가 아님을 알게 하는 대목이며 차별은 생산성의 원동력이며 민주주의의 엔진이라는 사고다.

두 동갑내기가 같은 가게에서 똑같은 월급을 받고 점원으로 일하고 있었다. 얼마 지나지 않아 둘 중 소솔이라는 젊은이는 승진을 거듭한 반면, 도래미라는 젊은이는 제자리걸음이었다. 도래미가 사장에게 불만을 토로했다. 불만을 들은 사장은 어떻게 하면 그에게 소솔이와의 차이를 설명할 수 있을까 고민하기 시작했다.

사장이 다음과 같이 지시했다. "도래미 군, 지금 당장 시장 입구에 가서 오늘은 누가 무엇을 파는지 알아오게." 시장에서 돌아온 도래미는 사장에게 한 농민이 감자를 팔고 있더라고 했다. 이에 사장은 "양이 얼마나 되던가?"라고 물었다.

도래미는 다시 시장으로 달려갔다가 온 후 감자가 모두 144자루라고 알려 주었다. "가격은 얼마던가?" 도래미는 또다시 시장으로 달려가 가격을 알아왔다. "그만하면 됐네." 사장은 도래미에게 소솔이 군이 어떻게 하는지 지켜보라고 했다.

똑같은 사장의 지시로 시장조사를 하고 돌아온 소솔이는 지금 한 농민이 144자루의 감자를 팔고 있는데 가격은 이러이러하고, 품질이 꽤 쓸만해 샘플을 한 개 가져왔으니 사장님이 직접 보시라고 했다. 가격이 그렇게 싸고 질 좋은 감자라 사장님이 아무래도 들여놓으실 것 같아서 그 농민을 가게 앞에서 기다려 보라 했다고 보고한다.

사장은 도래미를 돌아보고 말했다. "이제 그만하면 소솔이의 월급이 왜 자네보다 많은지 알겠는가?" 능력에 따른 차별화가 없다면 '평등'보다 더 불평등한 것이 없다.

무차별 평등을 인정하는 순간 민주주의의 생산성이라는 담장이 무너지는 순간이라고 울프는 생각하고 있다. 인간은 타산적이다. 뱀장어는 뱀을 닮았고 누에는 배추벌레를 닮았다. 사람이 뱀을 보면 깜짝 놀라고 배추벌레를 보면 징그럽다고 몸서리치기 마련이다. 그런데도 어부는 뱀장어를 떡 주무르듯이 하고 여자들도 누에를 겁 없이 만진다. 왜냐하면 이익이 있기 때문이다.

지옥과 천국 사이를 가르는 담장이 있었다. 어느 날 아침 순찰을 돌던 천사가 담장에 구멍이 생긴 것을 발견하고 마귀에게 따졌다. "당신들이 죄인들을 제대로 단속하지 않아 이렇게 구멍이 생겼잖아. 이 구멍 어떻게 할 거야?" 마귀가 어처구니없다는 표정으로 대답했다. "아니, 우리 쪽에서 구멍을 냈다는 증거가 어디 있어?", "천국에서 지옥으로 가는 미친 사람이 어디 있겠어? 그러니 이 구멍 당신들이 책임지고 수리해.", "우린 절대 못해.", "좋아, 그럼 반반씩 부담하자.", "우린 한 푼도 낼 수가 없어." 막무가내로 우기는 마귀의 행태에 화가 난 천사가 소리쳤다. "좋아 그럼 법대로 하자." 그러자 마귀가 웃으면서 대답했다. "그래, 법대로 해. 변호사, 판검사, 정치인 모두 이쪽에 있으니 겁날 거 없어." 이이행지(利而行之)다.

이어서 이지적 미인인 은아가 인사재정문제를 보고한다.

144,000의 안드로이드를 12,000씩으로 구성되는 두 개의 직할 팀인 대금팀과 대은팀, 그리고 열 개의 천간팀을 두어 각 팀장이 12,000 안드로이드들을 지휘토록 한다는 것이다.

열 개의 천간 팀 명칭은 갑(甲), 을(乙), 병(丙), 정(丁), 무(戊), 기(己), 경(庚), 신(辛), 임(壬), 계(癸)로 정했음을 보고한다. 12명의 팀장 아래 각각 12,000의 안드로이드로 건국준비 팀을 구성한다는 구상이다. 미국의 전체 전력이 안드로이드 일개 팀을 공격한다고 가정하여 전력을 설명한다.

1871년 신미양요 때 교역개방을 요구하며 전함으로 공격해오는 1,230명의 미해군을 강화도 손돌목에서 막기 위해 목선으로 방어하던 어재연 장군의 병사

350명이 장렬히 전멸한 결과와 같은 장면을 이제는 미국이 연출하게 될 것이라는 설명이다.

국방예산의 부담에서 벗어난 남고구려는 국민소득 12만불 목표로 하루가 다르게 경제성장을 이루어 가고 있다. 잠자던 토끼가 잠에서 깨어나 호랑이의 모습으로 변신하여 포효하는 모습을 보이고 있다.

1회의 예방주사로 변종 감기 바이러스를 영원히 퇴치시킬 수 있는 백신 등을 세계로 수출하여 제국 국민들의 생활자금으로 충당시키고 있다는 보고를 듣고 울프가 글로리아가 들려주던 이야기를 회상(Reminisce)하며 깊은 생각에 잠긴다.

먼 옛날, 인간이 타락하여 마음의 생각 그 모든 계획이 항상 악할 뿐이며 땅을 패괴하므로 창조주께서 지구를 덮고 있던 수막을 터트리시어 인간을 멸망시켰다. 수막이 터지기 전의 인간의 최대 수명이 1,440년이며 평균 수명은 천 년이었다. 아담은 930세를 향유했고, 노아는 960세, 인간의 몸을 갖고 신의 나라로 들리어 올라 간 에녹은 960세를 살았다.

물의 심판인 홍수에 의한 지구멸망 이후, 태양의 자외선을 차단하여 인간의 노화를 보호해 주던 수막이 제거되어버리자 인간의 수명이 서서히 줄어들기 시작하였다. 아브라함의 수명이 175세였고 요셉이 130세를 향유했다. 2040년 인간의 최대 수명 144세, 평균 수명 72년이 된다.

울프가 "다음 심판은 불이 아니고 얼음(Frozen planet)이야!" 하면서 지구 종말의 날을 알려주던 글로리아의 모습을 떠올린다. 과학기술과 의술의 발달로 인간의 평균 수명이 100세에 이를 때 지구의 심판이 다시 있을 것이라는 글로리아의 귀띔을 회상하며 울프가 감기백신 등 예방치료제 개발을 가능하면 늦추려 노력하고 있는 것이다.

정풍 활동에 관한 은아의 보고가 이어진다. 북한 주민을 학정으로 고통받게 한 지도층 중에서 가증스러울 정도로 위선적이며 부와 향락을 누린 216명을 가려내어 북만주 사막지대로 위리안치했다는 거다. 인도적 차원에서 그곳에서 무리 없이 정착할 수 있는 장비와 식량을 지원했다는 것이다.

남한에 있어서는 국태민안(國泰民安)에는 무관심하면서 탐욕에만 사로잡혀 부정부패를 스리잡(Three Job)으로 갖고 있는 악취가 밴 정치인, 언론을 제4의 권부(權府)로 생각하며 보도를 공갈의 무기로 삼아 피를 빠는 하이에나처럼 간악한 부패 언론인, 타락한 위선 종교인, 민주라는 가면을 쓰고 사회적 무질서를 부추겨 이익을 챙겨온 거짓 시민운동가 중에서 2,160명을 추려 북만주 사막지대로 위리안치시켜, 정착촌을 건설하고 있는 북한 지도자의 노역꾼으로 송치했다는 것이다.

지금쯤 과거를 반성하며 혹사를 감내하고 있을 거라고 말하면서 신나 하는 은아다. 울프도 대견한 일을 처리했다는 표정으로 공감을 표하면서 자기의 속내를 훤히 들여다본 듯이 상황을 정리하는 은아를 신기한 듯 쳐다본다. 순간 은아의 모습에서 실비아를 떠올리며 뚫어질 듯 바라본다. 울프의 시선을 의식한 은아가 얼굴을 붉힌다. 이런 모습을 옆에서 보고 있는 금아가 질투심을 느낀다.

"내 머릿속을 훤히 들여다보고 있는 처녀들 같아." 하면서 율기솔신(律己率身)이라는 단어를 떠올린다. 정풍운동은 정말로 필요한 정책인가? 나는 나를 잘 다스리고 있는가? 내가 부정하다고 판단하는 사람들과 나는 얼마만 한 거리를 유지하고 있는가? 남을 향한 마음을 봄비처럼 지니고, 나 자신의 마음자리를 가을 서리 같이 엄숙히 지니고 있는가? 하고 되뇌어 본다.

생각에 몰두해 있는 울프를 보면서. "미스터, 하이네스(Mr. Highness)! 오늘 보고회를 여기서 마칠까요?" 하면서 두 여자가 동시에 울프를 쳐다본다. 신의 휴양지에서 글로리아를 모시고 있을 때 울프를 부르던 호칭이다.

"좋아요! 오늘 회의는 이 정도로 마치고 그동안 노고를 치하하는 의미에서 내가 명동에서 한잔 사지! 어때?" 하며 울프가 묻는다.

"좋아요, 야호!" 하면서 둘이서 동시에 소리친다.

"지금 우리의 모습이 방년 십팔 세 소년 소녀의 모습들이니까, 이십 대 중반 쯤의 나이로 보일 수 있도록 변신해야 남한의 술집에 출입할 수 있어. 변신하고 간편한 옷으로 갈아입고 십 분 후에 여기서 다시 모이도록 하지. 은아가 인터넷 검색으로 최고로 좋은 곳을 찾아 예약해줘."

"그리고 참! 생각난 김에 말하는데 술집에서는 미스터, 하이네스! 라고 부르지 말고 그냥 오빠라고 불러."

"오케이, 오빠!" 하면서 두 처녀가 동시에 환호성을 지른다.

세 사람이 십 여분 후 다시 모인다. 두 처녀를 바라보며 울프가 놀란다. 금아는 브이자로 파인 금색 상의에 핫팬츠, 저녁밥 짓는 냄새처럼 알근한 암향(暗香)을 풍긴다. 은아는 은색 상의에 미니스커트다. 알맞은 가슴과 늘씬한 몸매에 은은히 풍기는 과일향의 체취, 글로리아와 실비아의 모습을 그대로 연출하고들 있다.

세 사람이 평양에서 서울 명동에 도착하여 예약한 '드 세느'라는 생음악카페에 도착한 시간이 채 몇 초도 걸리지 않았다. 울프가 산신술(散身術)로 모습을 흩어 감추며 은아의 손을 붙들자 두 여자가 마하 6,000의 속도로 날기 시작한 것이다. 눈 깜빡할 사이에 없던 물체가 눈앞에 나타난 현상과 같은 모습을 펼친 것이다. 초미립자로 흩어지는 산신술은 일명 공즉시색(空卽是色) 색즉시공(色卽是空) 술(術)이라 부르는 무공이다.

60조 개의 유전자 정보로 분산하는 세포분열술이 산신술이다. 약 60kg의 체중을 가진 성인의 유전자가 약 60조 개다. 그 한 개의 세포핵 속에는 30억 개가 넘는 생명의 설계도인 유전자 정보가 담겨 있다. 전자와 광자로 철벽같이 둘러싸여 있는 세포핵은 에너지와 정보로 구성되어 있다.

세포핵이 독립해 하나하나 분산하면 보이지 않는 무다. 합하면 물질이다. 여기에 영혼이 깃들면 신체다. 영혼은 빛과 수분으로 구성된 창조주의 작은 정보시스템이다. 그래서 공즉시색(空即是色) 색즉시공(色即是空)이라 한다. 일미진중함 시방(一味塵中含十方), 즉 물질의 최소단위 속에 우주가 숨어 있다는 뜻이다. 인명 하나가 태아태극(太我太極)인 우주다. 얼마나 아름답고 귀한 우리인가?

우리는 공간과 시간이 만나는 지점에 존재한다. 태극의 우주 속에서 우리 생명체가 작은 은하계의 외딴 모퉁이에 자리 잡은 이 조그맣고 외진 지구라는 행성에서 의식을 가진 생명체로 같은 시간과 공간을 차지하게 될 확률은 로또복권 1등에 당첨된 동시에 벼락을 두 번 맞을 확률만큼이나 대단히 작다.

불교의 윤회사상에서는 인간으로 환생하려면 8천 4백만 번의 윤회를 거쳐야 한다고 말한다. 인간으로 태어나 다시 만난다는 것은 거의 불가능한 확률이다. 사람들은 이 생명의 여행을 기적이라 부르기도 하고 행운이라고 부르기도 한다. 어째 삶을 환희하지 않겠는가? 어째 우리의 만남을 기적이라 하지 않겠는가?

정현종의 '방문객'이라는 시다.

사람이 온다는 건
실은 어마어마한 일이다.
그는
그의 과거와
현재와
그리고
그의 미래가 함께 오기 때문이다.
한 사람의 일생이 오기 때문이다.
(중략)

마음이 오는 것이다.

검은 양복에 빨간 나비넥타이를 맨 도어맨이 정중하게 문을 열어준다. 가넷 레드카펫이 고급스럽게 깔려있고 이태리제 마호가니 탁자와 어린 양가죽 소파로 치장되어 있는 최고급 카페다. 실내에 들어서자 은은한 생음악에 맞혀 춤추는 손님들의 모습들이 눈에 들어온다. 순간, 젊음의 열기가 파도처럼 덮쳐오는 것 같은 착각에 사로잡힌다.

어린 양고기 스테이크에 베네딕틴 한잔을 곁들인 식사를 마친 금아와 은아가 웨이터를 불러 스테이지에 올라가서 부르고 싶은 신청곡을 적어준다. 울프가 옆 눈으로 슬쩍 보니 금아의 신청곡은 '댄서의 순정'이고, 은아는 '총 맞은 것처럼'을 적고 있다.

스테이지를 흘긋거리며 순서를 기다리고 있던 은아가 자기의 순서가 되고 부를 곡이 소개되자 얼른 무대 위로 오른다. 총 맞은 것처럼 열정적인 춤을 곁들여 노래를 부르는 은아의 모습이 무대를 꽉 채우고 있는 느낌이다.

다음은 금아의 순서다. 댄서의 슬픈 순정을 호소하는 듯한 제스처를 곁들인 금아의 목소리에 장내 남성들을 흥분의 도가니로 몰아넣는다. 울프는 "앙코르! 앙코르!" 하는 소리가 가득한 장내 분위기를 슬쩍 돌아보며 흐뭇한 표정을 짓는다. 저런 멋진 두 미녀를 동반한 행운의 남자가 누군가하고 모든 남성들이 부러움의 시선을 보내는 듯한 착각에 사로잡힌다.

흥분을 감추지 못한 채 테이블로 돌아온 두 여인이 얼음 채운 위스키를 들이켜며 열기를 식히고 있을 때다. 검은 양복의 정장 차림인 두 청년이 다가와 "두 분, 잠깐 이 층 테이블로 가서 같이 한잔하실 수 있을까요?" 하며 묻는다.

순간 두 처녀가 황당한 표정으로 울프를 쳐다본다. "뭇 사내들을 흥분의 도가니로 몰아넣었으니 따라가 봐." 하면서 울프가 장난기 어린 표정으로 웃는다.

"싫어요!" 하면서 두 사람이 몸을 움츠리며 애교스러운 제스처를 한다. 검은 정장의 두 청년이 반강제적으로 두 사람의 팔을 잡아당긴다.

"이 손 놓지 못해!" 하면서 은아가 가벼운 탄지신공(彈指神功)을 날린다. 두 청년이 동시에 뒤로 벌러덩 넘어진다. 두 청년이 놀란 표정을 지으며 슬금슬금 꽁무니를 빼고 도망간다. 버들가지 같은 몸매의 가냘픈 여자에게 당하다니 하는 황당한 표정들이다.

잠시 후 두 처녀가 울프에게 나가서 한 곡 부를 것을 조르고 있는 순간이다. 조금 전에 쫓겨 간 두 사내가 다른 두 사내를 데리고 다가왔다.

"우리 형님이 한번 가까이 보고 싶다고 하시니까, 잠깐 따라와!" 하면서 두 여자의 팔을 잡아끈다. 울프가 이들이 내려온 이 층을 살펴보니 검은 정장의 사람들이 오늘 무슨 파티를 벌이고 있는지 이십여 명 정도가 시끄럽게 떠들며 웃고 있는 모습들이 보인다.

"졸개보다도 보스를 멋지게 혼내주고 와!" 하면서 울프가 웃으며 두 여자를 쳐다본다.

"어디 한번 가보자!" 하면서 금아가 장난기 어린 표정을 하면서 은아를 이끈다.

거만스레 의자에 비스듬히 걸터앉은 보스로 보이는 사내가 두 여자가 올라오는 것을 보면서 손짓으로 부른다.

"양쪽에 하나씩 앉아 봐!" 하면서 끌어 앉힌다. 한 손으로는 은아의 가슴을 만지고, 한 손을 금아의 허벅지를 더듬으려고 양손을 펼친다. 순간 은아와 금아가 눈짓을 주고받으며 형님이라는 보스의 검지를 하나씩 쥐고 뒤로 꺾어 버린다.

"아이고, 아야!" 하면서 새파랗게 질린 표정을 한 보스가 부하들을 쳐다보면서 비명을 지른다. 당황한 부하들이 두 여자의 머리채를 낚아채려는 순간, 은아가 탄지신공을 날려 부하들의 어깨 혈맥을 눌러 신경을 마비시킨다. 순간 이십 명에 달하는 건장한 청년들이 진땀을 흘리며 뭐 마려운 강아지들 마냥 낑낑거리기 시작한다. 탄지신공을 아주 약하게 날린 것이다.

탄지신공! 신들의 휴양지에서 글로리아가 울프에게 뇌파각인 기법을 통해 전수시킨 인간 최고의 무술 중에 하나다. 하늘과 땅의 진기를 손가락에 모아 순간에 뿜어내면 매그넘 권총을 가까이서 발사하는 것보다 더 강한 관통력을 갖는 공력이다.

약하게 뿌리는 탄지신공은 법보다 주먹이 필요할 때, 상대를 상처 없이 제압할 필요가 있을 경우 요긴하게 활용할 수 있는 무공이다. 이것을 글로리아가 울프의 뇌에 각인시키고 있을 동안 은아가 슬쩍 복제해 담아두어 오던 것을 오늘 시현해 본 것이다. 은아가 고개를 양쪽으로 흔들거리며 대견한 자기 실력에 흥거워하는 순간 울프의 목소리가 등 뒤에서 들린다.

"이제 그만 혈맥을 풀어 주고 가자고." 하면서 층계를 올라오고 있다.

평양으로 돌아오며 생각에 잠겨있던 울프가 금아 은아를 돌아보며 입을 연다. "앞으로도 보스급만 혼내줘! 내가 정풍운동 때 216천 명을 북만주로 위리안치시키려다가 216명으로 줄인 것은 부하들의 과실은 지도자와 더불어 사회에 책임이 있다고 생각하기 때문이야.

인간본질의 권력욕과 탐욕에 의해 악에 몸담는 경우가 많지만, 어쩔 수 없는 환경에 내몰려 악에 몸을 의탁하는 경우도 많다고 생각해, 그래서 머리를 제거하면서 몸통과 꼬리는 계도 프로그램을 통해 건강한 사회로 회귀하는 시스템을 마련해야만 될 것 같아."

종교인의 이기, 교육자와 지도자의 위선 등이 주는 간접적 상처를 더 중요시하며 미워하는 울프다. 인간행동의 책임은 전후좌우 관계성 속에서의 엄격한 자기 책임뿐만 아니라 간접적으로 준 상처에 대한 책임은 지도자에게 있다는 것이다.

여벌 옷 한 벌에 만족하는 종교인은 얼마나 될까? 신도들의 헌신과 공양을 탐욕의 눈빛으로 기다리며 보시와 이권 때문에 흥분하는 종교인은 얼마나 될까? 이권을 넘어 세속의 정치에 온갖 관심과 정열을 쏟으면서 입과 몸은 보시에 의탁하고 있는 정치구현종교인들. 임진왜란 때 나라를 구한 승병을 예로 하면서 현실정치에 관여하며, 관목이 자라지 못하도록 감아 올라가는 '인동초'라는 식물처럼 어느 정권 초기에는 광우병을 빙자한 시위를 주도하여 식물정권을 만들며 희열했던 종교인의 책임을 물을 길은 없을까?

신의 종임을 자처하는 성직자가 있었다. 낮은 자리를 고수하는 인품과 은혜로운 대언에 감동한 신자들이 그를 왕같이 모셨다. 어느 날부터 그가 스스로 살아 있는 신의 자리에 올라앉아 왕관을 만들어 쓰고 왕같이 행동하기 시작했다. 서품과 안수를 받았다고 다 목자가 아니며, 승복만 입었다고 다 승려가 되는 것은 아니다.

화가 프랜시스 베이컨은 '교황 인노첸시오 10세의 초상'을 기반으로 종교의 왜곡과 뒤얽힘을 고발하는 '비명 지르는 교황'이라는 별명의 작품을 남겼다. 전기의자에 앉은 교황에게 전기충격이 주는 치명적인 쇼크가 얼음칼날같이 살과 두개골에 파고들어 참혹하고 경악스러운 고통을 가하고 있는 모습의 그림이다.

울프가 위선적 종교인 다음으로 싫어하는 인간이 권력욕에 사로잡힌 정치인들이다. 무능하고 탐욕과 배신을 일삼아도 패거리 잘 만들고, 얼굴 많이 알리면 국민들이 그토록 내기 무서워하는 검붉은 색깔의 액체인 세금으로 영광을 누리는 영역이 있었다. 그들은 자신들이 국민들을 위해 일한다고 강변한다. 그러다 '국민을 위해 일할 기회'로 포장한 탐욕이 좌절되면 자살까지 한다.

임진왜란 전 왜국의 통신사로 다녀와 도요토미 히데요시가 전쟁 의지가 없는 인물이라고 상반된 정보를 상주하여 나라를 준비 없는 전쟁으로 내몬 정쟁행위를 시간과 공간 그리고 당명만을 바꾼 채 수행하고 있는 사람들이 있는 곳이 여의도에 있었다. 울프가 제국을 건설하기 전까지 실존하고 있었다.

울프는 지도자의 무책임한 과오도 죄라는 생각을 하고 있다. 믿음의 조상 아브라함의 무책임한 자녀 출산이 이스라엘 백성과 이슬람교도들이 서로 자기의 조상이라고 부르게끔 만들었으며, 중동에서의 끝없는 살생을 부른 것에 대한 무한책임이 아브라함에 있다는 것이 울프의 생각이다.

나는 길이요, 진리요, 생명이니 나를 말미암지 않고는 아버지께로 올 자가 없느니라. 나는 길이요, 진리요, 생명이니 나로 말미암으면 아버지께로 올 수 있느니라. 사도들이 뒤의 문구로 유일신 창조주께 다가가는 길이 유일하다고만 기술하지 않았다면 수세기 피비린내 나는 종교전쟁을 막을 수 있었을 것이다. 크고 위대하신 창조주의 아량이 그렇게 협소하지만은 않을 것이다. 다른 길로 창조주를 찾아가는 타의 인정 또한 인도적 사랑이리라. 모든 독과점은 모순을 낳는다.

울프가 역량에는 관계없이 이름과 얼굴이 많이 노출되는 양에 따라 정치 지도자로 추앙받는 시스템을 어떻게 합리적으로 바꿀 것인가를 구상하고 있다. 필연인 죽음의 기저에 깔려 있는 공허에 대한 고독 공포증(Monophobia)을 많이 갖는 사람일수록 선호하는 것이 정치다. 정치행위는 권태에의 저항행위이지 애족지심(愛族之心)에서 발로한 순수행위가 거의 아니다. 근세사 속에서 긍정의 분량이 남는 정치 지도자가 단 한 사람의 대통령뿐이었다는 인식에서다. 바로 박정희 대통령이다.

1972년 초, 혹한기다. 임진강변 계곡에서 대통령 특검단에 의해 연대 전투력 평가가 실시되고 있다. 주어진 좌표의 목적지를 찾아 울프를 소대장으로 한 106미리 소대가 이동하고 있다. 지프차 중앙에 보병화기 중에서 제일 거창한 106미리 총을 장착한 4대의 차에 분승한 소대가, 칡 흑 같은 어둠을 뚫고 밤 12시 정각에 목적지 도착 명령을 완수하기 위해 불빛 없이 소등한 상태로 전진하고 있다. 적과의 대치를 가상하고 있기 때문이다.

선두에서 전진을 조심스레 하고 있던 소대장차가 갑자기 멈춘다.

"소대장님, 소원이 하나 있습니다." 하고 운전병 김 병장이 울프를 애원 섞인 목소리를 내며 쳐다본다. 소대에서 키가 제일 크고 힘이 좋은 고참병이다.

"아니, 갑자기 웬 소원 타령이야? 뭔데?"

"소대장님! 한 번만 차의 미등을 켰다 끄면 죽어도 소원이 없겠습니다."

"왜? 평소 김 병장 답지 않게!"

"육감이 좋지 않습니다. 작전을 어긴 어떠한 처벌도 달게 받겠으니 한 번만 미등을 켜보고 싶습니다."

울프가 한참을 고심한다.

"좋아! 몇 초만 켜고 끄도록 해."

미등을 켠 순간에 눈앞에 전개된 광경이다. 바퀴 30㎝ 정도 앞에 천 길 낭떠러지다. 그대로 전진하라는 울프의 한마디가 있었다면 소리 없이 4대의 전투차량이 계곡 속으로 사라졌을 것이다. "소대! 후진."

이렇게 전투력 특검을 무사히 마친 후다. 대통령의 명령으로 한국과학기술원(KIST) 중심 국산화 무기 개발이 비밀리에 이루어진다. 그리고 최초로 개발된 한국산 무기인 106미리 총의 실험사격 부대로 울프의 소대가 선정된다. 소대원 중에서 건장한 순서로 반을 차출하라는 명령이다. 차출되지 못한 병사들이 소대장을 붙들고 운다.

울프가 애국 행렬에 동참하지 못해서 우는 줄 알고 감격해 하는 순간이다. 그런 사이로 한 소대원의 푸념이 들려온다. 울프가 아연실색한다. 차출된 병사들에게 쌀밥과 소고기국의 특식이 제공되는 행운에서 탈락하여 운다는 거다.

그때는 배고픈 시절이었다. 미국에서 원조로 지급받은 철모를 아끼기 위해 특수훈련기간이 아니면 철모는 관물대에 잘 닦아 보관해두고 대신 작업모를 착용하고 훈련하던 시절이었다.

사격실험 종반의 어느 날 대통령이 참관했다. 혹한의 여명이다. 울프가 내가 대통령이라면 지금 이 시간에 따뜻한 방에서 편안히 자고 있을 텐데 하며 속으로 웅얼거린다. 사격에 이어 정훈참모가 참석한 장병들에게 국가발전 홍보물을 한 장씩 돌린다. 1980년대 후반에는 우리나라가 잘살게 되어 각 가정에 자가용이 한 대씩 있는 시절이 온다는 경제개발계획의 내용이다. 공상도 푼수 있게 해야지. 믿을 만한 거짓선전을 해야 믿지. 미쳐도 보통 미치지 않았다는 생각을 울프가 했었다. 꿈같은 이야기라 생각했던 것이다. 혹한기에도 야전잠바 차림으로 현장을 직접 챙기는 대통령이 세운 계획이었다. 그리고 시간이 흘러 현실이 되었다. 정치인을 존경하기는 참 힘들다.

『햄릿』 5막 1장에 잘 나타나 있다.

지금은 저 하잘것없는 묘지 인부한테 천대받고 있지만,
이것은 간교한 지능이 하나님을 앞지를 정도였던
어느 정치가의 해골인지도 몰라

울프는 열정을 가진 지도자들을 존경한다. 현대건설의 창업주인 정주영 회장은 서산간척사업의 물막이 공법으로 유명하다. 간척지를 양안에서 둑을 쌓아 좁혀 와서 두 지점이 만나는 곳에서의 급류라는 난제를 해결했기 때문이다. 마지막 이음 부분에서 급한 조류를 만들기 때문에 마지막 물막이 공사가 난제였었다. 이때 거대한 폐선을 수입해와 급류를 막은 후 양안을 연결하고 그다음 폐선을 제거해 버림으로써 공사를 순조로이 마무리하였다. 어느 누구도 상상하지 못한 방법으로 물막이 공사를 완수하므로 세계를 깜짝 놀라게 했다. 공사현장에서 새벽잠을 쫓는 커피를 마시는 모습이 방영되었다. 그가 돈을 생각하며 밤을 지새웠다면 그는 분명 미친 사람이었을 것이다. 일의 성취를 위한 열정이 그의 몸에서 뿜어져 나오고 있었다.

> 달팽이 뿔 위에서 무엇을 다투는가
> 부싯돌 불꽃처럼 짧은 순간 살거늘
> 풍족한 대로 부족한 대로 즐겁게 살자
> 허허 웃지 않으면 그대는 바보

정 회장이 서재에 걸어두고 즐거이 읊조렸다는 백거이의 '술잔을 돌리며'라는 시다. 울프는 열정적인 삶을 살다 간 두 분을 좋아한다. 이분들을 떠올리면 왠지 논두렁에 앉아 밀짚모자 쓰고 막걸리 냄새 풍기는 모습들로 연상된다.

대통령이 훈련참관을 다녀간 날이 지나간 그해 초봄, 지휘부만 참석하는 가상작전의 도강훈련이다. 울프 소대에서는 울프 소대장, 무전병 그리고 운전병 한 명이 참석한다. 도강 후 훈련이 종료된 시간이다. 연대 전 지휘부가 허벅지까지 차오르는 살얼음의 찬물을 건넜기 때문에 강가에 불을 지피고 군화에 들어온 물들을 털어내고 있다. 울프만 마른 군복과 군화를 착용하고 있다. 연대장 이하 작전에 참여한 장병들이 궁금한 눈빛으로 울프를 쳐다본다. 김 병장이 한사코 거절하는 소대장을 업고 건넌 것이다. 소원을 들어준 보답이라나.

신이 인간에게 셈법을 주었다. 플러스, 마이너스 ± 그리고 남는 게 있는 인생이라면 구원과 해탈을 입는다는 것이다. 셈법도 인간과 더불어 사는 자연이다. 자연은 신의 살아있는 교육장이다.

이상적인 제국의 건설을 꿈꾸고 있는 울프의 뇌리 속에 합하여 선을 추구해 가면서, 부(否)의 영향을 극소화시켜야 한다는 책무의 부담감이 자리한다.

08

사향 고양이 배설물

사향 고양이 배설물

흰색 붉은색 코스모스가 흐드러지게 피어 있는 초가을, 주석궁에서 그리 멀지 않은 대동강변을 울프와 은아가 둘이서 산책하고 있다. 금아는 동고구려 문화자치구 건설 상황을 돌아보려 출장을 떠난 날이다.

잇사(一茶)의 하이쿠다.

나는 외출하니
맘 놓고 사랑을 나눠
오두막 파리

"이쯤에서 앉아 쉬어요!" 하면서 은아가 팔을 흔들자 수행하던 안드로이드가 야영 텐트로 변형된다. 텐트 중앙에 탁자를 배치하고 상차림을 한다. 핸드백에서 술을 한 병 꺼낸다. 신들의 휴양지에서 주신(酒神) 박카스 주제로 파티가 있던 날 은아가 한 병 감춰 가져온 천상의 미혹주 넥타르다.

은아가 버뮤다 해변의 신의 휴양지에서 울프와 실비아의 사랑 나누는 장면을 그대로 연출해 보고 싶어서 벼르어 온 날이다. 잔을 비우기만 하면 잽싸게 권하며 울프가 취하도록 만들기 위해서 열심이다. 계영배로 세 잔 이상을 마시지 않는 울프가 서너 잔을 연거푸 마신다. 기분이 최상이다.

늘 부러워해 온 사랑의 행위를 멋지게 연출해 보고 싶어서 은아가 동양의 성
(性)고전인『소녀경』과『금병매』와 같은 책들을 보면서 연구한 체위를 오늘은 기
필코 연출해 보겠다는 기대감으로 부풀어 있는 순간이다.

금아의 출장계획을 듣는 순간 정성 들여 목욕을 마치고 페르몬 향을 짙게 바
르고 코스모스 강변 산책을 울프에게 제안했던 것이다. 모든 것이 은아의 생각
대로 착착 순조롭게 진행되고 있다.

"취하면 내 무릎에 기대어 좀 누워요!" 하면서 울프와 눈을 맞춘다. 순간 울
프는 실비아의 환영을 본 듯한 착각에 사로잡혀 은아를 힘차게 끌어안아 누이
려는 순간이다.

'와장창!' 소리와 함께 텐트가 무너진다. 경호를 맡고 있던 '크리스티아'라는 이
름을 가진 안드로이드가 강한 충격에 뒤로 넘어진 것이다. 가까운 거리에서 발
사된 멀티 스크램블 고성능 롤스로이스 라이플 실탄 정도는 꿈쩍도 하지 않는
안드로이드가 뒤로 넘어진 것이다. 어깨에 장착하여 쏘는 지대지 미사일 여섯
발이 동시에 텐트를 향해 날아드는 것을 막으며 넘어진 것이다.

벌떡 일어서며 거듭 "죄송합니다!"를 반복한다. "그런데 무슨 일이지?" 하면서
울프와 은아가 동시에 일어서 나온다. "잠시 후 보고드리겠습니다."라는 대답을
남기며 날아올라 순간적으로 사라진 '크리스티아'가 잠시 후 두루미 엮듯이 줄
줄이 엮은 암살 전문 저격수 스나이프 여섯 명을 체포해 왔다.

여섯 스나이프 중에서 제일 우락부락하게 생긴 곱슬머리 서양인을 향해 갑자
기 은아가 무서운 안광을 날린다. 메두사의 무서운 안광 같은 눈빛을 녀석의 가
슴을 향해 쏘아 보내자 비명과 함께 입으로 피를 울컥 토하며 쓰러진다. 묶여온
나머지 다섯 명의 안색에 공포가 나타난다.

잠시 몇 초 후, 이들의 뇌파를 스캔하여 정보를 분석해낸 은아가 네오콘 극동
담당 지부장의 명령으로 침투한 용병들임을 울프에게 보고한다. 세 명은 썰 부

대 출신이고, 세 명은 프랑스 용병 출신임이 밝혀진다.

"스크램블 고성능 롤스로이스 라이플 실탄 정도도 끔찍한 파괴력을 갖는데 어깨 장착 휴대용 지대지 미사일 여섯 기를 동시에 발사할 계획을 세운 것으로 보아 이들이 상당한 정도로 우리에 대한 정보를 갖고 계획을 추진한 것 같아. 미사일 공격실패 후 다음은 전술핵사용을 추진할 것 같은 예상이 되는군. 대비책을 세워야 할 것 같아." 하면서 울프가 은아를 돌아본다.

"와! 은아, 화나니까 정말 무시무시하더군." 하면서 울프가 싱글싱글 웃으며 은아를 놀린다.

"오늘 저녁 나들이를 위해 사향 고양이 배설물에서 수확해낸 최고급 라오스 루왁 커피를 끓여서 오빠와 분위기 잡으면서 마시려고 했는데 저 녀석들이 망쳐 버렸잖아요." 하면서 은아가 얼굴을 붉힌다.

이날 이후 대제국 건설에 박차를 가하기 시작한다. 독도 주변에 일본 선박의 접근을 철저히 차단하니 일본자위대가 도발한다. 전면전으로 확대된다. 전쟁발발 삼 일 만에 항복을 받아내고 한일합방을 전격 발표하고 일본을 동섬고구려라 명명한다.

서해 불법침입 중국 어선들을 전부 잡아들임과 동시에 옛 고구려 시대의 북방지역에서 중국군들을 추방시킨다. 이에 분노한 중국이 전면전을 선포한다. 전면전 발발 사흘 만에 중국 지도부 장성 전부를 체포해 오며 항복을 받아낸다.

제국건설의 기초 작업 1순위로 문자를 통일시킨다. 한국, 중국 그리고 일본 3개국에서 사용하는 문자를 한글로 통일하고 한문 808자를 병행 사용토록 한다는 조치다. 3국에서 사용하는 모든 공문서는 한글로 하고 말을 한국어로 통일하기로 하고 초등학교 신입생부터 통일 언어와 문자를 교육시켜 나간다.

일본을 지원하기 위해 파병된 미국의 항공모함 전단이 나포된다. 미국에 전쟁지원 책임을 물어 괌 군도일원을 대고구려제국 영토로 귀속시킨다. 용병을 지원한 책임과 병인양요 당시 약탈해간 문화재 반환을 거부해 온 프랑스를 징벌한다. 파리박물관에 소장되어 있는 동양의 문화재와 더불어 예술적 가치가 있는 조각품들을 강제 징수해 온다.

더불어 프랑스령인 인도양의 낙원 레위니옹을 한국령으로 귀속시킨다. 여인의 허리띠 모양의 아름다운 화이트폭포가 바라보이는 실라오스 원형협곡에 대고구려제국의 겨울별장을 건설한다. 모든 공문서와 안내표지판 등을 한글로 바꾼다. 불편을 느낀 휴양지의 전원주택에서 농촌생활을 즐기던 프랑스인들은 점차 떠나고 풍광이 아름다운 곳에 한국의 노년층들이 정착을 늘려간다.

6·25 전쟁 발발의 간접 책임을 러시아에 물어 러시아 전역의 박물관에 소장되어 있는 명작의 조각품들만을 골라 동고구려로 옮긴다. 이때 호박방이 있던 러시아의 예카테리나 궁전도 동시에 옮겨온다.

울프는 글로리아로부터 미술지식을 DNA체화방식으로 전수받았지만 추상화 등 주관적 가치평가에 따라 그 가치의 폭이 많은 편차를 보이는 작품은 신통찮게 생각하고 있다. 소시민적 안목을 가진 실용주의자로서 정교한 조각품이나 첫눈에 산뜻한 감명을 주는 작품을 선호하는 성격 때문이다.

셜록 홈스와 왓슨 박사가 캠핑장에서 텐트를 치고 함께 잠자리에 들었다. 한밤중에 깨어난 홈스, "하늘에 무엇이 보이는가?", "많은 별이 보이네.", "자네는 그것으로 무엇을 추론할 수 있겠나?", "천문학적인 은하계와 수십억 개의 행성, 점성술 면에서는 토성이 사자자리에 있고, 기상학적으로는 내일 날씨가 맑을 것 같고, 종교학적으로는 신의 전지전능한 힘…" 그리고 와트슨 박사가 되물었다. "자네는 무엇을 알 수 있는가?" 홈스가 밝힌 추론의 정답은 '텐트가 없어졌다'는 것이다.

어느 목공의 귀재(鬼才)가 나무로 새를 깎아 하늘에 날렸는데 사흘이 지나도 내려오지 않았다고 한다. 그러나 그 뛰어난 솜씨가 생활에 보태는 도움에 있어서는 수레바퀴를 짜는 평범한 목수를 따르지 못한다고 생각하는 사람이 울프다. 이용후생(利用厚生)의 실용주의다.

김삿갓과 평양기생의 합작 시(詩)다.

김삿갓 : 平壤妓生何所能(평양기생에 무슨 재능이 있는가?)

기생　 : 能歌能舞又詩能(음악과 춤과 또 시에 능하답니다)

김삿갓 : 能能其中別無能(다능하다는 사람에게서 능함 보지 못했다오)

기생　 : 月夜三更呼夫能(월야삼경에 정인을 불러오는 기생의 능력(技能)이 진정

큰 능력(大能)이 아닐런지요?)

그래서 평양기생이 김삿갓의 발걸음을 하룻밤 붙들어 열락을 나누었다는 것이다. 기생이 기생의 비즈니스를 성공시켰다는 뜻이다. 기생은 실용주의자였다.

한 신입사원이 얼굴에 미소를 가득 머금고 자신만만해서 그의 상사에게 보고서를 올렸다. 신입사원이 올린 보고서를 읽는 순간 상사는 놀라움을 금할 수 없었다. 상사는 믿어지지 않는 표정으로 신입사원의 웃고 있는 얼굴과 보고서를 몇 번이나 번갈아 들여다보았다. 어느 모로 보나 깔끔한 신입사원이 쓴 보고서라고는 할 수 없을 만큼 띄어쓰기와 철자법이 엉터리였고 격식도 갖추지 못한 것이었다.

'오널 나는 도니 한푼도 업을거 가튼 사람에게 물거늘 파랐습니다…'

"자네…"

너무 어이가 없어 말문이 막힌 상사는 신입사원에게 이렇게 엉터리 보고서가 어디 있냐며 다시 써오라고 돌려보냈다. 그런데 다음 날 그가 다시 가져온 보고서도 어제와 별반 다를 것이 없었다.

한 줄을 마저 읽기도 전에 상사는 보고서를 던지며 신입사원이 자신을 놀리고 있든지, 아니면 자신들이 자격을 갖추지 못한 엉뚱한 사람을 뽑는 실수를 했다는 생각이 들었다. 상사는 더 이상 이 상황을 두고 볼 수가 없어 사장에게 그 신입사원의 보고서를 보여주고 그를 당장에 해고시킬 것을 건의했다.

한참 만에 사장으로부터 결재서류가 내려왔다. 그런데 그 서류에는 상사가 바라던 대답은 단 한 줄도 없었다. 대신 이런 글이 적혀 있었다.

"우리 회사에 정말 피료한 인재가 드러왔소. 자네는 그의 틀린 철짜에만 신경 스지 말고 보고서의 내용을 잘 일거보고 다른 사람들또 그를 따라서 물거늘 마니 파는 방버블 찾으시오."

수바시따 인도 잠언시다.

다른 사람의 심장을 뚫지 않고
고개를 끄떡이게 하지도 않는
시나 화살
도대체 무슨 소용이 있단 말인가

미사여구로 정리된 박사학위 논문보다 실용성 있는 현장기술 하나가 더 가치 있다고 생각하는 울프의 평소 생각이다. 그래서 실용성 있는 문화유산만을 골라 대고구려로 옮겨오고 있는 것이다.

금아가 동고구려 문화자치구건설현황을 브리핑하고 있다. 동고구려 자치국 총령이 거주할 궁을 백조의 성보다 아름다운 자태를 가진 궁성이 되도록 하며 규모의 크기는 14.4배, 방의 수 144개, 높이는 144층이며 최상층은 144톤의 호박을 다듬고 조각해 만든 호박방으로 만들어 귀인들의 연회장으로 활용키로 했다는 것이다.

144㎡(평방미터)에 이르는 거대한 호박방의 벽면은 환상적인 작은 입상들과 튤립, 장미, 조개껍데기, 모노그램 등이 정교하게 장식되었다. 코너의 각 벽판에는 황금 촛대로 장식한 인어 모양의 벽기둥을 세웠으며 이음새는 순은 순금을 입혀 호박과 어울리게 했다.

벽판의 중앙에는 광채가 찬란한 벽옥과 마노에 금박을 입힌 청동 틀 속에 세공해 넣어 우아한 피렌체 스타일의 모자이크로 장식되었다. 천장에는 동양 미인들의 벽화가 새겨졌다. 바닥 역시 벽만큼이나 웅장하고 품위 있게 꾸며졌다. 상감 세공으로 마무리된 바닥은 느티나무, 백단, 자단, 오동, 마호가니로 이루어진 쪽모이 세공이 정교하게 더해졌다.

호박방에서 사용되는 쟁반, 칼, 포크, 탁자, 의자들은 순은, 순금, 찬란한 보석과 호박을 조화롭게 섞어 은은한 광채가 풍기도록 세공시켰다. 연회가 열리지 않는 날은 총령이 한가한 시간을 즐길 수 있도록 아름다운 조각품과 진귀한 보물들을 넣어두는 방으로도 활용토록 설계되었다는 것이다.

호박은 나무에서 나온 송진이 굳어 보석이 된 것이다. 태양의 마차를 잘못 운전한 실수로 비운을 맞이한 파에톤의 누이들이 남동생의 비통한 죽음을 슬퍼하며 울다 지쳐서 나무로 둔갑했다. 이 나무껍질에서 눈물이 흘러나와 태양 빛에 굳으면서 호박 구슬이 되어 가지에서 강물로 떨어졌다. 강물은 이 호박 구슬을 물 밑에 간직했다. 뒷날 부인네들의 장신구가 된 것이 바로 이것이다. 특유의 매혹적인 색깔 때문에 고대 그리스인들은 호박을 '태양의 물질'이라는 의미의 '일

렉트론'이라 불렀다. 호박방에 들어서면 호박이 빚어내는 오묘하고 은은한 화려함에 누구나 황홀경을 느끼게 된다.

인류 최초의 호박방은 사방 14m, 높이 5m의 방 전체를 호박 세공품과 그림, 금세공품 등으로 장식한 방으로, 1716년 프로이센의 프리드리히 빌헬름 1세가 러시아와의 동맹을 기리기 위해 표트르 대제에게 선물한 것이다. 예카테리나 궁전에 있던 원조 호박방은 제2차 세계대전 중 나치에 의해 약탈당한다. 그 후 많은 보물탐사 팀들이 독일의 하르츠 산맥 외곽 광산의 폐광 동굴을 중심으로 여러 차례 탐사를 벌였으나 70여 년 동안 사라진 채 아직까지 발견되지 않고 있다.

총령 궁의 북쪽으로는 주거지역으로 정하여 아름다운 건물들의 파노라마를 펼치게 했다. 12열 12횡으로 144개의 궁성을 타원형으로 배열하여 짓고 각 열의 지붕을 12가지 색깔을 칠하게 하여 총령 궁에서 북쪽을 내려다볼 때 12가지 무지개가 펼쳐진 모습으로 보이도록 했다.

서쪽에는 영국 황실 식물원보다 더 아름다운 식물원을 만들었다. 식물원 넘어 서편으로 144동의 박물관을 만든다. 대한민국의 발전을 저해한 나라들의 박물관과 부호들이 소장하고 있던 진귀한 조각품과 아름다운 보석들로 세공된 골동품들, 전설의 제국 아틀란티스에서 발굴해온 고대유적들, 그리고 오대양 바다에 수천 년 전부터 누적 수장되어 있던 값진 인류의 유산들을 발굴해 전시했다.

남쪽으로는 광활한 잔디정원 너머로 신의 휴양지에서 가져온 지름 144m로 높이 216m까지 자라는 '구스멜(Good Smell)'이라는 나무의 씨앗을 심어 태풍을 막는 방풍림을 조성했다. 동쪽으로는 금강산 최고봉의 빼어난 자태가 한눈에 들어오도록 위치를 선정했으며 그 사이로 맑은 시냇물이 흘러내리도록 했다는 보고다.

'구스멜'이라는 나무에서는 새물 냄새가 난다. 소나무 향보다 더 상큼한 이 향을 오래 맡으면 고향의 아늑함과 같은 편안한 마음의 상태가 된다. '구스멜' 사이사이에 허벅지만 한 굵기의 오죽(烏竹)들이 자라고 있다. 태풍이 '구스멜'과 오죽 사이를 통과하면 미풍으로 바뀐다. 실용주의자인 울프를 생각하며 심었다는 것이다.

울프는 열매 달리는 나무를 좋아한다. 그중에서 관상과 미각을 동시에 충족시켜 주는 앵두나무를 특히 좋아한다. 실과나무를 좋아하는 울프가 앵두나무 다음으로 오죽을 좋아한다. 나무는 보통 일 년 주기로 순을 올리고 꽃피워 열매 맺고, 겨울엔 다음 해를 기약하며 휴면기에 들어간다. 그런데 대나무는 그런 일반적인 나무의 삶에서 많이 벗어나 있다.

오죽은 60~120년 동안 단 한 번의 꽃을 피우고 생을 마감한다. 한번 꽃이 피고 나면 땅속에 숨은 줄기까지 모두 죽어버린다. 대나무는 죽는 그 순간까지 한 치의 흐트러짐조차 보이지 않는다. 죽음의 순간, 조금이라도 삶을 연장하기 위해 발버둥친다거나 다음 해를 기약하며 땅속줄기를 지키려 들지 않는다. 오히려 제대로 된 꽃을 피우기 위해 마지막까지 최선을 다한다. 그만의 푸름, 그만의 곧음을 간직한 채 말이다. 열정을 다해 '한 세상 즐거이 잘 살고 간다.'라는 낙이불욕(樂而不欲)을 이야기하는 것 같은 나무다. 절개, 의리, 열정을 가진, 흠모할만한 고매한 인격을 소유한 한 인간을 보는 것 같은 나무다.

동고구려에는 하나 특이한 것이 있다는 보고를 곁들인다. 감옥이 없다는 것이다. 안드로이드의 수장인 금아는 여신이 준 버들 채 같은 오죽 지휘봉을 가지고 다닌다. 죄인을 만나면 죽비처럼 후려친다. 이 채에 맞으면 영혼의 진통 같은 아픔이 오면서 참회의 눈물을 흘리며 정결한 마음을 갖게 된다는 것이다.

故而不貪

玄航

09

리더의 사상적 뼈대

리더의 사상적 뼈대

금강산의 눈 녹은 물이 고여 맑은 호수를 이루고 있는 동고구려 문화자치구의 중앙이다. 시냇가 잔잔한 평지가 보이는 곳에서 두 소년과 한 소녀가 무술을 수련하고 있다. 초가을의 서늘한 냉기 속에서도 세 소년 소녀의 얼굴에 땀방울들이 송골송골 맺혀 있다. 두 소년은 대고구려 태제로 등극될 하(河)와 동고구려 자치국 총령이 될 민(旼)이다. 에너지가 충일한 듯이 보이는 소녀는 후일 대고구려의 초대 대천간이 된다. 144,000의 안드로이드를 지휘하며 각령의 통령들 직속상관이 되어 제국의 권력 중심을 장악하는 인물이 되는 예원(霓園)이다.

울프가 손자 손녀들에게 전수하고 있는 무술은 탄지신공과 같은 공격술보다도 주로 산신술, 비상술, 금강보벽 같은 방어술을 중심으로 전수하고 있다. 특히 금강보벽이란 방어술은 천기와 지기의 보합으로 철벽을 만들어 신체를 감싸도록 하는 비기(秘技)다. 지대지 미사일을 맞아도 신체부상이 없다는 신기(神技)다.

멀리서 울프가 낚싯대를 드리우고 앉아 있다. 세 소년 소녀의 수련 모습을 가끔씩 돌아보며 미소를 짓던 울프가 낚싯대를 접고 세 아이들 곁으로 걸어온다.

"오늘 점심은 내가 잡은 물고기로 맛있는 매운탕을 끓였어. 식사하러 가자." 하면서 호숫가에 마련한 야영텐트로 울프가 아이들을 인도한다.

"와! 우리 할아버지 음식 솜씨 정말 최고야." 하면서 이구동성으로 감탄을 연발하며 열심히 먹는다. 울프가 직접 가꾸는 텃밭에서 따온 풋고추며 상추 등 채소를 맛있게 먹는 손자 손녀를 보면서 흐뭇한 미소를 짓는다. 아름다운 풍광

속에서 조손이 모여 즐거운 시간을 보내고 있는 모습이 모네의 그림처럼 아름답다.

울프가 시상을 떠올린다. '고목'이라는 시다.

고목은
시간의 흐름을 얼굴에 새겼다.

봄의 따사로운 시간과
가을의 스산했던 시간들을
그대로 있게 했고
그대로 가게 했다.

여름의 풍성함도
겨울의 한랭함도
그대로 있게 했고
그대로 가게 했다.

고목은
어깨 위에 떨어져 피어나는
풀잎도 부담스러워 않는다.
허허로운 마음으로….

고목은

새롭게 피어나는 새 생명들과도 어우른다.

그래서

한 폭의

자연을 그린다.

빈 마음으로….

그래서 고목도 자연이다.

"다들 호수에 가서 간단히 샤워들 하고 나무 방에 모여!" 하면서 울프가 신형을 날려 사라진다. 지금 울프가 이야기 하고 있는 나무 방은 일상의 갈등과 치열함을 싫어하는 울프가 낚시와 텃밭을 가꾸며 소일하기 위해 만든 거처다. '구스멜'이라 불리는 나무 내부를 넓이 14.4㎡(평방미터) 높이 7m 정도를 한 층으로 하는 공간들을 깎아내어 만든 2층 거처다.

소박한 집기들로 채워진 1층은 거실이며 2층은 침실이다. 거처의 대문은 나무의 원형 그대로를 문으로 만들었기 때문에 문고리를 발견하지 못하면 한 그루의 다른 나무와 똑같은 원형 나무다. 원형 나무창을 들어 올리면 강화유리창이 내부를 밝히도록 설계되었다. 울프의 손자들은 이곳을 '비밀의 장원'이라 부른다. 여기가 울프가 하루 한 시간씩 손자 손녀들에게 제국의 지도자들이 갖추어야 할 덕목을 강론하는 곳이다.

비바람이 부나, 눈비가 오나, 울프가 하루도 거르지 않고 오전 한 시진 무도수련, 오후 한 시진 지도자들이 갖추어야 할 덕목을 강론하고 있다.

매월 첫째 날 강론의 주제가 지도자의 리더십이다.

지도자의 리더십은 3C(交Connection, 安Calmness, 樂Contentment)에 있다는 것이다. 신민(臣民)을 만나(交Connection) 신민들의 최소 노력으로 최대의 안(安 Calmness)과 락(樂 Contentment)을 누릴 수 있는 방안을 마련해 주는 것이 리더십의 발로다.

신민들에게 집을 그리라고 하면 지붕부터 그린다. 그러나 지도자의 그림은 지붕부터 그리는 순서와는 반대가 되어야 한다. 먼저 주춧돌을 그린 다음 기둥·도리·들보·서까래·지붕의 순서로 그려야 한다. 기본에 충실해야 하는 것이 리더십 발휘의 마음 자세다.

울프가 예를 들어가며 실용적 리더십을 설명하고 있다. 어느 날 한 수도원장이 두 수사에게 임무를 맡겼다. "들에 나가 밀을 거두어들이게." 밀이 노랗게 익은 들판은 황금빛으로 빛났고, 두 수사는 기쁨으로 아침부터 열심히 낫으로 밀을 베었다. 첫 번째 수사는 한 번도 쉬지 않고 열심히 밀을 베었다. 그러나 두 번째 수사는 한 시간마다 쉬면서 일했다. 어느덧 날이 저물고 일을 다 마친 두 수사는 이마의 땀을 닦아 내며 서로의 수고를 격려했다.

그런데 두 사람이 쌓아 올린 단을 보니 쉬지 않고 일만 한 첫째 수사보다 시간마다 쉬면서 일한 둘째 수사의 단이 두 배나 더 높은 것이 아닌가? 첫째 수사가 무척 놀라며 물었다. "아니, 어떻게 쉬지 않고 일한 나보다 쉬어 가며 일한 자네의 밀단이 더 높단 말인가?" 둘째 수사가 빙긋이 웃으며 대답했다. "저는 틈틈이 쉬면서 낫을 갈았지요." 이것이 리더십 발휘의 방향이다.

『헤라클레이토스의 망치』라는 책의 저자 로저 본 외흐(Roger Von Oech)가 토론토에 사는 친구로부터 다음과 같은 편지를 받는 이야기를 손자 손녀들에게 이야기하고 있다.

"저는 친구들과 알곤킨 공원에 카누를 타러 갔어요. 날씨가 너무 더워 녹초가 돼서 도착했는데, 카누대여점에서 강까지는 3㎞나 떨어져 있었고, 대여점에서 빌린 카누 2대는 너무 무거웠어요. 우리가 땅바닥에 주저앉아서 어떻게 저무거운 카누를 메고 강까지 가야 하나 하고 한숨을 쉬고 있는데, 강 쪽에서 어떤 사람들이 가방을 메고 오는 것이 보였어요. 그들은 원래 우리와 같은 대여점에서 카누를 빌려 놀다가 돌아가는 중이었는데 날이 너무 더워 일단은 가방만 옮겨 놓고 그다음에 카누를 가지러 갈 거라고 말했어요. 우리도 그 사람들에게 무거운 카누를 들고 험한 돌길을 3㎞나 가야 할 걸 생각하니 괴롭다고 불평을 털어놓았죠. 그런데 갑자기 저에게 아이디어가 떠오른 거예요. 처음에는 그냥 단순하게 우리와 그 사람들이 카누를 메고 중간에서 만났다면 어떻게 됐을까를 상상했는데 그러다 아이디어가 나온 거죠. 나는 그 사람들에게 카누를 교환하자고 했어요. 어차피 같은 가게에서 빌렸고 모양도 같았어요. 그 사람들도 동의했죠. 그래도 혹시 나중에 무슨 문제가 생길까 봐 주소와 전화번호를 교환했어요. 이 거래로 양쪽 모두 카누를 옮길 필요가 없게 되었죠. 우리는 가방만 들고 강가로 가서 그들이 두고 온 카누를 탔어요. 그 사람들하고 연락할 기회는 없었지만 아마 그들도 가끔씩 그 여행과 카누를 바꿨던 그 일을 기억할 거예요." 노력은 줄이고 성과를 극대화하도록, 창조적 열정을 발휘하도록 사고훈련을 하고 있는 것이다.

첫째 날 강론이 거의 끝나갈 무렵 고대 그리스로마 시대의 리더십을 정리해 준다. 리더라면…. 영악하고 혈기왕성하며 신중하고 사나우면서도 눈치도 빨라야 한다. 온화하면서도 잔인하고 직설적인 동시에 계산적이고, 파수꾼이면서도 도둑이자 후하면서도 탐욕스럽고 아낌없이 주면서도 챙길 줄 알고, 방어적인 동시에 공격적이어야 한다. 표면적으로는 민주주의자이나 사실상 일인지배의 독재를 추구하는 자이다. 자기의 능력을 보여주되 자기를 속속들이 알게 하지 않는다. 사람들이 그의 한계를 알 때보다는, 능력을 막연히 추측할 때 그를 더욱 존경할 것이다. 그밖에도 많은 자질들이 타고났든, 아니면 연구해서 얻든 훌륭한 리더가 되려는 사람이 지녀야 할 것들이다.

현명한 리더란 독단적으로 판단하지 않고 민주적으로 다수의 의견에 전적으로 의지하지 않으면서 때로 홀로 행동하는 것이다. 민주적 관리는 만병통치약이 아니다. 그것이 유일한 리더십이 아니다. 때로 투표할 시간조차 없는 상황도 많다. 그래서 선(善)에 바탕을 둔 덕망 있는 독재자가 필요하다. 상황이 어려울 때 "지금 이 정상의 자리에는 저 혼자입니다!"를 외칠 수 있는 지도자가 되어야 한다.

우화를 예로 들며 강론을 정리하고 있다. 어떤 숲에 가뭄이 들어 먹을 것이 부족했다. 그래서 모든 동물들이 같이 모여 음식을 어떻게 나눠 먹을지 의논했다. "내가 보기엔 모든 동물이 똑같은 양을 받아야 한다고 생각해." 토끼가 대담하게 말했다. "너 말 한번 잘하는구나." 사자가 말했다. "너에게 우리와 같은 발톱과 이빨이 있었다면 네 말이 좀 더 설득력이 있었을 텐데 말이야."

강론이 끝나기를 초조하게 기다리던 금아와 은아가 "로더, 하이네스(Lord Highness)!" 하면서 울프를 부르면서 들어온다. 평소 장난기 어린 목소리로 "오빠!" 하며 부르지 않고 글로리아로부터 받은 명령대로 호칭할 때는 무슨 심각한 일이 벌어지고 있다는 것을 울프가 직감하고 긴장한다.

미국의 정보조직이 중심이 되고 러시아와 영국의 지원을 받아 특수 침투조를 편성하여 평양의 주석궁을 공격해 왔다는 것이다. 놀라운 것은 어깨에 메고 발사하는 휴대용 지대지 미사일 탄두에 소형 전술핵을 장착하여 발사했다는 것이다. 항공방어망을 담당하고 있는 안드로이드 천간무팀이 폭발 전에 방향을 틀게 하여 서해 해저에서 폭발케 했다는 것이다.

"이번 음모를 지원한 영국의 대영 박물관 전체를 동고구려로 옮겨와. 그리고 미국과 러시아가 보유하고 있는 항공모함 전부를 탈취해서 지중해 공해상에 모아 호텔로 개조하고, 해양도시를 만들어 대고구려제국의 멋진 겨울 휴양지로 사용해." 하면서 울프가 지시를 내린다.

울프가 마음속에 그리고 있는 지중해 겨울 휴양지의 모습을 뇌파전달 방식을 통해 금아에게 전한다. 나포해 온 7척의 항공모함을 팔방으로 연결하여 숙소로 활용하고 둥근 원 속에 펼쳐지는 공간에는 수영장, 요트장 등 해양놀이 시설을 만들고 숙소에서 내려오면 지중해의 푸른 물을 바라보며 낚시를 즐길 수 있도록 어초를 만들어 고기들이 머물게 한다는 구상이 바로 실행에 옮겨진다.

하늘의 신 우라노스는 대지의 신 가이아와 낳은 괴물 형제들을 지하세계에 가둔다. 복수심에 불탄 가이아는 아들 크로노스를 시켜 우라노스의 성기를 잘라 바다에 던져 버린다. 그 자리에 하얀 거품이 모이고 그 안에서 아름다운 여자가 탄생했으니 미의 여신 아프로디테다. 미의 여신이 탄생한 그곳 키프로스 섬 앞바다 지중해에 대고구려의 겨울 휴양지를 만들었다. 자신이 만든 조각상을 사랑한 피그말리온이 살았던 아름다운 섬들이 있는 그 바다 앞이다.

둘째 강론 날이다. 강론의 주제는 제국신민의 인성관리 목표다. 기존의 것을 보다 더 나은 것으로 만들어 가는데 보람과 삶의 의미를 느끼는 신민들이 되도록 하는 것이 지도자의 책무라는 것이다. 진정한 아름다움과 행복은 소유의 분량에 있는 것이 아니라 존재의 부피로 가늠되는 삶에 있다. 행복은 성취의 환희와 창조적 노력의 과정에 일어나는 쾌감에 존재한다. 지족자부(知足者富)를 가르친다. 만족할 줄 아는 사람이 진정한 행복을 아는 마음의 부자라는 것을 강론한다.

부지런한(Early Bird) 신민들이 일을 통한 삶의 기쁨(Enjoy Working)을 누리며, 관계성 확보(Make Network)를 통해 행복한 사회인을 만들라는 것이다. 즉 사회적 관계지수(Social Quotient)가 높은 인간으로, 열정적으로 현재를 살아가도록 하라는 훈육을 하고 있다.

'Early Bird란 무엇인가?'하면서 쉘 실버스타인의 '일찍 일어나는 새'라는 시를 예로 하여 설명하고 있다.

당신이 새라면 아침에 일찍 일어나야 한다.

그래야 벌레를 잡아먹을 수 있을 테니까.

만일 당신이 새라면 아침에 일찍 일어나라.

하지만 만일

당신이 벌레라면 아주 늦게 일어나야 하겠지.

옛날에 어떤 젊은이가 결혼할 상대자를 찾아 길을 나섰다. 얼마 동안 배우자를 찾다가 길옆 나무그늘에서, 아름답고 부유한 양갓집 규수와 결혼하는 꿈을 꾸면서 깊은 잠을 잤다.

잠을 자면서 그런 꿈을 꾸는 사이, 그 나라의 공주가 많은 시녀와 함께 길을 가다가 잠자고 있는 미남의 젊은이를 발견했지만 멈칫거리며 그냥 지나갔다. 갑부의 딸도 그 길을 지나갔지만 젊은이는 깊은 잠 속에 빠져있었다. 마지막으로 아주 아름다운 미인이 길을 가며 젊은이의 남자다운 얼굴에 호감을 가졌지만 깨우지 않고 그냥 지나쳐 버렸다.

신은 우리가 손을 내밀지 않으면 우리의 손을 잡지 않는다. 물맞이 물을 부어야 정화수를 퍼 올릴 수 있게 된다. 도전 자체가 기쁨임을 알고 빛의 시간을 사랑하는 사람이 얼리버드다.

Enjoy Working이란 "좋아하는 일을 직업으로 삼는 것이다. 좋아하는 일을 직업으로 삼으면 평생 일하지 않으면서 즐기는 일만 하며 산다. 일을 통한 삶의 기쁨(Enjoy Working)을 어떻게 누리는가?" 하면서 강론을 이어간다.

음악가는 음악을 만들어야 하고, 화가는 그림을 그려야 하고, 시인은 시를 써야 한다. 진정한 마음의 평화를 얻고자 한다면 자신이 원하는 일을 해야 한다. 좋아하는 일을 직업으로 삼아라. 그럼 평생 동안 억지로 일할 필요가 없다. 그냥 자기의 일을 계속 해나가고 나머지는 섭리(Providence)에 맡기는 것이 최선이다. 그다음, 마지막 걸음은 신께서 옮겨 놓으신다. 성공은 첫째 근면, 둘째 끈기, 셋째 상식이다. 신은 우리의 의지를 존중하고 있기 때문이다. 씨앗을 심어야 거목으로 자라게 하신다.

랍비 주시아의 '도둑에게서 배울 점'이라는 시를 낭송해 보인다.

도둑에게서도 다음의 일곱 가지를 배울 수 있다.
그는 밤늦게까지 일한다.
그는 자신이 목표한 일을 하룻밤에 끝내지 못하면
다음 날 밤에 또다시 도전한다.
그는 함께 일하는 동료의 모든 행동을
자기 자신의 일처럼 느낀다.

그는 적은 소득에도 목숨을 건다.

그는 아주 값진 물건도 집착하지 않고

몇 푼의 돈과 바꿀 줄 안다.

그는 시련과 위기를 견뎌낸다. 그런 것은

그에게 아무것도 아니다.

그는 자신이 하는 일에 최선을 다하며

자기가 지금 무슨 일을 하고 있는가를 잘 안다.

'Make Network'란 하면서 강론을 이어 간다.

'세쿼이아'라는 나무는 그 뿌리가 거의 땅 표면에만 붙어 있고 땅속 깊이 박히질 않는다고 한다. 그런데도 강풍이 종종 부는 미국의 서부 해안에서 잘 자라고 있다. 세쿼이아는 혼자 자라지 않고 꼭 여럿이 숲을 이룬다는데 지표 바로 밑에서 뿌리들이 서로 얽혀 있어서 강풍이 불어도 끄떡없다는 것이다.

실용주의자는 전략가가 아니며, 전략가는 실용주의자가 아니다. 그 둘이 만나면 한 사람이 두 가지를 한꺼번에 하는 경우보다 훨씬 강력해진다. 그래서 조직효율을 높이기 위해서 동력자와의 만남이 강조되는 것이다.

아침마다 "두부 사려!" 하고 큰 소리로 외치는 것을 멋쩍어하는 소심한 두부 장수가 있었다. 큰 소리로 외치지 않으니 장사가 잘될 리 없었다. 그러다 어느 날 묘안을 찾아낸다. 된장찌개에는 반드시 두부가 들어간다는 사실에 착안하여, 목소리 큰 된장 장수 뒤를 졸졸 쫓아다니기로 한 것이다. 그래서 앞에서 "된장 사려!" 하고 큰 소리로 외치면, 그 뒤를 따르면서 모기 소리로 "두부도!"라고 덩달아 외쳤던(?) 것이다. 된장 장수 덕분에 힘들이지 않고 성공했다는 두부 장수의 이야기다. 아마도 몇 달 뒤에는 서로 역할을 바꾸어 하게 되었을지도 모른다. 분명한 것은 두 사람 모두 혼자 다닐 때보다 매상이 늘었다는 것이다.

아랍의 어느 왕이 '오차'라고 하는 아주 맛있는 과일이 열리는 과수를 가지고 있었다. 그래서 그는 두 사람의 경비원을 두어 그 과일나무를 지키게 했다. 한 사람은 키 큰 장님이었고, 또 한 사람은 난쟁이 절름발이었다. 그런데 이 두 사람이 흉계를 꾸며 한패가 되어 과일을 따 먹자고 의논하였다. 그리하여 장님이 절름발이를 어깨 위에 올려 앉히고 절름발이는 방향을 가리켜서 두 사람은 맛있는 과일을 실컷 훔쳐 먹었다.

왕은 몹시 노하여 두 사람을 심문하였다. 장님은 앞을 볼 수 없기 때문에 자기는 과일을 따 먹을 수 없다고 변명하였고, 절름발이는 저렇게 높은 곳에 자기가 어떻게 올라가 과일을 따 먹을 수 있겠느냐고 반문했다. 왕은 그것도 그렇겠다고 생각했다. 어떤 일을 처리할 때 둘의 힘은 하나의 힘보다 훨씬 위대하다.

철새들도 먼 대륙을 횡단할 때에는 상승기류를 타고 날아간다고 한다. 날개는 가장 편하게 접어두고, 선두가 일으키는 기류를 타고 날아가다가 선두가 지치면 교대하면서 그 먼 거리를 날아간다는 것이다. V자 행렬을 만들어 서로에게 상승기류를 만들어주니, 혼자 나는 것보다 무려 71%를 더 멀리 날아간다고 한다. 효율적 내부관계 운영이며 외부경제의 활용이다. 어떤 사람이라도 그 혼자서 모든 것을 해결할 수 있을 정도로 만능일 수는 없다.

치조직(治組織) 약팽소선(若烹小鮮)해야 한다. 같을 약(若), 삶을 팽(烹), 생선 선(鮮)이다. 조직관리를 작은 생선을 삶듯 하라는 말로 자기가 성취하기를 바라는 일을 처리해 줄 인재를 발굴하고 일을 맡긴 후 그 과정에 끼어들지 말라는 것이다. 섣불리 들쑤셔 대서 일을 망치지 말라는 것이다.

한 면이 다 익었을 때 다른 한 면으로 돌려 익히는 느긋함도 필요하다는 것이다. 노자의 생지축지(生之畜之)의 리더십이다. '짐승들이 하는 것처럼 하는' 것이다. 모든 짐승은 자기들 집단의 우두머리를 둔다. 사자를 보면 수사자는 암사자들과 새끼들로 이루어진 가족을 거느리는 우두머리다. 그런데 이 수사자는 아무것도 하는 짓 없이 빈둥거린다. 어쩌다가 마지못한 듯 영토 내를 한번씩 둘러보면 그걸로 끝이다. 그러나 수사자가 한번 크게 울면 사바나 전체의 동물들이 숨을 죽인다.

코끼리도 마찬가지다. 늙은 수코끼리 한 마리가 수백 수천 마리의 대가족을 거느리고 살지만 간섭하며 통치하는 행위를 하는 게 없다. 그저 우두머리라고 있을 뿐이며 집단이 그 권위를 인정만 하는 거다. 그러나 초원에 가뭄이 들면 우두머리 명령 일하에 수천 마리의 코끼리 떼가 수백 ㎞의 행군을 시작한다.

생선이 익어 가기를 기다리는 모든 구성원들에게 나누어 맛볼 수 있는 잔치에 동참하고 있다는 희망과 비전을 제시해 주어야 한다. 꿈을 같이 꾸도록 해야 한다는 것이다.

한 절에서 큰 법회가 열렸다. 많은 불자들이 모였었다. 법회가 끝나고 사미승 하나가 도량을 청소하다가 여인네들이 모여 앉았던 곳에서 우연히 거웃(陰毛) 한 오라기를 주웠다.

"기찬 보물을 얻었다."

사미승이 거웃을 쥐고 기뻐 뛰어다니니 다른 스님들이 몰려들어 빼앗아 가지려 했다. 사미승은 꽉 잡고 놓지 않았다.

"이런 보물을 가지고 우리끼리 다투어서는 안 되지. 여러 사람의 말을 들어보고 민주주의 방식으로 결정해야 해."

그리하여 스님들은 회의를 소집했다. 가사를 차려입고 식당에 죽 둘러앉은 스님들이 사미승을 불렀다.

"그 물건은 도량에 떨어진 것이니 당연히 절의 물건이다. 네가 주웠다고 어찌 감히 혼자 가지려 드느냐?"

놀란 사미승은 거웃을 스님들 앞에 내놓았고, 스님들은 유리로 된 바리때에 거웃을 담아 불단 위에 올려놓았다. 한 스님이 말했다.

"삼보(불교의 불보, 법보, 승보)와 함께 영원히 전할 보배로 삼읍시다."

그러자 스님들이 저마다 의견을 내놓았다.

"그러면 우리들은 무슨 재미란 말이오!"

"조금씩 잘라 나눠 가집시다."

"두어 치밖에 안 되는 물건을 이 많은 사람이 어떻게 나눠 갖는단 말이오!"

그때 끄트머리에 앉아 있던 한 객승(客僧)이 앞으로 나서며 말했다.

"소승의 생각은 이렇습니다. 그것을 커다란 가마솥에 넣어 돌로 눌러 놓고 물을 가득 채운 뒤, 그 물을 여럿이 나누어 마시면 모두에게 좋지 않을까요? 소승 같은 객승에게도 한 잔 나누어 주시면 더없이 좋고요."

"스님 말씀이 참으로 옳소!"

마침 그 절에는 가슴앓이로 오래도록 고생하는 100세를 넘긴 노승이 있었다. 추위 때문에 두문불출하고 있다가 거웃 담근 물을 나눠 준다는 말을 듣고는 문을 열고 불쑥 나타났다.

"어디서 오신 스님이신데 그리 공정한 방도를 내시었소. 거웃을 잘라 가졌다면 나 같은 병든 늙은이에게야 털끝만큼이라도 차례가 돌아왔겠소? 이제 스님의 제안으로 그것을 한 잔 맛볼 수 있게 되었으니 맛보고 나면 당장 저녁에 죽어도 좋겠소. 스님은 참말로 성불하실 것이오! 성불하실 것이오!"

작은 생선을 나눈다는 약팽소선(若烹小鮮)보다 더 작은 터럭 하나를 나눈다는 약팽소모(若烹小毛)다.

리더의 사상적 뼈대의 논리가(Reason) 건강해야 신민이 긍정적으로 공명(Resonance)한다. 사고의 뼈대 속에 인간애가 있어야 관계(Net)가 이어진다는 것이다.

네트워크(Network)는 같은 선상에서의 연결의미를 갖는다. 상하동욕(上下同欲)이다. 상하간의 동일한 목적을 가진 자가 승리한다는 뜻이나 인간은 높은 사람이나 낮은 신분의 사람이나 동일한 욕심을 갖는다는 의미다. 욕망을 가진 인간이해에 도움이 되는 말이다. 내가 원하는 만큼 상대도 원한다는 것을 알고 나눔의 의미를 알면 관계 성공이다.

네트워크(Network)는 더불어 사는 삶의 축약어다. 서로의 이익을 위해 함께하는 삶, 즉 공생(共生)이야말로 진화상의 극적인 비약을 가능케 하는 최선의 수단이다. 인간은 관계 속에 존재하는 피조물이기 때문에 인생 노정에서 한번쯤 사랑할 만한 사람들을 만나야 한다. 사랑하면 얼굴이 변하고 마음이 변하고 삶이 변한다. 아름다운 관계의 비타민은 칭찬이다. 칭찬은 고래를 춤추게 한다는 것은 말할 필요도 없고, 식물들도 엔도르핀이 돌도록 만든다.

늙은 까마귀가 한 마리 있었다. 얼굴이 하도 못생겨서 제짝도 아직 제대로 변변하게 만나지 못한 신세였다. 어느 날, 나뭇가지에 앉아서 훔쳐온 치즈 조각을 먹고 있었다. 마침 지나가던 여우가 이 광경을 지켜보고는 치즈에 눈독을 들였다. 여우는 고개를 쳐들고 까마귀를 불렀다. "넌 얼굴이 너무 못났으니까 그 못난 얼굴을 보충할 뭔가 장점이 있을 거야. 목소리는 어때? 짧게라도 네가 노래를 들려주면, 내가 그 방면엔 전문가니까 사심 없이 평가를 해주지."

이건 정말로 참신하고 즐거운 제안이 아닐 수 없었다. 나한테 성악오디션이라니! 까마귀 노처녀는 그래서 부리를 힘껏 벌리고 노래를 시작하려 했다. 그 통에 치즈가 땅바닥에 툭 떨어졌다. 이때를 놓칠세라 여우는 재빨리 치즈를 잡아채서 숲속으로 달아나서는 느긋하게 먹어 치웠다.

"이런, 내가 생각이 너무 짧았구나!" 까마귀는 탄식했다. "손님한테 대접부터 하고 노래를 했어야지! 누군들 빈속에 노래를 듣고 싶은 마음이 생기겠어? 잘 사과를 하면, 혹시 친절하게 다시 한 번 기회를 줄지도 몰라." 그리하여 까마귀는 정중한 사과의 뜻을 담은 편지를 쓰면서 아울러 편지 말미에 자기가 마련한 음악 파티에 와 줄 수 없겠느냐는 초대의 뜻을 비쳤다. 여우가 초대에 응하자, 까마귀 노처녀는 노래를 부르기 전에 조심스럽게 차린 식사를 대접해서 여우가 양껏 먹게 해 주었다. 공짜 식사에 기분이 좋아질 대로 좋아진 여우는 신나게 박수를 쳐 대고 앙코르까지 대여섯 번이나 요청했다. 그런 일이 있은 이후로 까마귀는 정기적으로 여우를 위한 음악 파티를 열었다. 그런데 그렇게 꾸준히 연습을 계속하다 보니 실제로 목소리가 좋아지고 성량이 풍부해졌을 뿐만 아니라, 성격까지도 긍정적으로 바뀌게 되었다. 균형이 잡히고 당당해졌으며 자신감이 넘치게 된 것이다. 오히려, 나쁘게 이야기하면 자만심까지 언뜻언뜻 비칠 정도였다. 이런 변화가 어느 노총각 까마귀의 마음을 움직이게 해서, 노총각 까마귀는 생김새야 못생겨도 상관없다는 듯이 노처녀 까마귀에게 구혼을 해 결국 결혼하게 되었다는 것이다. 가짜 약을 확신에 찬 신념을 갖고 먹으면 효과가 나타난다는 플라시보(Placebo)효과다.

약팽소선의 결과 상하동욕의 만족함이 이루어지지 않을 때 인간은 반항한다는 강론을 곁들인다. 인간의 반항에는 동태적 반항과 정태적 반항이 있다는 것이다.

나눔이 없거나 적으면 구성원은 불만족해 한다. 즉, 반항한다. 한 남자가 어떻게 하면 생활비를 절감할 수 있을까 궁리하다가 기발한 생각을 떠올렸다. 쉴 새 없이 일하는 노새에게 여물을 적게 주기로 작정했다. 그런데도 노새는 만족한 듯 보였다. 그래서 며칠 뒤 먹이를 또 줄였다. 하지만 노새는 여전하게 보였다.

그러다가 평소 먹이의 절반까지 양을 줄였다.

노새는 동작이 굼떠졌고 한층 조용해졌지만, 남자는 여전히 노새가 건강하며 행복하다고 생각했다. 그러던 어느 날, 남자는 노새가 죽었다는 사실을 알고는 기가 찼다. 땅바닥을 치면서 이렇게 말했다. "아이고, 내 믿음직하던 노새가 죽다니, 이제 막 아무것도 안 먹는 것에 익숙해질 참이었는데…" 정적인 반항이다.

한 무리의 사냥개가 포수와 함께 십여 년을 지내면서 많은 일을 해왔다. 그러나 나이가 들면서 다리의 힘이 빠지고, 눈도 나빠져서 잡아오는 사냥감의 양이 점점 줄어들었다.

어쩔 수 없이 포수는 젊은 사냥개를 사왔다. 늙은 사냥개의 지혜와 젊은 사냥개의 활력이 조화되어 잡아오는 사냥감이 늘어나 포수는 매우 기뻐했다. 주인이 기뻐하는 것을 본 젊은 사냥개는 더욱 열심히 일했다. 그러나 늙은 사냥개들의 상황은 세월이 가면서 더욱 참담해졌다. 얼마 후 포수는 이 늙고 비실비실한 사냥개를 탕국의 재료로 써 버렸다. 그날부터 젊은 사냥개가 파업을 시작했다. 늙으면 예전의 사냥개처럼 탕에 넣어버릴 것 아닌가요? 하면서… 동적인 반항이다.

별명이 '핏대'라는 정치인이 있었다. 청와대 경제수석, 민선시장 재선까지 하면서 시장재임 후 대선후보로 거론되던 거물이었다. 뇌물수수죄로 정치인의 길을 갑자기 접게 된다. 동고동락하던 자기의 운전기사가 고발한 것이다. 많은 뇌물을 받을 때 같이 동행한 자기에게는 한 푼도 나누어 주지 않는 인간적 서운함에서 고발했다는 것이다. 범법행위에 앞서 나누어 갖는 마음이 먼저 문제가 되는 약팽소선의 시사점이다.

Make Network에 있어 관계형성이 주요한 핵심이지만 관계거리도 중요하다.

첫째, 군자 혼연화기(渾然和氣) 화이부동(和而不同)이다. 주위와의 원만한 관계성은 유지하나 동질성 추구를 하지 않는 사람이 뛰어난 사람이라는 의미다.

둘째, 인간관계에 있어서 율기솔신(律己率身) 해야 한다. 엄격한 개인 거리를 유지하며 정중하게 대하라는 것이다. 내가 이렇듯이 예의를 다하니 내게도 예의를 다해 주기 바라오. 이런 메시지를 발하고 있는 것이다. 율기솔신의 첫째 의미다. 이쪽에서 개인 거리를 지켜 주지 않으면 저쪽에서 개인 거리를 무시하고 쳐들어온다. 개인 거리를 무시하는 데서 얼마나 많은 갈등이 빚어지는가?

칼릴 지브랄의 '함께 있되 거리를 두라'는 시가 생각난다.

함께 있되 거리를 두라.

그래서 하늘 바람이 너희 사이에서 춤추게 하라.

서로 사랑하라.

그러나 사랑으로는 구속하지는 말라.

그보다 너희 혼과 혼의 두 언덕 사이에 출렁이는 바다를 놓아두라.

서로의 잔을 채워 주되 한쪽의 잔만을 마시지 말라.

서로의 빵을 주되 한쪽의 빵만을 먹지 말라.

함께 노래하고 춤추며 즐거워하되 서로는 혼자 있게 하라.

마치 현악기의 줄들이 하나의 음악을 울릴지라도

줄은 서로 혼자이듯이

서로의 가슴을 주라. 그러나 서로의 가슴속에 묶어 두지는 말라.

오직 큰 생명의 손길만이 너희의 가슴을 간직할 수 있다.

함께 서 있으라. 그러나 너무 가까이 서 있지는 말라.

사원의 기둥들도 서로 떨어져 있고

참나무와 삼나무는 서로의 그늘 속에선 자랄 수 없다.

빛나는 별에서 적당히 떨어져 있는 행성의 존재를 과학자들은 '골디락스 지대'라고 부른다. 가까우나 멀지 않은 거리, 지나치게 뜨겁거나 지나치게 차가운 양극단의 사이에 있는, 딱 알맞은 옴살지대에 있는 행성을 말한다. 별에 너무 가까우면 물이 끓어 사라질 테고, 너무 멀면 물이 얼어 식물이 자라지 못하기 때문이다. 생명이 존재할 수 있는 가능성을 가진 거리다. 사랑과 미래가 있는 인간관계를 '골디락스 거리'라 부른다.

'관계거리'라는 것을 생각해보자. 승부를 가릴 때 가장 위험한 '거리'는 무엇일까? 서로 떨어지면 떨어질수록 위험에서 멀어지지만 승부인 이상 상대에게 다가가지 않으면 안 된다. 호랑이를 잡으려면 호랑이 굴 가까이 가야 한다. 적진 깊숙한 곳이 가장 위험하지만 가장 효과적인 공격 장소다.

목에 뼈가 박힌 이리가 견딜 수 없이 아파서 누군가가 빼주기를 바라며 헤매고 다녔다. 마침 맞은편에서 해오라기가 다가오기에 "뼈를 빼다오, 답례를 할게." 하고 부탁했다. 해오라기는 이리의 목 깊숙이 머리를 집어넣고 뼈를 빼준 후 답례를 하라고 했다. 그러자 이리가 말했다. "내 입안에 들어갔다가 머리에 상처 하나 없이 나올 수 있었던 것만으로도 충분한 답례다. 뭘 더 바라는 게야."

일찍이 시성(詩聖) 백낙천도 '인생행로의 어려움은 물에 있는 것도 아니요, 산에 있는 것도 아니다. 인간관계의 어려움에 있다'고 말했다. 인간관계가 다른 환경 요인보다도 중요함을 알게 하는 말이다.

피곤하고 졸린 두 고슴도치가 추위에 떨며 서로 끌어안고 있었다. 그러나 서로의 몸에 가시가 있어 찔리지 않기 위해 어느 정도 거리를 두고 있었다. 그러다 추위를 못 견디면 다시 모였다. 이러기를 몇 차례, 결국 두 마리 고슴도치는 적당한 거리를 찾아냈다. 서로의 온기를 얻으면서도 서로에게 찔리지 않는 거리였다. '친구를 가족같이 대하고 가족은 친구처럼 대하라(Treat your friends like family and your family like friends)'는 뜻이다.

백치(白痴)의 미(美)라는 말이 있는데 그 원조는 이러하다. 친구들로부터 바보라 불리는 한 사람이 있었는데 실은 이 사람이 바보가 아니라 그의 마음이 너무 크고 맑아 그를 속이고자 하는 사람의 마음이 투영되어 의도하는 바를 미리 알아 버리는 사람이 있었다. 이 사람은 어지간하면 속아줘버리고 아니면, 바보처럼 비시시 웃기만 하는 것이었다. 그래서 그의 미소를 백치의 미라 불렀다. 친구들은 사람을 잘못 본 것이다. 일단 모든 사람이 나보다 나은 생각을 가지고 있을 것이라는, 내가 가진 확신이 틀렸을 수도 있을 것이라는 마음으로 인간관계를 시작해야 하는 것이 사람을 바로 보는 율기솔신의 둘째 의미다. 인간경영에 실패하지 않는 비결이다. 기욕난량(器欲難量)이다. 그릇 기(器), 하고자할 욕(欲), 어려울 난(難), 헤아릴 량(量)으로 사람의 기량은 넓어 헤아리기가 어려운 부분이 있음을 알아야 한다는 뜻이다.

율기솔신의 세 번째 의미는 역지사지(易地思之)다. 바꿀 역(易), 곳 지(地), 생각 사(思), 어조사 지(之)다. 입장을 바꾸어 생각해야 한다는 것이다. 바꾸어 생각해 이루는 관계조화다.

고대 이솝우화 원전에 '하이에나'에 대한 이야기가 있다. 하이에나는 수컷과 암컷의 성(性)이 매년 번갈아 바뀐다. 수컷 하이에나가 암컷에게 '부자연스러운 (Unnatural)'짓을 하려고 하자 암컷이 이렇게 말했다. "네가 하려는 짓을 곧 내가 너에게 할 수 있다는 것을 기억해."

바다에서 사는 새 한 마리가 원님 네 마당에 날아와 앉았다. 이런 새를 생전 본 적이 없는 원님은 이 새를 신령이 내려보낸 신조(神鳥)라고 여기고 사람들을 시켜 사당에 모시게 했다. 원님은 매일같이 온 고을 사람들을 불러다 진수성찬을 차리게 하고 나팔을 분다. 북을 친다 하면서 신조를 위해 큰 잔치를 베풀었다. 이렇게 귀빈처럼 정성껏 공양했다. 그런데 원님의 이런 정성은 도리어 새를 두렵게 만들었다. 갈수록 무서워진 새는 온종일 겁에 질려 고기 한 점, 물 한 모금도 먹지 못했다. 결국 사흘이 지나자 새는 그만 죽고 말았다.

카네기가 이렇게 말한 적이 있다. "나는 딸기를 좋아한다. 물고기는 지렁이를 좋아한다. 때문에 물고기를 낚을 때 나는 딸기를 미끼로 하지 않고 지렁이를 미끼로 한다."

나는 당신의 느릿한 행동에 대해 사람이 왜 그렇게 둔한지 모른다고 비난한다. 그러나 나의 느림에 대해 당신은 신중하다고 말한다.

당신이 일을 서두를 때 나는 당신을 조급하여 일을 그르친다고 질책한다. 그러면서 나는 매우 신속하다고 말한다.

당신이 실패했을 때 나는 당신을 본래부터 어리석고 모자라는 사람이라고 비난한다. 그러나 나에게는 어쩌다가 저질러진 실수일 뿐이다.

당신이 힘들어할 때 나는 당신이 연약하고 무능해서라고 꾸짖는다.
그러나 나의 힘듦은 환경 탓일 뿐이다.

당신의 의견을 주장할 때 나는 당신을 고집쟁이라고 몰아붙인다.
그러나 나에게는 그 고집이 소신과 신념이 되어버린다.

나와 당신의 차이는 바로 이것이다. 당신은 나의 그런 모습에서 어떤 동료애도 애정도 느끼지 못한 채 비참함만 더해지는 눈물을 삼켰을 것이다.

이제 당신과 나의 차이, 거기에 하나를 향한 몸부림이 필요하다는 것을 인식한다. 당신의 미세한 사랑의 음성을 듣기를 원한다.

내가 당신으로 여겨지고 당신이 내가 될 때 우리는 서로의 차이를 없앨 수 있다.

관중열전(管仲列傳)편에 관중과 포숙아(鮑叔牙)의 우정 이야기가 나온다. 이 두 사람의 각별한 우정을 관포지교(管鮑之交)라 부르는데, 관중은 자신의 친구였던 포숙아에 대해 다음과 같이 술회하고 있다. 나는 젊었을 때 포숙아와 장사를 함께 한 일이 있었는데 늘 이익금을 내가 더 많이 가졌으나 그는 나를 욕심쟁이라 하지 않았다. 내가 가난하다는 것을 잘 알고 있었기 때문이다. 또 그를 위해 한 사업이 실패하여 그를 궁지에 빠뜨린 일이 있었지만, 그는 나를 용렬하다고 여기지 않았다. 때에는 이로움과 불리함이 있다는 것을 잘 알고 있었기 때문이다.

나는 또 벼슬길에 나갔다가는 물러나곤 했었지만 나를 무능하다고 말하지 않았다. 내가 때를 만나지 못한 것을 알고 있었기 때문이다. 어디 그뿐인가. 나는 싸움터에서 도망친 일이 있었지만 그는 나를 겁쟁이라고 말하지 않았다.

내겐 늙은 어머니가 계시다는 것을 잘 알고 있었기 때문이다. 오랜 죽마고우였던 포숙아에 대하여 훗날 대재상이 된 관중의 술회다.

상대에 대한 작은 배려가 커다란 수확으로 반영된다는 이야기를 곁들인다. 커다란 상점의 지배인이 새로 채용한 점원이 한 사람의 고객과 몇 시간째 대화를 나누고 있는 것을 보았다. 손님과 노닥거리고 있는 것으로 생각한 지배인이 손님이 구매를 끝내고 가자마자 점원을 불러 못마땅한 어투로 묻는다.

"오늘 손님을 몇 사람이나 대했나?", "한 분요." 신입점원이 대답했다. "한 사람밖에 못 받았다고? 그럼 판매액은?" 지배인이 물었다. "14만 4천 달러요." 점원이 대답할 때 지배인이 놀라며 어떻게 그렇게 많이 팔았느냐고 물었다. "제일 먼저 대나무 낚싯대 한 대를 팔았죠." 점원이 대답했다. "다음에는 릴을 팔았죠. 이어 제가 손님에게 어디서 낚시를 하실 거냐고 물었죠. 그러자 저 아래 바닷가에서 할 거라고 하더군요. 그래서 나는 그럼 소형 모터보트가 필요할 거라고 했더니 그 사람은 저 소형 모터보트를 사더군요. 그리고 나서 그 사람은 자기의 폭스바겐이 모터보트를 끌지 못할 거라고 하더군요. 그래서 나는 그 사람을 우리의 자동차 판매부로 데리고 가서 커다란 레저용 차를 한 대 팔았죠."

놀란 지배인이 물었다. "낚싯대 하나 사러 온 손님한테 그 모든 비싼 물건들을 팔았단 말인가?" 점원이 대답했다. "아닙니다, 지배인님. 그 사람은 실은 자기 부인이 골치가 아프다고 해서 아스피린 한 통을 사러 왔었죠. 그런 걸 제가 선생님, 이번 주말은 잡쳤군요. 차라리 낚시나 하러 가시죠, 하고 권했죠."

율기솔신의 넷째 의미는 솔선수범이다.

R. 스트라우스의 오페라 '장미의 기사'에 등장하는 오크스 남작은 옥타비안을 자신의 사랑을 담은 장미꽃을 보내는 사자로 선택한다. 옥타비안이 여자로

분장한 사실도 모르고 '장미의 기사'로 선발한 오크스는 엄청난 대가를 치르게 된다. 옥타비안은 오크스의 사랑의 사자로서 부호의 딸 소피에게 은장미꽃이 담겨진 오크스의 청혼을 전달한다. 그러나 어찌 운명이 그렇게 될 수 있겠는가! 꽃을 전달받는 순간부터 두 사람은 깊은 사랑의 묘약에 취하게 된다. 소피가 오크스 남작의 심부름꾼인 옥타비안을 사랑하게 된 것이다. 옥타비안과 소피는 결혼하게 된다.

오페라는 대리인인 '장미의 기사'가 오히려 장미를 보낸 주인 오크스의 사랑을 빼앗는 희화로 끝난다. 오크스는 '장미의 기사'를 잘못 선택한 그 결정 때문에 은장미는 물론 사랑마저도 잃게 된 것이다. 이와 같이 주인과 대리인 관계에서 발생하는 비용을 대리인 비용(Agency Cost)이라고 한다. 헨리 포드의 벽난로 위엔 이런 문구가 있었다. '네 손으로 장작을 패라. 이중으로 따뜻해진다.'

울프가 율기솔신치 않으면 관계갈등을 유발한다는 설명을 이어가고 있다. 칡과 등나무 덩굴은 서로 감고 올라가는 방향이 다르다. 칡은 오른쪽으로, 등나무는 왼편으로 감아 올라가며 자란다. 그래서 둘이 같은 장소에서 자라면 얽히고설키며 서로를 옭아맨다. 칡(葛, 갈)과 등나무(藤, 등)의 얽힘과 다툼이 바로 갈등이다.

암나무와 수나무가 따로 있으면서 오억만 년 동안 단일 종만을 유지해 온 은행나무. 이파리에 부챗살 모양의 잎에 하나이면서도 둘 같고, 둘이면서도 하나 같은 골이 파여 있다. 내가 하나같으면서도 둘이라고 생각하면, 당신은 둘 같으면서도 하나라고 주장한다. 그것이 갈등이다.

공자의 제자 안회가 스승에게 갈등이 없는 이상향의 존재 가능성을 물었다. 스승이 대답하기를 살아있는 동안 누구도 시시각각 주어지는 선택의 갈등에서 벗어날 수 없으며 죽어 무덤에 들어서야 비로소 경쟁과 갈등이 없는 고정불변의 이상향에 거할 수 있다고 했다. 해조수핍(解組誰逼)이니라 대답했다. 풀 해(解), 짤 조(組), 누구 수(誰), 가까울 핍(逼)으로 관계시스템을 영원히 떠나지 않는 한 핍박, 즉 갈등은 존재한다는 말이다.

창조적 파괴과정에서 끝없는 갈등이 존재하기 때문에 인생 노정을 우리는 고해라 부르기도 한다. 갈등의 발생은 반드시 역기능적인 것만 아니고, 그것은 "진보나 혁신을 낳게 하는 모체의 역할을 하기도 한다. 그러나 조직 내의 투쟁이나 파벌조성으로 악용되거나 최악의 경우에는 조직의 협동체계가 허물어지는 결과를 가져올 수도 있다. 따라서 갈등은 건설적으로 해결되어야 한다. 리더십이 필요한 순간이다. 갈등의 순기능화가 리더십이다.

갈등은 살아있다는 증거며 신이 인간에게 내린 축복 중의 하나며 발전의 원동력이다. 갈등은 관계성 속에서 일어나는 생명현상이다. 갈등은 양면성을 포용하지 못하는 것에 대한 심려를 뜻한다. 갈등은 존재의 여백이요, 포용의 여지다. 갈등은 남김이다. 갈등과 번뇌가 없으면 세상도 없다. 갈등은 개성의 다른 이름이다. 그 어느 누구도 나라는 사람의 생각과 정확히 동일할 수 없다. 어떤 때는 자신조차 자신과 똑같아지기가 어렵다.

신은 신을 닮아 있는 우리를 사랑하기 때문에 우리에게 감내할 만한 갈등만을 우리에게 준다. 바람직한 역경(Desirable Difficulty)만을 준다. 산이 높아도 구름이 걸리지 않도록(山高不礙雲, 산고불애운) 세상을 설계해 주셨다. 시련은 꿈의 씨앗이다. 그래서 우리는 삶의 의미를 투쟁의 연장선상에서 발견하며 좌절하지 않고 살아간다.

울프가 인간의 삶을 은유하며 쓴 '갈등'이라는 시를 들려준다.

지난여름.

동구 밖 느티나무 고목에

매미가 날아와 청아한 울음을 울었다.

기억 저 깊은 곳에.

너와 함께 했던 시간과

매미의 청아한 울음이 기억의 끈에 묶여

고목의 껍질이 되었다.

올여름.

매미가 또 청아한 울음을 울고

고목의 껍질이 아픈 탄생을 할 거다.

고목의 껍질은 매미의 청아한 자유성이다.

오늘도 존재의 기반인 울음과 시간의 끈이 만나

농부의 손등 같은 갈등의 껍질을 엮어 간다.

　　세상이란 구체적으로 존재하는 개개인의 현실이다. 그래서 우리는 관계 속에서 갈등하며 사랑하며 서로 얽혀서 살아간다. 이것이 우리의 실존이다. 순기능적으로 갈등을 해결하며 서로 아끼며 보듬어 안고 살아가야 한다. 순기능적 의무를 저버릴 때 자연(Let it be)을 파괴한다는 것을 의미하며 언제인가 제거 또는 도태된다. 들짐승들은 자신들의 둥지를 결코 더럽히는 법이 없다.

숲속에 사는 새들, 물속에서 유영하는 물고기 떼들, 잠수함도 쉽게 들어가지 못하는 수심 1㎞까지 들어가는 고래, 단 2분 동안만 물 위에 떠오른 후 1시간씩 잠수하는 바다거북, 늪지대의 왕자로 군림하는 악어 등을 보면 신이 선택해준 영역 안에서만 움직이는 닫힌 자유 속이지만 그 닫힘을 자족하며 불행해 하지 않는다. 인간보다도 더 평등하고 자유스러움을 누리며 산다.

그러나 발전과 부자유라는 두 차원의 이성적 사유의 자유를 누리는 인간은 신이 정해준 한계를 거북해 하면서 욕망의 농도를 끝없이 높여 왔다. 오늘의 왜곡된 기술문명은 자연이 낳은 이자만으로도 모자라서 자연이 축적해 놓은 자본까지 갉아먹고 있기 때문에 글로리아가 신들의 휴양지에서 울프와 헤어질 때 둠스데이(Doom's-Day), 즉 지구 종말의 날을 예고해 주고 갔다.

셋째 날의 강론이다. 리더가 버려야 할 것을 강론한다. 고정관념이다. 들풀 같은 유연한 마음을 가져야 한다는 것이다.

어느 시골에 도끼를 잃어버린 노인이 옆집 청년을 의심했다. 그때부터 그 청년은 도둑같이 말하고 도둑같이 행동했다. 얼마 뒤 노인은 우연히 도끼를 찾았다. 그때부터 옆집 청년은 보통 사람같이 말하고 보통 사람같이 행동했다.

사막에서 물을 조심하라. 흔히 사막에서는 물이 부족하기 때문에 탈수로 죽는 경우가 많을 거라고 생각하지만 익사하는 경우가 더 많다. 사막에서는 비가 드물게 오지만 한번 내리면 폭우가 쏟아져 갑자기 물이 불어나기 때문이다. 단 한 번의 폭우로 사하라 사막에서 300명 이상이 익사하는 경우도 있다. 러시아에서는 에어컨을 팔고 중동에서는 난로를 팔면 성공한다. 러시아인은 더위를, 중동인은 추위를 참지 못하기 때문이다. 러시아의 짧은 여름도 여름이며 중동에서의 짧은 겨울도 겨울이다.

그리스 신화에 보면, 영웅 테세우스는 아버지인 아테네 왕을 찾아가는 길에서 많은 악당들과 괴물들을 만나 퇴치한다. 그중 하나가 프로크루스테스인데, 이 이름은 '잡아 늘이는 자'라는 뜻을 가졌다. 이유인즉, 그는 쇠로 만든 침대를 하나 갖고 있다가 그의 집에 들어온 여행자들을 그 위에 결박시켜 키가 침대 길이보다 짧은 경우에는 잡아 늘여 침대에 맞도록 하고, 반대로 침대보다 긴 경우에는 다리를 잘라내어 역시 침대에 맞도록 하였기 때문에 그렇게 불리었다. 그러나 영웅 테세우스에게도 똑같은 짓을 하려 했다가 죽임을 당한다. 삶의 여정에서 극복해야 할 과제가 고정관념임을 은유하고 있는 신화다.

신라시대 한 행려 승이 무상선사의 법력이 높다는 소문을 듣고 불법에 대해 토론해 보고 싶어 선사를 찾아왔다. 마침 선사가 외출 중이라 어린 사미승이 대신 그를 맞이했다. "선사께서는 출타 중이시라 궁금한 게 있으시면 제게 물으시지요.", "아니다. 너는 너무 어려.", "나이는 어려도 지혜는 어리지 않습니다." 당돌한 사미승의 대답에 행려승은 한 손으로는 작은 원을 만들고 다른 쪽 손가락을 하나 앞으로 내밀었다. 그러자 사미승은 다섯 손가락을 내밀며 두 손으로 큰 원을 그렸다. 잠시 생각하던 행려승은 다시 손가락을 세 개를 들어 보였다. 사미승이 손으로 눈을 가리키자 행려승은 크게 놀라 무릎을 꿇고 절을 세 번 하고는 풀 죽은 모습으로 떠나갔다.

행려승은 마음속으로 이렇게 생각했다. "한 손으로 작은 원을 만들고 다른 쪽 손가락을 앞으로 하나 내민 건 도량의 크기를 묻는 것이었다. 사미승은 두 손으로 큰 원을 그려 바다처럼 넓다고 대답했다. 다시 손가락을 내밀어 네 몸가짐은 어떠하냐고 묻자 다섯 손가락을 내밀며 불교의 오 계율을 지킨다고 대답했다. 마지막으로 세 손가락으로 생사유전의 삼계는 어디 있느냐는 질문에 눈을 가리키며 바로 눈앞에 있다고 대답했다. 일개 어린 사미승이 저 정도인데 무상선사의 법력은 얼마나 높겠는가? 내 주제에 감히 그런 분과 법력을 논하겠다고 덤비다니."

얼마 후 무상선사가 돌아오자 사미승은 낮에 있었던 일을 보고하며 말했다. "스승님, 제 불가 입적 전의 속가에서 떡을 판다는 것을 그분은 어떻게 아셨을까요? 정말 신기해요. 그런데 우리 집 떡이 작다며 손가락으로 작은 원을 그리시더라고요. 그래서 제가 이만큼 크다고 두 손으로 원을 만들어 보여드렸어요. 그런데 5전은 너무 비싸고 3전만 해도 충분하다고 하시잖아요. 전 정말 그분이 괘씸했어요. 우리 집 떡이 얼마나 맛있는데 고작 3전이라고요? 그래서 제 눈을 가리키면서 그따위 눈은 갖다 버리라고 했죠. 그랬더니 겁먹었는지 가버리시더군요." 사미승의 말을 듣고 무상선사가 "모든 것이 법이오. 모든 것이 선(禪)"이라고 말했다.

자기가 생각한 만큼만 보인다. 자기인식의 폭이 세상의 크기다. 인식의 폭을 넓히기 위해 고정관념을 버리고 고뇌하며 사유해야 한다.

주위상계(走爲上計)는 손자병법의 36계략 중 마지막 계략으로 역부족하면 도망치는 것이 최상의 계략이라는 뜻이다. 그러나 주(走)자는 달릴 주자의 의미도 갖는다. 사고(思考)의 유연성이다.

유연함이 단단함을 이긴다. 노자가 늙은 스승 상용(商容)을 찾아뵈었다. 그는 몸도 겨우 가눌 정도로 노쇠하고 병들어 있었다.

노자: 스승님, 저에게 남길 말씀이 있으십니까?

상용: (입을 벌리며 물었다) 내 혀는 남아 있느냐?

노자: 예, 있습니다.

상용: 그럼, 내 이는 남아 있느냐?

노자: 스승님의 치아는 모두 빠지고 남아 있지 않습니다.

상용: 이것이 나의 마지막 가르침이다. 알겠느냐?

노자: 강한 것은 없어지고 부드러운 것은 남게 된다는 말씀입니까?

상용: 천하의 일을 다 말하였다.

　최고의 선(善)은 물의 유연성과 같은 것이다. 이것이 상선약수(上善若水)다. 가장 낮은 곳을 흐르되, 지극히 높은 곳에 자리하는 물. 생명의 근원이자 온갖 오욕을 정화시키는 물. 시샘이나 쟁투를 하지 않으면서 꾸준히 나아가는 물. 겸손하되 도도하기 이를 데 없는 물. 그래서 노자의 스승은 최고의 선은 물과 같이 사는 것이라 했다.

　부드러운 자가 최후의 승자가 된다. 최고의 장수는 덕장이다. 흙도 부드러워야 좋다. 겉흙이 딱딱하면 물과 공기가 흙 속으로 잘 들어가지 못한다. 속흙이 딱딱하면 뿌리가 뻗질 못해 나무가 잘 자라지 못한다.

　인간이 태어난 후 신체가 최고 유연성을 가질 때 뼈의 수가 300개에 이른다. 성인이 되어 몸이 단단해질 때 240개로 줄어들며 유연성이 떨어진다. 이후 노화기가 오면서 인간의 키도 줄어들기 시작한다. 늙어 자연사할 때 평균 7㎝가 줄어든다. 그래서 서양에서는 장수로 생을 마감한다는 의미를 가진 7을 럭키 세븐(Lucky Seven), 7±2를 마법의 수(Magic of Number)라 부른다. 이때 개개인의 뼈에 강도 차이가 있어 7±2의 편차가 발생한다. 편차를 착안한 '가우스'라는 수학자가 오늘날 모든 통계의 기초가 되는 '정규분포도'를 개발했다.

　바이블, 요한계시록에 나오는 삼인방의 양(陽)의 중요 숫자 7, 12, 144 가운데 하나가 7이다. 계시록에 나오는 일곱 영(靈)과 일곱별을 주관하는 이가 거주하는 칠성별, 새 창조 후에 이를 천국의 상징이 일곱, 7이다. 인간 몸 속의 뼈는 7년에 걸쳐 전부 새롭게 바뀐다. 유연성의 중심을 상징하는 수가 7이다.

7은 21세기 정보화시대의 단초를 제공한 수이기도 하다. 컴퓨터에 자료를 저장할 수 있는 최소의 단위가 비트다. 이 비트는 하나의 상태를 표시할 수 있어서 전원이 들어오면 양의 수 1, 꺼지면 음의 수 0을 나타낸다. 이 조합으로 정보를 나타낸다. 처음에는 문자표현의 기초단위인 1바이트를 7비트로 사용했다. 특수문자가 늘어나면서 8비트를 1바이트로 사용한다. 양과 음의 조화로 무한을 여는 유연이 옴살이다.

테세우스는 아리아드네의 도움으로 미궁에 사는 미노타우로스를 죽이고 그리스의 영웅이 된다. 미궁은 고대 크레타 섬뿐만 아니라 전 세계 곳곳에 만들어지고 그려진 인류의 원형적인 상징이다. 중세 대성당을 거쳐 북아메리카 대륙 원주민의 성소와 중국향로에 이르기까지 곳곳에 미궁의 흔적이 있다.

고대 북미대륙 부족인 호피족의 신화에 따르면 지구는 창조주가 보낸 거미여신 카치나에 의해 만들어졌다고 한다. 창조주는 자기를 망각한 인간을 각성시키기 위해 여섯 번 인간을 없애기로 마음먹는다. 그때마다 거미여신은 소수의 인간만을 구원해 지구에 생존하게 한다. 그 여섯 번째의 심판이 물의 심판이었다. 거미여신은 과거의 실수를 반복하지 말라는 계시로 일곱 겹 미궁을 남겼다. 일곱 번째 창조주의 심판을 예언하고 있다.

거미여신의 거미줄은 지상에 생명을 가진 모든 것이 저 너머의 무한한 신성으로부터 온 것이며 그것과 연결되어 있음을 나타내는 상징이다. 크레타의 미궁을 비롯해 모든 미로는 일종의 통과의례인 입문(Initiation)이다. 입문은 기존의 자아를 깨고 새로운 자아로 태어나는 변형이다. 입문은 어둠의 세계로의 여행이다. 미궁 속으로의 여행은 편안한 여행이 아니라 용기와 열정을 요구하는 여행이다. 여행은 새로운 만남을 위한 출발이다. 여행 중의 어떤 만남의 계기로 이

전과는 다른 자아가 된다. 인생은 여정(旅程)이다.

변형의 상징으로 사용되는 것 중의 하나가 '나비' 상징이다. 나비는 애벌레와 번데기 시절을 거치고 나서야 나비로 변형된다. 나비는 자기의 고치 속에서 일곱 번쯤 잠을 자야 한다. 어둠을 견디는 것이다. 자기 속에 내장된 자연의 힘, 빛의 힘으로 변형한다.

잠에는 두 가지 종류가 있다. 하나는 자연의 힘으로 깨어나는 작은 죽음의 잠이며, 하나는 영원히 깨어나지 못하는 죽음의 긴 잠이다. 생달걀은 병아리로 부화할 수 있다. 자연의 에너지가 살아 있기 때문이다. 같은 모양이지만 삶은 달걀은 부화하지 못한다. 자연의 기(Ki)가 죽었기 때문이다. 자연의 빛이 살아 있는 죽음을 거친 애벌레는 나비로 부활하지만 긴 죽음을 자는 애벌레는 썩어 흙으로 돌아갈 뿐이다. 우리 앞에 절망이 닥쳐도 자살은 피해야 하는 이유가 거기에 있다. 지는 꽃은 또 피지만 꺾인 꽃은 다시 피지 못한다. 생명의 빛을 끄지 말아야 부활할 수 있기 때문이다. 부활절에 삶은 달걀을 선물하는 의미다. 물맞이 물은 남겨두어야 은혜의 물을 길어 올릴 수 있다.

낮을 경험하기 위해서는 반드시 밤을 지내야 한다는 것이다. 새로운 자아로 변형되기 위해서 우리 의식은 밤의 시간을 거치지 않으면 안 된다. 잠은 빛의 반대편이며 움직임의 유연성이 없는 굳어짐이며 어둠이다. 작은 죽음이다. 새로운 자아로 변형되기 위해서 작은 죽음의 어둠을 거치지 않으면 안 된다. 빛은 어둠이 존재해야만 빛난다.

프시케가 미의 여신 베누스보다 더 아름답다는 풍문에 미의 여신 베누스가 분노한다. 베누스의 질투로 받은 죽음의 과제를 풀기 위해 프시케는 지옥을 방문한다. 천신만고 끝에 해결의 상자를 안고 지옥의 문을 나선다. 저승의 여왕에게서 받아오던 상자 속에 담긴 여신의 아름다움이 궁금하여 살짝 열어본 순간 깊은 잠에 빠진다. 백설공주는 독이든 사과를 먹고 깊은 잠에 빠진다. 그녀들은 사랑하는 사람들의 도움으로 잠에서 깨어난다. 그녀들은 작은 죽음의 잠을 거치고 나서 새로운 자아로 탄생한다. 그녀들은 잠속에서 누군가를 만났다. 옴살이다. 옴살은 아름다운 만남의 다른 표현이다.

미로의 진정한 의미는 걷는 데 있다. 길을 선택하고 막다른 골목까지 들어갔다 다시 되돌아서며 출구를 찾아 걸을 때 큰 섭리가 우리를 우리 자신에게로 그리고 우주적 신성함으로 이끈다. 미로의 축복은 미로 속을 걸을 때 경험하는 것이다. 미궁 속의 괴물 미노타우로스를 죽이고 돌아와 테세우스는 그리스의 영웅이 된다. 미궁의 미로를 지나야 건강한 리더가 된다.

당나라 때의 시인 우무릉(于武陵)은 꽃이 필 때는 비바람이 많다고 했다.

화발다풍우(花發多風雨).

제우스가 인간인 여인과 동침해 낳은 아들인 헤라클레스는 헤라의 미움을 받아 열두 가지 난사를 해결해야 했다. 신이 내린 난사 열두 가지를 극복한다. 그는 영웅적인 업적을 낳고 신의 반열에 들게 되었으며 헤라로부터 인정을 얻었다. 헤라는 자신의 딸 헤베를 헤라클레스의 아내로 허락한다. 고난이 없는 성취는 없다. 고진감래(苦盡甘來). 신이 인간을 시험하는 이유는 그가 스스로의 힘으로 역사를 만들어 가야 하는 우주의 주인공이기 때문이다.

인간 행동에 최적의 단일안이 긴 시간 속에서는 분명 존재치 않는다. 창조주 외의 어떤 진리도 시간의 연장선상에서는 변한다. 인간의 분별력에는 장단 분별의 절대적 기준이 없다. 그래서 태산 같은 자긍심에 바탕을 둔 자기 확신과 들풀같이 변환하는 환경에 순응하는 유연성의 마인드를 갖도록 노력해야 한다.

고갱(Paul Gauguin)이 그린 타히티의 여인들, 그 투터하고 무뚝뚝한 남태평양 섬의 여인들, 두터운 입술, 검은 얼굴에 무우통 같은 정강이에 퉁명스럽게 삐져 나온 마당발…. 참으로 못생긴 모습이라 아니할 수 없겠지만 그의 붉은 색조와 함께 발하는 아름다움의 마력은 누구도 거부할 수 없는 것이다. 맨해튼의 늘씬 한 서구의 조각과 같은 여인들이 그 고갱의 그림 앞에서 자신들의 아름다움의 초라함을 탄식하고 있다면 과연 무엇이 천하의 정색이란 말인가?

선입견이 없는, 공정한 판단에 의한 절대적인 기준이 없다는 것을 고대 신화 에서도 잘 나타나 있다. 불화의 여신 에리스는 다른 여신들이 초대 받은 결혼축 하연에 초대받지 못했다. 이에 화가 난 에리스는 여신들이 신나게 파티를 벌이 고 있는 장소에 황금사과 하나를 던졌다. 사과에는 '가장 아름다운 여신에게'라 고 씌어있었다.

당연히 여신들 사이에 그 황금사과를 서로 갖기 위해 심한 다툼이 일었다. 제우스의 아내 헤라, 제우스의 머리에서 솟아난 아테나, 제우스의 며느리이자 제우스의 약점인 여자관계를 잘 숨겨준 아프로디테가 미를 겨루기 시작했다.

신들의 주신인 제우스에게 심판을 맡기려 했으나 세 여신들 모두가 제우스와 깊은 관계가 있는 여신들이라, 공정을 기하기 위해 심사위원을 인간들 중에서 뽑기로 했다.

심사위원은 트로이의 왕자이자 현직 양치기인 파리스가 선발된다. 그리고 주 관자는 불화의 여신 에리스였다. 세 여신이 파리스에게 내건 공약으로 헤라는 부와 지략, 아테나는 용맹과 명성을, 비너스인 아프로디테는 세계 제일의 미녀 를 주겠다고 제시한다.

파리스는 사랑과 미의 여신인 아프로디테가 제시한 제안을 받아들여 황금사과를 준다. 그래서 아프로디테는 여신들 중 제일 아름다운 여신이라는 닉네임을 얻게 된다. 그 후 앙심을 갖게 된 나머지 여신들이 파리스의 조국인 트로이를 멸망시키기 위해 온갖 노력을 기울인다. 질투의 독화살이 트로이 전쟁의 신호탄이 된다. 가치의 절대적 기준은 신들의 세계에도 존재하지 않았다.

어느 날 저녁 공자가 수제자인 안회(顔回)를 데리고 여행하던 중 시장기를 느껴 먹을 것을 얻으려 보냈다. 음식점 주인이 안회에게 자기가 낸 문제를 풀면 먹을 것을 주고 맞추지 못하면 몽둥이찜질을 주겠다고 했다. 출제된 문제는 참 진(眞)자를 어떻게 읽느냐는 거였다. 안회가 내가 5살 때부터 알고 있는 참 진(眞)자요, 하고 대답하니 몽둥이찜질이 날아왔다. 이를 본 공자가 나서서 음식점 주인에게 "이 글자는 직팔(直+八)이요." 하고 대답했다. 그러자 주인이 "과연 학문이 깊으신 공자님이시군요. 들어오시죠!" 하고 정중히 모셨다. 스승님 덕분에 돈 한 푼 내지 않고 배부르게 밥을 얻어먹은 안회가 이해가 되지 않은 표정으로 물었다. "스승님, 그 글자는 진(眞)자가 아닙니까? 어찌 '직팔'이라고 읽으신 겁니까?" 안회의 질문에 공자는 미소 지으며 대답했다. "참되고 옳다고 항상 옳은 것은 아니란다." 파자(破字)를 통한 고정관념 배제교육이다.

사냥꾼의 화살에 맞아서 생긴 상처 때문에 한 눈이 멀게 된 사슴 한 마리가 있었다. 이 사슴이 생각했다. "바닷가에 가서 풀을 뜯어 먹어야지. 못 쓰게 된 눈을 바다 쪽에 고정시켜 놓으면 나머지 성한 한쪽 눈으로 숲을 경계할 수 있으니까 말이야." 그리하여 사슴은 바닷가로 가서 풀을 뜯었다. 물론 수풀 쪽만을 경계하면서 말이다. 그런데 배 위에서 고기를 잡고 있던 낚시꾼들이 사슴을 발견하고서 바닷가로 배를 몰아오는 게 아닌가! 그들은 보이지 않는 눈 쪽으로 다가왔기 때문에 아무 어려움 없이 사슴을 생포할 수 있었다. 사슴의 고정관념 덕택에 낚시꾼들은 그날 밤 청어구이 대신에 사슴 바비큐 요리를 먹을 수 있었다.

오늘날 '미'의 기준도 바뀌고 있다. 생기 넘치는 얼굴, 못생겼지만 개성 있는 얼굴이 미의 기준이 되고 있다. 그리스의 조각 작품에서나 볼 수 있는 깎은 듯한 성형 얼굴을 더 이상 미인이라고 생각하지 않는다.

일본에서 종종 볼 수 있는, 칼을 한 자루 안고 있는 벽걸이 무사도에 그려져 있는 인물이 일본의 검성(劍聖) 미야모도 무사시(宮本武藏: 1584~1645)다. 무사시는 젊어서 마음의 검법을 익히기 위해 전국을 유랑하며 실전을 수없이 경험하며 무술의 경지를 높인다. 눈발 속에서의 대결, 칼 위에 쌓이는 눈, 미동도 않으면서 느끼는 칼날 위에 떨어지는 눈발의 작은 소리까지도 감지하는 본능적 반응 훈련을 통해 '무심의 검법'으로 일본 제일의 무사를 꿈꾼다.

무사시와는 반대로 기술의 검법을 익히는 사사끼 고오지로는 고향 마을 개천가에서 두 눈을 가리고 날아가는 제비를 순식간에 가르는 버들검법을 익힌, 장검을 사용하는 무사다.

어느 날 이 두 사람이 조그마한 섬에서 일본 제일을 가리는 대결을 하는데 평소 이 두 사람은 서로를 많이 알고 두려워하고 있었다. 먼저 도착한 사사끼가 뭍에서 무릎까지 차오른 물에서 올라오고 있는 무사시를 맞아 대적하게 된다. 이때 무사시가 들고 있는 검이 평소에 무사시가 사용하는 진검이 아니고 임시로 길게 깎은 목검이었다.

기합과 동시에 일격의 대결을 마치는 순간 사사끼는 칼끝에 감지되는 촉감으로 상대를 베었다는 느낌을 받으며 웃는다. 그러나 그것은 무사시의 머리에 메고 있던 머리띠였었다. 빛의 굴절로 물에 꺾인 무사시의 목검의 길이를 정확히 읽지 못한 사사끼가 쓰러진다. 한 치 길이의 차이로 사사끼가 패하고 무사시는 일본 제일의 검성이 되어 오늘날까지 사무라이의 상징이 된다. 빛의 굴절을 싸움에 이용한 무사시는 평소 자기가 사용하는 칼보다 길게 다듬은 목검에 생명을 걸었다. 무사시를 깊이 연구해 온 사사끼는 무사시가 상용하는 칼의 길이만 가늠하는 고정관념에 빠져있었다.

고정관념에 사로잡히면 문제 해결의 실마리를 찾지 못한다. 아들이 일곱 있는데 막내만 생김새가 특이하다. 아하, 와이프가 바람나서 난 아이구나. 그날부터 그 아이만 괴롭혔다. 밥도 안 주고 잠도 안 재우고 용돈도 다른 아들의 반의반…. 30년 후 죽을 때가 돼 물어본다. 솔직히 말해주구려. 그놈 누구 자식이요? 그러자 부인이 말한다. 사실 그 애만 당신 자식이에요.

한시진의 강론을 마치고 손자 손녀들을 총령궁으로 돌려보낸 후다. 울프가 "크리스티아!" 하면서 경호 팀장을 부른다. "평양의 주석궁으로 한 번 가보자고, 금아와 은아가 바쁜지 통 얼굴을 보여주지 않는군." 하면서 산신술을 발휘해 크리스티아의 손을 붙들자 순식간에 평양 주석궁으로 날아든다.

"어째, 이상하군! 144m 밖에서 일어나는 미세한 소리와 나의 냄새를 알아내고 달려 나올 두 사람인데?" 하면서 금강보벽이라는 무공을 펼쳐 소리와 냄새를 차단하고 백리 청음술을 펼친다.

소회의실 쪽에서 두 사람이 논쟁을 벌이고 있는 소리가 잡힌다.

"언니가 괜한 질투를 하는 것이라고!" 따뜻한 얼음 같은 은아의 목소리다.

"질투가 아니라 부인이 있는 상태라는 것을 알라는 이야기야!" 차가운 불꽃 같은 금아의 목소리다. 지난번 대동강 변에서 있었던 일을 두고 둘이서 논쟁이 붙은 모습인 것 같다.

"사모님이 계시지만 요즘 잠자리를 같이 하시지 않잖아, 신의 휴양지에서 떠나올 때 두 궁주께서 조금의 불편 없이 잘 모시라는 당부 말씀을 하신 것을 언니도 들었잖아?"

"불편 없도록 잘 모시는 것하고 부인이 있으신 분의 잠자리까지 모시는 것하고는 다르지." 하면서 금아가 대답한다.

"창조주께서 건강한 부부생활을 회피하는 것도 타락이라고 말씀하셨어. 금욕도 '페르조나'라고 부정적으로 생각하시는 것 같으셨고." 하면서 은아가 자기의 주장을 이어간다.

"그리고 내가 울프 오빠의 수첩에서 얼핏 봤는데,

삶은 과정이고
사랑은 배려이며
성공은 아름다운 만남의 결실이다

세상은
봄에는 파랑
여름에는 초록
가을에는 노랑
겨울에는 초콜릿색을 사랑하는
사람들이 사는 곳이다.'라고 쓴 시가 있었어.

사랑은 관심과 배려인 것 같은데, 내가 보기엔 자제분들에게만 올인(All in)하시는 사모님을 볼 때 자식은 자기 핏줄이고 남편은 주워 온 거시기로 생각하시는 것 같아. 또 이런 낙서를 하신 것을 봤는데, 들어 봐!" 하면서 울프가 수첩에 낙서 삼아 적어둔 18세기 한 선승의 시구를 왼다.

그대 벼룩에게도 역시 밤은 길겠지. 밤은 분명 외로울 거야.

잇사(一茶)의 하이쿠 '이가 봐'

혼자라고 숙박부에 적는 추운 겨울밤

"언니는 모르는 척하고만 계셔, 내가 가끔 밤의 외로움을 달래 드릴 거야." 하고 은아가 말하는 순간, "아름다운 미인의 서비스를 마다할 목석이 어디 있겠어?" 하면서 울프가 인기척을 내며 들어선다. 순간 은아의 얼굴이 홍당무가 된다.

"늙은 말이 콩을 더 좋아한다는 한국의 속담이 떠오르는군," 하면서 금아가 속으로 머리를 굴리는 것을 울프가 뇌파로 감지하며 "나 아직 청춘이야! 내 모습을 봐!" 하면서 두 여인을 쳐다보며 빙그레 웃는다.

리더를 꿈꾸는가

10

그대! 리더를 꿈꾸시는가?

- 옴살

그대! 리더를 꿈꾸시는가? - 옴살

하(沔)가 성년이 되는 날 평양의 주석궁을 개조한 태제궁이다. 수성과 천왕성 등에서 144,000개의 보석같이 아름다운 대리석을 6㎥(입방미터)의 크기로 채굴해 온, 거기에 오천 년 동안의 역사적인 사건들을 형상화하여 양각을 정교하게 새겨 축조한 성이다.

144개국의 외교사절과 교역사절단을 초청하여 하의 태제등극 축하연이 열리고 있다. 정식으로 대고구려제국의 수장이 등극하는 날이다. 금빛과 초록빛이 섞여 은은한 광채를 발하는 비단벌레 날개로 장식한 태제의 옥좌 위에 영롱한 무지갯빛을 발하는 삼족의 파랑새가 조각되어 있다.

동고구려 자치국 총령인 민(旼), 그리고 대고구려의 초대 대천간인 예원(霓園)이 태제인 하(沔) 옆으로 나란히 자리를 같이하고 내빈들을 접견하고 있다. 가족석에 앉아 있는 울프의 아내가 세 손자 손녀의 성장(盛裝)한 모습을 보며 웃으면서 눈물을 흘리고 있다. 강인한 철의 가슴을 가진 아내가 프로락틴 같은 호르몬이 많이 포함된 감정눈물(Emotional Tears)을 흘리고 있는 모습이 더 감동적인 장면이다.

울프의 축사 순서다. 태제에게 강력한 제국의 리더십을 펼쳐 줄 것을 축사에 담고 있다. 다리를 잡아야만 다음 정권을 쟁취한다는 생각으로 쪽박을 깰 듯이 당파싸움에만 몰두하는 한국의 정당제도의 폐해를 비판하는 축사를 하고 있다.

히말라야 눈 덮인 산을 등정하는 등산팀의 리더는 위기의 한계상황(Marginal Situation)이 닥쳤을 때 생명줄을 제거할 권한을 갖는다. 생명줄을 제거할 권한이 주어지지 않고 민주주의 표결 방식을 논하면 몰살한다는 이야기다. '버티칼 리미트(Vertical Limit)'라는 영화에 나오는 이야기를 예를 들고 있다. 선에 바탕을 둔 독단도 필요할 때가 있다는 논리다.

위기에서 급하면 도마뱀의 꼬리를 버릴 수 있는 권한을 지도자가 가지고 있어야 한다. 인간이 생존의 욕망을 갖는 한 완전한 자유와 평등은 환상이다. 세포의 속성과 구성체의 속성이 같으면 세포의 속성이 존재하지 않는다는 논리가 울프의 리더십론이다.

봄이 오면 농부는 과수의 가지치기를 한다. 뭉텅뭉텅 베어내야 실한 나무가 된다. 얼마 지나 꽃이 피면 꽃을 숱아 줘야 한다. 그래야 열매가 맺힌다. 또 얼마 지나 꽃이 진 자리에 열매가 맺히면 열매를 과감히 숱아낸다. 그래야 질 좋고 탐스러운 과실이 열린다. 좋은 열매를 위해 당장의 아픔과 욕심을 이겨내는 지혜를, 진정한 나눔의 법칙을, 양보다는 질의 중요함을, 조화와 균형의 삶을 엮을 줄 아는 지혜를 가져야 한다. 자연은 신의 산 교육장이다.

가을이 되면 짙은 초록색의 활엽수 잎들이 서서히 노랗게 변한다. 인간에겐 감상적으로 보이는 단풍은 식물이 겨울철 추위와 수분부족을 견디기 위한 처절한 몸부림의 전 단계로 나타나는 현상이다. 이유는 냉해와 수분이 부족해지는 겨울철을 견디기 위해 나무는 나뭇잎 표면을 통해 수분이 증발하는 것을 막아야 한다. 그 해결책이 낙엽인 것이다.

모든 생명체는 시간의 절대성에 갇혀있다. 하늘이 갖추고 있는 원리인 원형이정(元亨利貞)이다. 사물의 근본원리인 원(元)은 만물이 창조되기 이전의 혼돈의 시간, 형(亨)은 천지창조로부터 성장단계의 시간, 이(利)는 결실과 수확의 시간, 정

(貞)은 왕성하던 것이 소멸을 준비하는 쇠퇴의 시간을 나타낸다. 계절로는 봄, 여름, 가을, 겨울의 사계를 의미하며 인간에게는 생로병사의 유한성을 은유하고 있다. 모든 것에는 때가 있음이며 때에 적합한 행위가 필요하다는 것이다.

봄을 영어로 스프링이라고 말한다. 용수철이라는 특이한 말이다. 용수(龍鬚)는 용의 수염이다. 철보다 강하게 수축과 팽창을 자유자재로 하는 용의 수염에 빗댄 단어가 용수철이다. 철사가 생겨나기 전에 용수철이라는 단어가 있었다. 신기하지 않는가? 솟는 샘이 스프링이고, 겨울 동안 죽은 듯했던 만물이 살아나는 봄이 스프링이다.

그런데 봄을 주관하는 신령한 동물이 무엇인 줄 아는가? 여름은 공작새처럼 화려 만발한 주작이고, 가을은 변화의 기초가 되는 색깔의 상징인 흰색의 백호, 겨울은 거북이와 찬 기운을 상징하는 뱀을 반반씩 닮은 현무다. 봄은 푸른 용, 힘차게 피어오르는 새싹의 상징인 청룡이다.

죽은 듯이 움츠렸던 것을 살리며 살기 위해 새 기운을 빨아올리는 힘을 가진 것이 스프링이다. 샘솟는 우물이 스프링이다. 솟아오르는 봄기운은 자연의 일부분인 인간의 행동에도 영향을 미친다. '봄바람에 미친년 널뛰듯 한다'는 옛사람의 유머가 있다. 생동하는 힘을 주체하지 못한다는 의미다.

'봄 거시기 자갈 빼고, 가을 머시기 벽 뚫는다'라는 옛사람들의 질펀한 해학이 있다. 장가가고 싶은 총각은 봄에 싱숭생숭한 마음의 상태인 처녀를 유혹하고, 시집가고 싶은 처녀는 가을에 총각의 마음을 흔들라는 우스개다. 인간의 몸도 자연에서 나온 것이며 자연이 삶의 제자리라는 은유다.

'옷에 대하여'라는 김종해의 시다. 일생을 하루로 본다면 하루의 저녁은 인생의 노경(老境)이다. 일생의 옷을 벗을 때쯤 안 보이던 것이 홀연히 보인다고 노래하고 있다.

아침에 어머니가 지어주신 옷

해지기 전까지

입고 있었는데

일생의 옷 벗으매

내 안에 마지막 남은 것이

비로소 보인다

구름 한 벌, 바람 한 벌,

하느님의 말씀 한 벌!

지금 알고 있는 걸 그때도 알았더라면…. 고은 시인의 '그 꽃'이라는 시다.

내려갈 때 보았네

올라갈 때 보지 못한

그 꽃

삶의 단기적 과정에서는 사계절이 존재하며 장기적 변화로 생로병사의 길을 간다. 어려울 때 겨울이 오기 전 가을을 준비할 수 있는, 즉 낙엽을 떨굴 수 있는 자유로움이 지도자에게 주어져야 한다. 이것이 유동성이며 신진대사다. 신진대사는 바로 살아 있다는 실증이다. 인체 내의 적혈구는 평균 120일을 생존하는데 한 사람의 체내에서 매일 약 2,160억 개에 달하는 적혈구가 죽고 새로운 적혈구가 끊임없이 탄생한다. 부단한 개혁의 필요성을 우회적으로 강조하고 있다.

군주의 갖추어야 할 마음가짐과 생활 자세를 주문하고 있다. 사냥에 나선 독수리는 떼 지어 날지 않는다. 고뇌와 고독과 긴장은 사냥의 도구쯤으로 간주해야 하는 마음가짐을 가져야 한다는 것이다.

군주의 생활 자세로는 성용의지인(聖勇義知仁)을 요구하고 있다. 사마천『사기』에 대도 도척이 졸개도적에게 가르치는 도적의 5도(道)를 원용하고 있다.

1도를 성(聖)이라 하여 집안에 간직한 재물을 밖에서 추측할 수 있는 능력이라 하였고,

2도를 용(勇)이라 하여 선두에 서서 남의 집에 솔선하여 들어가는 것이라 했다.

3도를 의(義)라 하여 나중에 나오는 것을 말하며,

4도를 지(知)라 하여 성공 확률을 가늠하는 것이라 했으며,

5도를 인(仁)이라 하여 훔친 재물을 공평하게 나누는 것이라 했다.

그리고 신민들에게는 열정적으로 삶을 사랑하라는 주문의 메시지를 발한다. 삶을 감사하면 열정이 생긴다. 감사할 줄 아는 사람이 인재라는 논지다. 호모 에렉투스나 호모 사피엔스는 인간의 조상들을 부르는 학명이다. 직립하고 생각하는 종이란 뜻이다. 사람이란 동물은 다른 동물에 비하면 정말 가진 게 없었다. 적을 만나면 쥐보다 더 잘 숨지도 못하고 토끼보다 빨리 도망갈 수도 없었다. 사냥을 나서면 돼지보다 느리고 표범보다 힘이 약했다. 떨어진 열매 줍기에는 다람쥐의 상대가 되지 못했고, 수달처럼 헤엄을 칠 줄도 몰랐으며 원숭이처럼 나무를 탈 줄도 몰랐다. 노루보다 멀리 보지 못하고 개처럼 후각이 예민하지도 못했다.

어떻게 보면 인간이 지구상에서 가장 나약한 종인지도 모른다. 하지만 수만 년을 살아오면서 인간은 약점을 장점으로 삼아 조금씩 자기발전을 거듭하였고 지구상에서 가장 강력한 종을 이루게 된 것이다.

로마인을 봐라! 그리스인보다 못한 지력(智力), 켈트인보다 못한 체력, 카르타고보다 못한 경제력, 에트루리아인보다 못한 기술력으로 천년제국을 이룩하지 않았는가. 약점을 강점으로 바꾸는 생각과 열정이 있으면 성공한다는 내용을 담은 메시지를 발하고 있다.

한 사람이 있었다. 31세에 파산했다. 그리고 그 이듬해에는 선거에서 패했다. 34세에 다시 파산했고, 35세에는 첫사랑의 여인을 땅에 묻어야 했다. 44, 46, 48세에 각각 또 선거에서 패했다. 누가 보아도 한심한 사람이었다. 그러나 그는 자신을 믿고 있었다. 60세에 드디어 가장 위대한 미국 대통령 중의 한 사람이 되었다. 그의 이름이 에이브러햄 링컨(Abraham Lincoln)이다.

폴 고갱은 23세에 증권 중개소에 취직했다. 25세에 덴마크의 한 여인과 결혼하여 10년 사이에 다섯 아이를 두었다. 그는 그동안 증권 중개업자에서 은행원으로, 은행원에서 방수포 판매원으로 전전하다가 끝내는 남태평양으로 도망가 버렸다. 그 후 잠시 프랑스로 귀국했다가 1895년 타히티로 돌아가 버렸다. 1903년 5월, 무일푼으로 세상을 떠날 때까지 마지막 8년 동안 그는 100여 점의 원색의 아름다운 그림과 400여 점의 목판화, 그리고 20점의 조각과 목각을 남겼다. 그는 그리고 싶으면 그렸고, 살아지는 대로 살았다. 그는 거기서 '너무나 자연스럽게 빨강 옆에 파랑을 칠하는' 순수한 열정을 배웠고, 문명의 혜택이 없음에도 그들 나름의 문화와 풍습을 발전시키고 영위해 나가는 것을 보면서 그 가운데서 숨은 인생의 진리를 배웠다. 가장 가치 있는 시간 8년간을 열정적으로 보내다가 갔다는 등의 내용이다. 삶이 행복했다기보다 삶을 행복한 것으로 바꾸어 버리는 열정을 찾는 데 성공했다.

축사가 박수를 받으며 끝나고 칵테일 파티가 이어지고 있다. 아주 친절해 보이는 여자가 마티니 잔들이 놓인 쟁반을 받쳐 들고 울프 앞에 나타났다. 울프는 그 여자가 권하는 마티니를 거절하는 것은 결례일 것 같아 한 잔을 받아들 수밖에 없었다. 잔을 눈높이로 들어 속에 든 액체를 물끄러미 바라보며 마티니와 관련해서 인간이 성취한 기술적 승리에 대해 생각해 보고 있다.

발효는 아마 문명만큼이나 긴 역사를 갖고 있을 것이다. 인류학자들이 이제까지 발견한 모든 문명은 어떤 형태로든 술을 개발했다. 4,200년 전의 메소포타미아 토기에는 양조과정이 새겨져 있다. 구약은 포도주에 대해 186번이나 언급하고 있다. (칵테일 파티에서의 교양인에게는 이런 것이 아주 유용한 지식이 될 것이다). 서기 800년경의 유럽 수사(修士)들은 포도주를 만드는 데 있어 상당한 수준의 기술과 생산성을 갖고 있었다.

손에 든 잔 밑바닥에는 큰 녹색의 올리브 열매 하나가 조용히 가라앉아 있었다. 사실 인간이 어떤 경로를 거쳐 올리브 열매를 먹게 되었는가를 오랫동안 궁금해 했었다. 오늘날 올리브 처리 기술이 문제를 드러내 보여준다. 생 열매는 글리코사이드라는 아주 쓴 성분을 함유하고 있어서 그대로 먹을 수가 없다. 그래서 올리브는 수확하자마자 묽은 잿물에 푹 담근다. 그 후 알칼리 용액 속의 하이드록사이드(-OH)는 몇 번의 세척을 거쳐 제거하고 올리브는 다시 진한 소금물에 절인다. 몇 주 뒤에 발효를 지속시키기 위해 설탕이 들어간다. 그리고 6개월 후 올리브는 병이나 깡통에 포장되는 것이다.

자연에 대한 인간의 이해가 기술이다. 인간의 능력에 대한 오만을 가져서는 안 된다. 형통한 길로 이끌어 주시는 창조주의 배려다. 고개를 드니 어떤 사람이 말을 걸려고 다가오고 있었다. 그가 이렇게 말했다. "오늘날 마티니가 있기까지의 기술적 발전에 대해 생각해 본 일이 있으신지요?" 천사가 울프에게 감사한 마음을 가지고 현재의 일상을 열정적으로 살고 있느냐를 묻고 있는 장면이다. 현재라는 시간으로 포장된 축복들을 감사히 받으라는 것이다(Gladly accept the gifts of the present hour). 현재(Present)는 선물(Present)이라는 뜻도 가지고 있다.

태제는 제국의 원수(元首)로써 남고구려, 서고구려, 북고구려, 동섬 고구려의 외교를 전담한다. 행정을 총괄하는 대천간은 각 고구려의 총령들을 지휘하는 역할분담을 하고 있다. 동고구려 자치국 총령은 직명은 총령이나 독립된 군주다.

세월이 흐르면서 구리에 철을 섞어 청동이라는 특이한 색상의 더 강한 금속을 만들듯이, 태제의 정치력과 대천간의 결단력이 조화와 보완을 이루면서 대고구려제국(Great Kingdom of Kokurea)이 국태민안(國泰民安)의 정책을 기조로 하여 새로운 요순시대를 구가하고 있다.

일 인당 국민소득 12만 불을 구가 하고 있는 남고구려는 총령 아래 총리를 두어 책임 내각제를 시행하고 있다. 신민에 의한 선출직은 지방의회 의원직뿐이다. 국회는 광역지방의회 의장이 당연직이 되고 총령이 일인 지명하고 대법원장이 지명한 일인을 합하여 총 이십인 이내로 구성되고 있는 시스템이다. 남인북인 노론소론의 정쟁폐단을 그대로 답습하는 정당정치를 철폐시킨 것이다. 정당정치가 민주주의의 상징으로 인식하던 고정관념을 없앤 것이다.

신민에 의한 신민의 정치를 대천간이 강력하게 펼치고 있다. 그러나 권력에 굶주린 인간들이 예전의 직업정치, 정당정치를 꿈꾸며 이이제이(異夷制夷)의 전략으로 태제와 대천간간의 이간질을 도모한다. 두 지도자의 사이가 냉랭해진다. 이를 온화한 성격의 동고구려 자치국 총령이 잘 조율시켜 준다.

Utopia는 '장소'를 뜻하는 Topia에 접두사 'u'를 붙여 만들어진 단어다. 'u'는 '좋다eu' 또는 '없다ou'는 뜻을 함께 갖고 있다. 따라서 유토피아는 좋지만 없는 곳, 이상향을 의미한다. 마음이 상하는 일을 피할 수 있는 사람은 세상에 없다. 상처를 받았으나 한 번도 상처받지 않은 것처럼 씩씩하게 살아가고 있을 뿐이다. 이 세상에는 무릉도원 같은 온전한 평안은 어디에도 존재치 않는다는 것이다. 유토피아는 인간의 애틋한 동경이 빚어낸 결과물이다. 그래서 현상을 만족하며 열정을 다하라는 뜻을 지닌 단어가 유토피아다.

인간의 삶에 유토피아가 존재치 못하는 세 가지 사유가 있다. 첫째, 인간의 정신은 시공간 너머에 있지만 육체는 시공의 절대적 제한을 받는다. 정신과 육체의 불일치로 인해 인간은 결국 스스로 만족할 수가 없다. 목표한 만족이 성취되면 새로운 생각이 움직인다. 둘째, 인간은 암수의 성적기능이 동일 육체 내에서 작동되지 않고 분리되어 있다. 성격적 미완성 동물이라 불안전성을 느끼며 살아간다. 셋째, 개성을 가진 사회적 동물이다. 혼자 있으면 심심하고 여럿이 있으면 귀찮을 수가 있다. 쉬면 일하고 싶어 하고, 나가면 들어오고 싶어 한다. 여름에는 겨울을 그리워하고 겨울에는 여름을 그리워한다. 스스로의 이율배반을 극복할 길이 없다. 결국 인간은 아(我)와 아의 불일치, 아와 타(他)의 불일치로 인한 모순 속에 존재한다.

만족을 모르는 인간의 욕구를 간혹 희망이라고 착각하곤 한다. 부귀영화로는 인간 내면의 족함을 찾을 길 없다는 '희망가'의 가사다.

이 풍진 세상을 만났으니 너의 희망이 무엇이냐

부귀와 영화를 누렸으면 희망이 족할까

푸른 하늘 밝은 달 아래 누워 곰곰이 생각하니

세상만사가 춘몽 중에 덧없이 꿈같도다

담소화락(談笑和樂)에 엄벙덤벙 주색잡기(酒色雜技)에 침몰하랴

세상만사를 잊었으면 희망이 족할까

이상향(Utopia)은 분명 없다. 그러나 오늘을 이상적인 것으로 만드는 사람에게는 오늘은 분명 이상향(Ideal)의 세계를 살 수 있다(Utopia never comes. Today is the

Ideal-topia for him who makes it so). 'Dream is nowhere(꿈은 어디에도 없다)'를 한 칸 비우고 바라보면 'Dream is now here(꿈은 바로 여기에 있다)'로 바뀐다.

풍만한 젖가슴을 드러낸 여인이 깃발을 들고 시민들 앞에서 혁명을 이끄는 그림이 들라크루아가 그린 '민중을 이끄는 자유의 여신'이다. 민중을 선동과 강제로 유토피아로 이끄는 리더십을 상징하고 있는 그림이다. 그러나 어떤 리더십과 체제도 유토피아에 도달했다는 기록이 없다. 이와 달리, 동고구려 자치국 총령이 이끄는 리더십은 믿음, 소망, 사랑이 있는 홀리스틱 토피아(Holistic-Topia)다.

사람들의 마음속에 새로운 변화와 혁신을 경계하는 '짖는 개'가 있다. 아무리 좋은 정책이라도 잘 모르면서 짖는다. 서면 섰다고 짖고, 앉으면 앉았다고 짖는다. 나루의 배가 정시에 출발하면 자기를 조금 기다려 주지 않고 떠났다고 짖는다. 그러다 막상 배에 올라타면 빨리 떠나자고 닦달하며 짖는다. 더더욱 인간의 일에는 이해관계자가 있기 마련이기 때문에 개 짖는 소리가 항상 더 요란하다. 머리를 아프게 한다.

프랑스의 대 조각가 로댕이 '청동 시대'라는 작품을 출품했는데, 그 작품이 너무도 빼어나 오히려 심사위원들의 의심을 샀다. "이 작품은 산 사람의 몸에서 바로 본을 떠서 만든 것임에 틀림없소. 이건 작품이 아니라 사기요!" 하며 탈락을 강력히 주장한다.

한 심사위원이 탈락을 간신히 말렸다. "비록 사기일지는 모르지만, 그 사기 솜씨가 실로 절묘하지 않습니까?" 그럼에도 로댕은 조금도 개의치 않고 자기 일에만 매달렸다. 세계적 대 조각가가 이렇게 탄생했다. 동고구려 총령의 인내력이 로댕을 닮았다.

고구려 자치국 총령이 '창조적 반대론'을 개발한 지도자다. 반대하려면 두 측면을 만족시키는 아이디어를 제시해야만 한다는 요구를 한다. 개가 짖어댄다는 것은 최소한 누군가가 우리 아이디어에 관심을 보이고 있다는 이야기로 보는, 여유로운 마음과 인내력을 가지고 정책을 조율해 주며 제국을 원만하게 이끌어간다.

창조적 반대론은 양행이론(兩行理論)이다. 스스로를 바로 알기 위해서(自知, 자지)는 비교되는 무엇이 존재함(補知, 보지)을 인정하는 것이다. 사람을 뜻하는 글자 인 '人'은 살아 있는 사람을 뜻하고 '人'을 거꾸로 뒤집으면 비 '匕'가 되는데 이것은 죽은 사람을 뜻하는 글자다. 이 둘이 만나면 화 '化'가 된다. 살아 있는 것과 죽은 것이 나란히 붙어있는 모습이 '화'다. 짝을 이루어 변화를 만들어 간다는 것이다. 상즉상입성(相卽相入成)이다. 모든 것은 서로가 서로에게 영향을 주면서 이루어 간다. 온전한 이룸(成)에 이른다. 양행만족이 옴살이다.

울프가 글로리아에게서 전수받은 수백 년 앞선 의료기술을 펼쳐주면서 인간의 평균 수명이 점차 길어진다. 지구의 인구가 급속히 팽창하며 노화하기 시작한다. 절제를 모르는 인간들의 자원낭비와 환경파괴 행위가 지구의 자정능력을 위협하는 수준에 가까워진다.

세계 경제는 국가 간 지니계수 차이가 급격히 벌어지면서 공황을 맞는다. EU의 붕괴와 더불어 자본주의가 그 한계를 드러내고 있다. 대고구려제국이 많은 자본을 풀어 이들 국가를 지원한다.

대고구려제국(Great Kingdom of Kokurea)만이 경제적 부흥을 호가하고 있는 이유는 144천의 안드로이드들이 우주에서 무한히 채취해 오는 자원공급이 주가 되고 있지만, 대천간에게 전수한 울프의 경제경영지식에 대천간의 애족애민 정신과 결단력에 의해서 그 성과가 증폭되고 있는 것이다.

울프가 항상 휴대하고 다니는 태블릿PC를 들여다보고 있다. 울프가 대천간에게 전수한 경제경영발전사의 요지에서 더 보충하고 전수할 부분이 없는가를 매일 점검하고 있는 것이다. 국태민안의 국가경제경영전략 수립에 조언을 주기 위해서다. 리더십의 발휘는 온전한 사람 그리고 건강한 재물이라는 튼튼한 두

축의 뒷받침이 있을 때 가능하다는 울프의 생각에서다. 경제경영발전사의 특색과 이해라는 제하의 글이 떠 있다.

1. 경제경영학의 정의? 의학은 육체적 건강에 관한 학문이며 법학은 정치적 건강을 위한 학문이다. 신학이 정신적 건강에 관한 학문이라면 경제경영학은 자원의 희소성과 그에 따른 불가피한 의사결정에 관한 학문이다. 경제경영학의 목적은 인류의 물질적 건강증진에 있다. 사무엘슨(Paul A. Samuelson)은 경제학은 희소한 자원의 효율적 배분을 위한 선택(가격과 수급량)에 중점을 두고, 경영학은 한정된 자원의 효율적운용 (비용과 수익)에 주안점을 두고 있는데 그 차이가 있다고 했다. 미시경제학은 가격과 수급량에 주안점을 둔다. 거시경제학은 시장경제와 계획경제의 혼합의 정도에 관심을 두고 있다. 경제경영학에서 강조되는 단어는 자원의 희소성(Scarcity of Resource)과 기회비용(Opportunity Cost)이 된다.

2. 경제경영원리? 투자 없는 사회적 가치증식과 희생 없는 번영은 없다는 것이다. 정치가들에게 있어 경제경영학자들은 희생 없는 번영이라는 공약을 좌절시키는 걸림돌이다. 우려할 만한 패러독스는 우리 자신에게 가장 많은 이익과 적은 피해를 줄 것으로 여겨지는 선택을 가장 합리적인 방법으로 선택했다고 생각할 때 생긴다. 마귀와 싸우지 않고 마귀가 약속하는 떡과 세상의 지배권과 신의 가호를 획득하는 순간은 우리가 마귀의 노예가 되는 순간이다. 인간은 부유할 의무가 있다. 가난을 미안해해야 한다. 도덕심이나 정의감으로 포장된 나태와 무능으로 인한 무차별의 당위성을 경계해야 한다.

3. 경제경영의 추구방향? 인간생활의 개선과 불확실성의 배제에 있다. 보다 나은 삶 추구를 위해 비용최소화, 수익의 극대화를 위해 의사결정변수를 모델

화시킨다. 이때 불확실성이 증가하면 새로운 모델을 개발하는 영원한 도망자가 된다.

4. 경제경영학의 변천사? 이밥과 고깃국에 이골이 나면 보리밥과 된장국을 찾는다. 보리밥과 된장국에 이골이 나면 햄버거와 콜라를 찾아가는 게 인간사다. 모순을 발견해 발전해 나가는 것만은 아니다. 이골이 나면 다른 대안을 찾는 인간의 미묘한 심리다. 경제경영학의 변천사는 인간심리 변화의 한 단층이다. 학문 속의 시간은 늘 종착점을 출발점으로 되돌려 놓는 속성이 있다.

1) 스콜라학파: 적정가격에 대한 시장 내의 정의와 윤리문제로 고심했다. 구약성서에 이자를 받는 행위를 금하는 조항이 있는데 중세 신학자들은 이자를 위험부담, 기회비용, 인플레이션, 불편 등의 세부 품목들로 분리하여 정당화하는 데 주력했다. 인도의 한 현자가 돈에 대한 욕망을 가지지 않으면 고뇌도 없다는 깨달음을, 짧은 외국어 실력을 동원하여, '노 머니 노 프라블럼(no money no problem)'이라는 만트라(Mantra, 경구)를 지나가는 외국인에게 던졌다.

삶을 달관한 듯한 외국지식인이 '노 프라블럼 노 스피릿(no problem no spirit)' 고뇌가 없으면 고매한 정신도 없다고 화답했다.

두 사람 대화의 시작과 끝을 보면 돈에 대하여 이야기를 하고 있다. '재물이 없으면 고매한 정신도 없다(노 머니 노 스피릿).' 두 사람은 돈에 대하여 초연하고 있는 듯하지만 결과적으로 돈이 없으면 인간의 고매한 정신도 존재할 수 없음을 시사하고 있다. 맹자는 항산항심(恒産恒心)이라 했다. 일정한 소득이 없으면 안정된 마음이 없다고 했다.

아름다움의 여신 아프로디테와 사랑을 나누기도 한 헤르메스는 제우스의 심부름을 도맡는 전령신이다. 상업을 주관하는 신이기도 하며, 또한 '도둑의 신'이다. 부도덕한 상인을 도적이라 부를 수도 있다는 은유다. 단순히 부를 갖는 것이 행복이 아니다. 행복은 성취의 환희와 창조적 노력의 과정에 일어나는 쾌감에 존재한다.

2) 중농주의: 15세기 중농주의자들은 자연법칙들에 대한 이해는 인간의 자연 순응을 돕기에, 인간은 자연탐구를 통해 더 풍요로운 생활을 누릴 수 있을 거라고 생각했다. 제조업자들은 투입한 것만큼의 가치를 산출해 낼 뿐이고 상인들은 이미 생산된 가치를 분배할 뿐이며 생산력의 원천은 '땀'이 아니라 '땅'이라 했다. 부가가치 생산성의 개념을 배제했다.

세입과 세출을 고려해야 한다는 계범부종(計凡付終)이다. 반찬 걱정, 설거지 걱정 없이 먹을 수 있는 S라면의 가치(V)를 1,000원 정도라 느끼는 소비자가 600원에 라면을 구입했다. S라면의 가치가 가격보다 크게 느껴지기 때문에 소비자를 만족시킨다. 라면 한 봉지를 팔 때마다 그 기업은 400원 만큼의 순(net)가치를 소비자에게 기여하는 셈이 된다. 이렇게 되면 S라면의 수요는 자연히 지속 증가할 것이고, 수요의 증가는 대량생산의 경제성을 불러들여 코스트 절감으로 이어질 것이다. 코스트가 절감되면 생존부등식의 우측 부등호, 즉 가격(P)>코스트(C)가 만족될 수 있고, 가격에서 코스트를 뺀(P-C) 만큼이 기업의 이윤으로 남는다.

오늘날 기업을 부도덕한 집단으로 매도하는 경향이 있지만, 이것은 생존부등식을 이해하지 못한 데서 오는 인식오류(認識誤謬)다. 생존부등식을 만족시키는 기업은 제품 한 단위를 팔 때마다 V-P만큼의 순(net)가치를 소비자에게 기여하는 은혜로운 존재이며, 이와 동시에 기업이 축적하는 이윤은 도덕적으로 정당한 반대급부가 된다. 중농주의자들은 이를 간과했다.

3) 애덤 스미스(1723-1790 국부론): 국부론(자본, 노동, 기술 등의 투입으로 생산물을 창출한다는 개념인데 본원적인 투입물은 노동에서 기인한다. 노동의 질 향상이 생산성의 요체다)으로 중상주의자들을 공격했다. 중상주의자들은 부의 기준을 화폐나 귀금속의 보유량으로 보았다. 그러나 스미스는 참된 부의 기준은 국민들의 생활수준이어야 한다고 논박했다. 돈을 정치인이나 상인들에게 돌아가게 하는 정책을 비판하고 국민 생활수준 향상을 저해하는 것이라 했다. 스미스는 개인적 의욕, 정열, 개혁에의 의지 등이야말로 경제성장의 원동력이 된다는 사실을 알고 있었다.

애덤 스미스는 이기적 본능이 친절성, 박애심, 희생정신 같은 것보다 더 강력하고 지속적으로 인간에게 동기부여를 할 수 있다고 했다. 국부론에서 국민의 부(富)는 흔히 착각하듯 금은의 보유량에 비례하는 것이 아니라 국민의 조직적 작업능력에 비례한다고 했다. 그 작업능률 향상의 지름길은 분업이다. 따라서 분업은 국부(國富) 증대의 필수요소이다. 인간욕구에 대한 성찰로 얻은 결과이다.

분업효율? 분업 시스템의 효율에서 나타나는 필연의 결과인 임금의 차별화 현상이 자본주의 시스템의 원동력이자 동시에 문제점으로 제기된다. 스미스는 왜 분업이라는 시스템의 원조가 생산성 증대에 크나큰 기여를 할 수 있는지 그 이유에 대해서 일목요연하게 밝히고 있다.

첫째, 노동자들은 맡은 일을 더 숙달할 수 있다. 둘째, 노동자들의 작업 전환 시 소요되는 시간을 없앨 수 있다. 특히 작업 전환이 작업복, 공구 등의 교체나 위치 전환을 요할 경우 분업의 우열성은 확연해진다. 셋째, 전문화된 노동자들이 매일 같은 작업을 되풀이하다 보면 작업능률을 엄청나게 향상시킬 수 있는 공구나 기계를 고안해 낼 가능성이 높다. 스미스는 공학자들보다는 오히려 노동자들이 작업개선과 신발명을 해낼 수 있다고 믿었다.

분업은 확실히 능률적이긴 하나 직종 간의 임금 격차 발생의 주원인이 될 수 있다고 덧붙였다. 임금수준에 관한 스미스의 난해한 가설에는 사실 스미스의 명쾌한 맛이 난다. 스미스는 직종 간에 임금 간의 격차가 발생하는 이유를 다음과 같이 설명한다.

① 어떤 직종은 불유쾌하거나 위험한 작업환경을 전제로 한다. 따라서 임금을 높게 책정, 그 작업 환경에 대한 보상을 해주지 않으면 아무도 그 직업에 종사하려 들지 않을 것이다. 고층빌딩 꼭대기의 유리창 청소부는 길거리 청소부보다 시간당 임금을 더 많이 받는다. 물론 더 나은 전망도 즐기지만.

② 특수한 교육을 요하는 직종은 임금수준이 높다. 특수 장비 기사가 택시기사보

다 돈을 더 번다.

③ 불규칙적이거나 불안정한 직종은 임금수준이 높다. 선박의 일꾼이 다른 비슷한 교육수준의 노무자들 보다 돈을 더 받는데, 그 이유는 기후, 날씨 등의 영향을 받아 조업일이 적어질 수 있기 때문이다.

④ 높은 신용 수준이 요구될 때 임금은 올라간다. 많은 사람들은 다이아몬드를 도매상에서 사지 않고 좀 비싸더라도 믿을만한 티파니 같은 고급보석상에서 산다.

⑤ 성공률이 낮은 일일수록 성공했을 때 그 보상은 커진다. 변호사는 민사변론을 조건부로 수락하는 경우가 많다. 즉, 승소할 경우에만 수임료를 받겠다는 것이다. 물론 승소할 경우 받게 되는 수임료는 엄청나다. 이것이 연봉제에서 다시 부활하고 있는 능률급제이다. 진리에는 고금의 차이가 없다. 민주주의가 이유 없이 나누어 갖는 평등주의가 아님을 알게 하는 대목이다. 차별은 생산성의 원동력이며 민주주의의 엔진이다. 능력 있는 사람의 봉급이 더 높아야 하는 이유다.

4) 맬서스(1766-1834 인구론): 영국 최초의 정치 경제학과 교수인 그는 인구는 등비급수로 증가하는 반면 식량은 등차급수로 증가한다고 했다. 그래서 식량에 대해 보호무역을 주장했다. 맬서스는 농업과 공업의 혁명적 발달을 예견하지 못했다.

5) 데이비드 리카도(1772-1823 비교우위론-자유무역론): 보호무역주의가 특정 집단에게만 이롭고 국민 전체에게는 해가 된다고 했다. 기회비용(Opportunity Cost)이 적은 분야를 생산해야 비교우위(Comparative Advantage)를 갖는다고 했다. 자유생산과 특정 집단의 이해 - 복사기 제조회사의 텔레비전 광고를 한번 보자. 한 젊은 수도승이 열심히 기도서와 문서들을 일일이 손으로 베끼고 있다. 사제가 다가와서 두꺼운 두루마리 책을 한 권 주면서 옮겨 적으라고 한다. 수도승은 근심에 싸인다. 그때 문득 한구석에서 복사기를 발견하고는 하늘을 우러러보며 기적이라고 외친다. 자, 이 획기적 복사기의 발명으로 인한 피해자가 없을쏜가? 수

많은 필사(筆寫) 담당 수도승들은 실직될 판이다. 잘 조직된 수도승 위원회가 복사기를 부숴 버릴 것을 주장하면서 도심을 향해 시위행진을 벌이는 장면을 상상해 보자. 어떤 리더십이 필요할까를….

6) 존 스튜어트 밀(1806-1873 독점이론): 경쟁이 없는 곳엔 독점이 있다고 했다. 그는 결과의 균등(Equality of Results)보다 기회균등(Equal Opportunity)을 강조했다. 그래서 소득세보다 상속세를 주장하고 무임승차효과(Free Rider Effect)를 줄이려 했다.

7) 카를 마르크스(1818-1883 자본론): 마르크스는 역사의 진로를 노예제도에서부터 시작하여 봉건제도, 자본주의제도, 사회주의제도의 순으로 엮어 나갔다. 그는 잉여가치를 노동착취로 보고 노동의 착취 없이 이윤이란 있을 수 없다고 했다. 노동가치설에 집착한 나머지 너무나 많은 역동적, 관념적 요인들을 무시해 버렸다. 그가 빠트린 것이 무엇인가? 상상력, 독창성, 경영능력과 같은 것들이다. 부의 창출이란 유형의 투입만 가지고 되는 것이 아니다.

마르크스의 경제이론(노동가치설, 자본주의 쇠퇴론 등)과 사상은 오늘날 그가 보지 못한 내용들의 비판이 다음과 같다.

첫째, 성서에서의 어린이가 가진 떡 다섯 개와 물고기 두 마리(5병(餠)2어(魚))로 수천 명이 먹고 남았다는 이적을 현실 기록의 축약된 비유로 생각했다. 많이 가진 자들이 어린이의 모범행동에 동참했다는 은유논지로 읽었다.

둘째, 자본, 기술, 경영관리 능력 등 다른 생산요소의 중요성을 무시했다. 특히 인간자본이란 주요개념을 인식하지 못하고, 잉여가치의 창출도 노동과 자본, 기술 및 관리의 복합적 산물로 보지 않고 오직 인간의 노동에 의해서만 발생한다고 생각하였다.

셋째, 자기의 사상을 '과학적 사회주의'라고 말한 그는 인간의 창조적 적응능력을 과소평가하고 협동조합을 창시한 오웬을 '공상적 사회주의자'라고 매도하였다. 마르크스가 빠뜨린 것이 상상력, 독창성, 경영능력과 같은 것들이다. 부의 창출이란 유형(有形)의 투입만 가지고 되는 것이 아니다.

넷째, 이익추구는 인간의 가장 본성적인 부분이며 인간이 자연스럽게 살아가는 모습이며 개인의 부를 부인하는 것이 인간의 본성과 배치되는 것임을 인지하지 못했다.

다섯째, 주인이 자면 종업원도 존다는 인간의 본성을 간과했다.

그의 사상과 학설은 근세사에 많은 영향을 끼쳤지만 기계의 등장과 자본의 집중, 일부 자본가의 착취와 궁핍한 실직 노동자로 일시적 불균형한 상태로 있던 그의 시대에만 적합한 것이었다. 시대를 막론하고 절대성을 지닌 이론(理論)은 없다. 그래서 경영에 있어서 상황적합적 의사결정이 중요시되며 깊은 바닷속과 같이 흔들리지 않는 원리의 과학성(Science)과 시대 상황에 바탕을 둔 인간적 기예(Art)의 양면성을 영원히 포괄해 가는, 응용과학의 길을 가야 하는 이유이기도 하다.

하딘(G. Hardin)이 제시한 공유재산의 비극현상(Tragedy of the commons)이 가장 심각하게 나타났던 역사는 바로 사회주의의 실험이었다. 공동으로 생산하고 필요나 능력에 따라 분배한다는 이상은 누구에게도 공유재산의 창출에 주력할 인센티브를 주지 못했다. 북한에서는 개인이 가꾸는 '텃밭'의 생산성이 가장 높았고, 집합농장은 실패를 거듭했다. 풍년의 희망으로 농부는 씨를 뿌리고, 이익이란 희망으로 상인은 장사를 한다. 세상을 움직이는 큰 희망 중의 하나가 독점적 소유다. 인간은 이익이 있으면 움직인다(利而行之, 이이행지).

도덕만을 논하는 공자의 수제자 안회가 스승에게 물었다. "선생님, 재물에 대해 어떻게 생각하십니까?" 공자 왈 "재물이 없는 사랑이 삼 일이 지나면 아귀다툼의 사이로 변하느니라." 하면서 불갈물력(不竭物力)이라 했다. 재물이 힘이라는 뜻이다(Money makes the world go round). 공자는 부르주아와 프롤레타리아트와의 갈등을 수천 년 전에 알고 있었다.

8) 앨프레드 마셜(1842-1924 한계이론): 기업생명체이론의 태두로 형이상학적 유어 반복으로 경제학을 전개했다. 한 발 나아갈 때의 즐거움이 한발 나아갈 때의 비용을 초과하는 한 당신은 나아가야 한다는 논조다.

마셜의 필요에 의해 일어나는 수요의 한계효용이론을 길브레스는 외부에서 주입되는 욕구이론으로 허물었다. 이를 의존효과(Dependence Effect)라 부르는데 현대에서는 이를 마케팅 효과라 부른다.

광고와 판매기술의 핵심 기능은 필요의 수준 너머에 있는 욕구의 창조에 있다. 이전에 존재하지 않던 욕망들을 사람들에게 불러일으키는 것이다. 여기서 필요(Needs)와 욕구(Wants)를 구분하면 생존을 위해 우유를 필요로 하는 마음은 필요며 보다 나은 멋과 풍미의 알프스 우유의 요구는 욕구라 할 수 있을 것이다. 욕구는 필요보다 훨씬 덜 중요하다. 필요는 우리의 내부에서 생겨나지만 욕구는 외부에서 주입되는 것이다. 그래서 기업주들이 광고를 하는 것이다. 광고는 시대적 공감대를 만들어 가며 새로운 문명의 단초를 제공한다. 외부적 욕구의 지속적 응집이 문명이다. 문명이란 결국 인간의 관심과 애정을 끌기 위해 경쟁하는 수많은 외부적 산물이기 때문이다.

9) 베블린(1857-1929 유한계급론): 수요는 '남들이 생각할 만한 그 상품의 가격', 즉 현시적 가격에 비례한다는 것이다. 수요의 주체인 인간의 의식 수준이 변하기 때문에 경제의 실체는 영원한 도망자(Going Concern)라 했다. 기업들은 경쟁력 확보를 통한 생존을 위해 새로운 관리방안들과 혁신기법들의 개발을 통해 수월성을 추구하며 끝없이 달려가게 되며 경쟁자의 추월을 염려(Concern)하는 영원한 도망자가 된다.

"이해할 수가 없군요. 당신이 이 컴퓨터들을 원가보다 훨씬 싸게 판매한다면 어떻게 이익을 챙깁니까?" 회계사가 물었다.

"간단합니다. 그것들을 수리해주고 돈을 벌지요." 사업가가 말했다.

10) 케인스(1883-1946 고용, 이자 및 화폐의 일반이론): 총수요가 총소득에 미달할 경우 불황은 시작된다고 했다. 케인스는 이렇게 상상했다. 배부른 세상은 실존에 대한 불안으로 가득 차게 될지도 모른다. 인간은 종종 목표의 획득보다 목표의 추구에서 기쁨과 보람을 느낀다. 케인스는 인간의 욕구 5단계설을 주장한 매슬로우의 생각과 같이 인간이 경제문제를 해결한 후에 진정으로 중요한 문제에 직면한다고 보았다.

한결같은 마음을 가질 수 있기 위해서는 그것을 뒷받침해주는 물적 토대가 마련되어야 한다. 물적 토대는 일(Business)을 통해서 이루어진다. 일의 영혼은 만족이고 육체는 재물이다. 일의 성취를 위한 스트레스(Stressed)를 거꾸로 읽으면 디저트(Desserts)가 된다.

11) 슘페터(1988-1953 경기순환론): 자본주의의 원동력은 창조적 파괴(Creative Destruction)에서 온다고 했다. 경제발전의 답을 비연속적인 발전, 혁신에서 구했다. 마차를 여러 대 이어도 기차가 되지 않는다는 것이다. 슘페터는 혁신과 관련된 개념으로 '신결합'이라는 말을 이용했다. 신결합이라는 개념은 생산자 측이 소비자에게 주입한 새로운 요구가 수요의 포화를 타파하는 개념인데 경영학에 큰 영향을 주었고 피터 드러커(Prter Drucker)의 혁신과 경영에 관한 폭넓은 문제 제기로 이어진다.

12) 공공선택학파(1919 포획이론(Capture theory of regulation)): 규제받는 자들(특수이익 집단)은 규제하는 자들(정치, 관료집단)을 어떻게 이용할 것인가를 연구한다. 정치도 비즈니스이기 때문에 포획이론이 등장한다. 경제이론의 체계적 통계가 주는 정확성보다 직전 정보에 예측 가능한 변수를 보탠 경제 분석이 더 정확할 것이라는 합리적 기대이론(Rational Expectations Theory)의 모태가 되었다.

13) 경제경영학파(1990-지식경영): 복식부기의 최초본인 사바리(J. Savary)의 『완전한 상인』(1675)이 출간된 이후 이론적 연구로 발전된 독일의 경영학과, 경영학의 아

버지라 불리는 테일러(F. W. Taylor)의 『과학적 관리론』(1881)이 출간된 이후 기술적 사고 중심으로 발전된 미국의 실천경영학을 이종교합 시켜 기술산업시대의 번영과 정보화시대의 꽃을 피웠다. 미국을 세계 경제의 최강자가 되게 한 이종교합의 성공사례다.

14) **옴살경영**(2009 신현우: 옴살경영 이야기(Holistic Paradigm)): 좌의 개성 중시 자유사상의 원심력과 우의 조직효율추구의 구심력을 조화롭게 인정하는 사고(홀리스틱 패러다임, Holistic Paradigm)를 가진 인재가 경제 시스템을 이끌어가는 상태를 옴살경영 또는 양뇌(兩腦)경영(Holistic Management)시대라 부른다.
원리(理)와 과학성(Science)이 강조되는 서구의 사고와 정(情)과 기예성(技藝性, Art)이 강조되는 동양적 사고를 포괄하는 패러다임이 지혜경영사회에 적합한 옴살(Holistic Paradigm)맞은 사고다. 중용감각이다. 즉, 화(和)의 합리적 사고를 가진 경영인이 리더가 되는 사회다. 모순자본주의의 종말을 피할 수 있는 사고다.

아테네 아크로폴리스 언덕 위에 솟아 있는 '처녀의 집', 곧 '파르테논(Parthenon)'신전의 서쪽 박공(지붕과 벽을 잇는 부분)에는 아폴론을 상징하는 뮤즈들의 모습이 형상화되어 있고, 반대편 동쪽 박공에는 디오니소스가 새겨져 있다. 아폴론은 이성과 절제를 다스리는 신이고, 디오니소스는 감성과 열정을 다스리는 신이다. 이렇듯 대립하는 성질을 가진 두 신이 한 신전 안에 함께 거한다는 것은 결코 우연이 아니다. 그것은 둘 가운데 어느 하나만으로는 올바로 설 수 없다는 삶의 양면성을 은유하고 있는 것이다. 좌와 우, 이성과 감성, 정(靜)과 동(動)의 조화를 이야기하는 옴살(Holistic Paradigm: Bosom Friendship)이다. 과학자들은 오르가슴은 가랑이가 아니라 뇌에서 일어난다고 말한다. 아니다, 황홀한 쾌감은 가랑이와 뇌의 쾌감회로와의 옴살맞은 합작품이다.

후기자본주의에 대한 특질로서 직선적이고 결정론적인 것이 사라진 것은 분명하며, 거시경제학자의 '안목'을 갖고서는 복잡하게 일어나는 경제발전의 원천적 동력을 이해하는 것은 불가능하다. 그래서 미래는 분명 과학과 기예의 영역을 포괄하는 실천학문인 옴살경영이 요구되는 시대다. 옴살경영의 요체는 다기능적 복잡계의 인간에 대한 이해다. 울프가 대천간에게 국가경영에 있어 인간 이해를 돕고자 전수한 학문이다.

성선설에 바탕을 둔 인간의 인식이 필요하며 경영 예외의 원칙에 따라 성악설의 인간도 인식해야 한다. 에덴의 낙원에는 아담과 이브만이 있었던 것이 아니라 뱀도 함께 있었다. 인간이 어떻게 살아야 하는 것과 인간이 어떻게 살고 있는가는 현저히 다른 부분이 존재하기 때문이다.

위나라 혜왕과 복피가 묻고 대답했다.

"그대는 나에 대한 세간 평판을 듣고 다닐 것인데, 뭐라고들 하던가?"

"익히 듣고 다니는데 매우 자혜(慈惠)로우시다고들 합니다."

"그래, 어느 정도 자혜롭다고들 하던가?"

"나라를 망쳐 드실 정도로 자혜롭다고들 합니다."

"자혜는 미덕이 아닌가? 자혜가 나라를 망쳐 먹는다니 무슨 말인가?"

'자'는 다른 사람의 고통을 그냥 보지 못하는 마음, '혜'는 사람들에게 베풀기를 좋아하는 마음입니다. 백성이 자혜롭다면 그것은 좋은 것입니다만 백성을 다스리는 분에게는 좋은 것이 아닙니다. 백성의 고통을 그냥 보지 못하면 백성에게 허물이 있어도 벌을 줄 수가 없을 것이고, 백성에게 주는 것을 즐기면 공이 없어도 상을 내리게 될 것이기 때문입니다. 허물이 있어도 벌주지 않고, 공이 없는데도 상을 내린다면 나라가 망하는 것이야 당연하지 않겠습니까? 이러한데도 주군의 자혜가 과연 미덕일 수 있을는지요?

스탠포드 경영대학원 응용심리학 교수 토머스 하렐(Thomas Harrell)은 성공한 졸업생들의 성향을 조사했다. 그는 MBA 학위를 받은 지 10년 후의 졸업생들의 성공도가 성적과는 아무런 관련이 없다는 사실을 발견했다. 성공한 졸업생들이 공통적으로 지닌 특징은 사교적이며, 의사소통에 능하며, 외향적인 성격이었다. 특히 사교적인 성향이 그들의 중요한 성공요소였다.

롤프 브레드니히의 『위트 상식사전』에 천국과 지옥의 인재관리 방법을 이야기하고 있다. 천국은 경찰관은 영국인이고, 요리사는 프랑스인이고, 기술자는 독일인이고, 애인은 이탈리아인이며, 스위스인이 모든 조직을 관리하는 곳이다. 지옥은 요리사는 영국인이고, 기술자는 프랑스인이고, 애인은 스위스인이고, 경찰관은 독일인이고, 이탈리아인이 모든 조직을 관리하는 곳이다. 말은 수레를 끈다. 소도 수레를 끈다. 그러나 말과 소를 한 수레에 매어서 끌게 해서는 안 된다.

인간이 행하는 바 어떤 결과가 오직 한 가지의 원인에 반드시 귀착된다고 하는 단순한 낙관주의에 빠져서는 안 된다. 하나의 결과가 나오는 것은, 우리가 생각하는 것보다도 훨씬 더 많은 미묘한 카오스(혼돈)에 의한 것이며, 대부분의 경우 우리가 찾아낸 원인이라는 것은, 유기적인 카오스로부터 조금 떼어온 한 조각에 지나지 않는 것이리라, 물론 그 크고 작음의 차이는 있겠지만.

화가 난 거친 태도 뒤에는 따뜻한 마음이 있으며 친절하고 상냥한 말 뒤에 차가운 마음이 도사리고 있음(笑中有刀, 소중유도)에 인간행동의 이해가 쉬운 것이 아니라는 것이다. 인간(Person)은 강약의 차이는 있지만 누구나 페르조나(Persona: 사회적 가면)를 갖기 때문이다. 그래서 지성의 가면을 벗고 같이 부둥켜 안고 소리 내어 울 수 있는 친구를 갖기 힘들다는 것이다.

예를 들면 일등에게 보내는 요란한 박수는 오랫동안 지속되지는 않는다는 것이다. 일등을 좋아하지 않으며 시샘한다. 페르조나의 일종인 겸손이 필요한 부분이다. 손자(孫子)는 인간의 본성 속에 용해되어 있는 페르조나를 병법에 활용했다.

겸손한 말로 더욱 준비하는 자는 공격하려는 것이고(辭卑而益備者進也, 사비이익비자진야), 강경한 말로 더욱 공격하는 자는 퇴각하려는 것이며(辭强而進驅者退也, 사강이진구자퇴야), 아무런 약속 없이 강화하자는 자는 속이려는 것이다(無約而請和者謀也, 무약이청화자모야).

인간에 대한 옴살 맞은 이해를 돕기 위해 울프가 대천간에게 인간의 속성과 옴살경영에 대해 많은 이야기들을 들려주고 있다.

후기자본주의 시대의 급진 자유주의자(Radical liberalist)들은 복지와 평등이라는 미명하에 고전적 자유주의자가 적대시했던 국가의 개입과 가부장적 온정주의(Paternalism) 정책들의 부활을 선호하기에 이르렀다. 더불어 지식인에 의한 자본주의의 적대화, 개인주의적 공리주의, 노동시장의 경직화, 세계 거부 85명이 보유한 재산이 소득수준 하위 50%에 속하는 약 35억 명의 재산과 비슷한 수준으로의 빈부격차, 경제적 계층화(Hierarchy Problem)의 고착화가 심화되는 등 모순자본주의가 번성할수록 자본주의의 붕괴징후를 보인다.

모순자본주의의 보다 근원적 문제점은 경제적 현상이 아니라 눈만 뜨면 비추는 태양 빛 같은 강압이 짓누르고 있는 정신세계에 문제가 있다. 독재의 강압과 보릿고개의 배고픔이 아니다. 준비하고 준비해도 내일을 예측하지 못하는 시대이기 때문이다. 오늘의 전력과 열정을 다한 경험이 내일을 보장해 주지 않는, 불안하고 황망한 시대 현상이 문제다.

정형화된 일보다 비정형화를 요구하는 산업이 발달하면서 새로운 창발(Emergent)을 강압하며 급변하는 환경도 주요한 요인의 하나다. 핏발 번득이는 사냥꾼들의 눈과 코와 귀의 긴장감을 갖고 세상을 살아가야 하는 환경이다. 이슬 먹고 함초롬히 피어난 들꽃의 아름다움이 보이지 않는다. 바람의 향기에도 계절의 변화를 의식하지 못한다. 새들의 노랫소리도 들리지 않는다. 쉼이 베토벤의 '천지창조'같이 웅혼하게 울리는 불안의 전주곡쯤으로 들린다.

인문 혁신을 통한 긴 꼬리(Long Tail) 전략으로 복지와 평등이라는 이름하에 무기력을 살찌우고 새로운 이름의 비틀린 사회주의로의 전이를 소화흡수 하여 건강한 생명창발 생성주의(生成主義, Being-ism)를 창조해야 한다. 이제 시대 명칭을 자본 유무에 방향성을 맞추고 있는 자본주의(資本主義, Capitalism)라는 단어를 뒷방에 누이고 시간에 보탬을 주는 삶 추구에 방향성을 두는 생성주의시대라는 이름으로 바꾸어 부를 필요가 있다. 생성주의에서는 자본유무가 아니라 옴살유무다. 그 대안이론이 생성주의의 요체가 되는 옴살이론이다.

서구의 학자들이 인재냐 조직이냐를 고민하고 있을 때 울프는 온전한 인간이 주도하는 경제경영 즉, 옴살(Holistic)을 이야기하고 있었다. 문명의 편이에 비례한 만족과 감사의 마음이 평형을 이룰 때 그 나라는 선진국이라고 울프는 생각하고 있기 때문이다. 탐욕이 아닌, 일의 성취에 대한 부자의 열정을 존중하고 수혜를 감사하며 가난을 미안해할 줄 아는 세상이 선진국이라는.

옴살이론은 현실에 존재하는 제반의 변수를 포괄적으로 이해해야 한다는 것이다. 곧음을 취할 때 융통성 없음을 표용하고, 질박함을 취할 때 어리석음을 감싸 안으며, 굳셈을 취할진대 소견 좁음을 감내하는 것이 옴살이다. 인간의 본성적 욕구에서부터 제도에까지, 철학자처럼 초연하고 정치가처럼 세속에 접근해야 현실의 실상을 볼 수 있게 된다는 주장이다. 인간 이해와 실사구시(實事求是)의 결합이론이다.

뻐꾸기는 남의 둥지에 알을 낳는 속임수의 명수다. 남의 둥지에서 태어난 뻐꾸기 새끼는 가짜 어미의 알과 새기를 바깥으로 떨어뜨리고 둥지를 독점한다. 대부분의 새들은 '뻐꾸기 아빠'가 되지 않기 위해 뻐꾸기 알을 골라내는 기술을 갖고 있다. 하지만 일단 뻐꾸기 알이 자신의 둥지에서 부화한 뒤에는 자기 새끼인 것으로 철석같이 믿는다. 게걸스럽게 먹어대며 부모보다 5배나 몸집이 커지는데도 굴뚝새는 금이야 옥이야 하고 있다.

최근 오스트레일리아 국립대 조류학자인 나오미 랭모어는 알이 부화한 뒤에도 뻐꾸기 새끼를 눈치채 굶겨 죽이는 굴뚝새를 발견했다. 이런 굴뚝새에 맞서 뻐꾸기 새끼는 살아남기 위해 굴뚝새 새끼의 울음소리까지 흉내 내는 것으로 밝혀졌다. 진화에서 승리하려는 뻐꾸기와 굴뚝새 사이의 이런 '군비확대 경쟁'이 과학 잡지 '네이처' 지에 발표됐다.

랭모어 씨는 "이번에 오스트레일리아에서 발견된 굴뚝새는 뻐꾸기와 매우 비슷한 알을 낳기 때문에 어두운 둥지에서 구분하기가 쉽지 않다"고 말했다. 대신 굴뚝새는 자기 새끼가 모두 둥지 바깥에 떨어져 있다거나, 새끼의 울음소리가 약간 다르다는 것을 통해 자기 새끼가 아니라는 것을 알고는 뻐꾸기 새끼의 40%를 굶어 죽게 만든다. 이런 굴뚝새의 방어에 맞서 뻐꾸기도 새로운 공격법을 개발해냈다. 처음에는 굴뚝새의 알을 모방했지만, 이번에는 먹이를 달라고 외치는 굴뚝새의 울음소리를 흉내 냈다. 현실변화에 접근해 갈수록 생존 가능성은 높아진다는 실사구시론이다.

율곡은 의(義)의 리더십으로서 나눔(分)이 행해지면 화(和)가 이루어지고, 화(和)에 의해 하나가 될 수 있으며, 하나가 되면 힘이 많아지고, 힘이 많아지면 강해지고, 강해지면 환경(物)을 극복(勝)할 수 있다고 했다. 이(理)의 절대적 기준보다는 정(情)의 상대적 기준, 그리고 사물과 인간의 독립된 개체로서의 존재보다는 그 연계성을 강조하는 논리를 원용하고 있는 것이 울프의 옴살경영론이다.

자기의 욕심만 채우면 높고 편안한 지위는 지속되지 않는다. 나눔으로 성취한다는 안고동리(安高同利)다. 어느 것도 그 자체로 고유한 존재란 없음의 상즉상

입(相即相入: 홀로 독립해 있는 존재는 없다)이다. 씨앗이 싹을 틔우려면 단단히 자신을 지켰다가 적당한 온도가 되면 외부에 존재하는 수분을 받아들여야 한다. 독립된 특성의 부재를 공(空)이라고 일컫는다. 공과 만물의 상즉상입을 알아야 한다는 것이다. 모든 것은 서로가 서로에게 영향을 주면서 공명(共鳴)한다.

장석주 시인의 '대추 한 알'이라는 시다.

저게 저절로 붉어질 리는 없다.

저 안에 태풍 몇 개

저 안에 천둥 몇 개

저 안에 벼락 몇 개

저게 저 혼자 둥글어질 리는 없다.

저 안에 무서리 내리는 몇 밤

저 안에 땡볕 두어 달

저 안에 초승달 몇 날

한 노숙자가 지나가는 선승에게 말했다. "내가 걸친 옷은 모두 쓰레기통에서 주운 것이오." 선승이 웃으며 대답했다. "우리 모두는 타인에게 의존하며 삽니다. 모든 사물과 사물은 서로 의존하며 존재하지요."

화담 서경덕의 '천기(天機)'라는 시의 일부다.

바람이 자면 달빛이 밝게 비치고

비 개인 뒤면 풀이 더욱 향기롭네

모두가 음양의 조화로 말미암지

사물과 사물은 서로 의지하며 존재하네

칼릴 지브란(Kahil Gibran)은 『예언자』에서 그대와 다른 사물과는 세 가지 관계가 있다고 말했다. 첫째는 그대를 둘러싸고 있는 육체와의 관계, 둘째는 만물이 생성되는 원인과의 관계, 셋째는 그대와 함께 살고 있는 사람들과의 관계라고 말했다. 환경의 자극에 반응 내지 반작용함으로써 균형 내지 평형 상태를 유지하여 생명력을 유지해 나가야 한다.

태양의 열과 빛은 일정한 온도를 유지하면서 지상에 방출되고 있다. 지구의 운동도 일정한 리듬을 유지하면서 자전공전을 계속하고 있다. 자연계는 그처럼 모자람과 넘침도 없는 중도의 가장 안정된 축을 중심으로 삼고 서로 조화를 이루며 공존하고 있다. 따라서 중도의 정신은 만물을 살리는 조화의 마음이다.

그런데 그 속에 주도권을 갖고 존재하는 인간은 선택과 창조의 자유를 부여받고 태어났기 때문에 중도에서 벗어나 제멋대로 기울어지는 경향이 있어서 오늘날 인류사회는 온갖 갈등과 투쟁과 파괴가 그칠 날이 없다. 우리는 보통 남의 문제에 대해서는 비교적 정확한 판단을 내린다. 그러나 자신의 문제, 더욱이 이해관계가 얽힌 문제가 되면 시비의 판단이 흐려져 이따금 후회스러운 결과를 빚는다.

그래서 정각의 도를 추구하며 탐욕을 줄여 가는 노력을 해야 한다. 재상평여수(財上平如水) 인중직사형(人中直似衡)이다. 재물은 평등하기가 물과 같고 인간 내면의 마음의 바르기가 저울과 같도록 노력해야 한다는 것이다.

과학자들은 하늘에 인공위성을 띄울 때는 그 접선방향의 속도가 초속 8㎞는 되어야 한다는 사실을 알았다. 이보다 작은 속도에서는 인공위성이 지구의 중력을 못 이겨 떨어지고, 이보다 큰 속도에서는 중력보다 원심력이 더 커져서 궤도를 벗어나 우주의 미아가 된다. 이처럼 우리가 원하는 어떤 목표를 더도, 덜도 아니게 최적으로 달성시켜주는 변수의 값을 '최적해'라고 부른다. 자연 속에 존재하는 최적해의 개념이 인간사회에 오면 과유불급(過猶不及)이라는 표현으로 나타난다. '지나칠 과(過), 부족할 불(不), 미칠 급(及), 같을 유(猶)'로 지나친 것은 부족한 것과 마찬가지로 나쁘다는 뜻이다.

호메로스의 『오디세이아』에 보면, 트로이가 함락된 뒤 부하들을 이끌고 고향으로 돌아가던 오디세우스는 여신에게서 스킬라가 사는 섬과 카립디스가 사는 해변 사이를 조심해서 지나가라는 조언을 받는다.

괴물 스킬라는 여섯 개의 머리를 가졌고, 각 머리마다 세 겹의 이빨을 갖고 있었으며, 그 목은 거대한 뱀과 같이 길어서 동굴 속에 똬리를 틀고 있다. 그러다가 뱃사람들이 지나면 긴 목을 늘여 한입에 한 사람씩, 모두 여섯 사람을 한꺼번에 집어삼킨다. 때문에 뱃사람들은 되도록 스킬라가 사는 섬에서 멀리 떨어져 항해해야만 했다.

하지만, 그 반대편에는 카립디스가 살고 있었다. 카립디스는 해변 가까이 사는 사나운 소용돌이였다. 그는 매일 세 번씩 무서운 물결 소용돌이를 일으켜 배들을 침몰시키는데, 바다의 신도 이를 막지 못한다. 그래서 뱃사람들은 스킬라를 피하여 해안 가까이 가면 카립디스에게 빨려들고, 카립디스를 피하여 해안에서 멀어지면 스킬라에게 잡혀먹힌다. 오디세우스는 스킬라와 카립디스의 사이를 지나야만 꿈에도 그리는 아내 페넬로페가 기다리는 고향으로 돌아갈 수 있었다. 좌나 우로 치우치지 않는 옴살 맞은 삶, 온전한 인생 노정의 좌표를 은유하고 있다.

최적의 삶은 마음 가는 대로 어린아이처럼 살아가는 것이다. 자연(What is so of yourself)으로 가는 것이다. 주위에 작은 풍요를 더하며, 즐기며, 집착하지(生而不有, 생이불유) 않으며 물 흐르듯(上善若水, 상선약수) 살아가야 한다는 것이다. 이것이 옴살경영의 요체다. 어린아이들의 마음이 평안한 것은 그들에게는 과거의 회한도 미래에 대한 불안도 없기 때문이다. 자신의 현재(What is so of yourself)를 살기 때문이다. 온전히 맡기는 삶, 디태치먼트(Detachment)다.

爲無爲 위무위	하지 않으므로 하며
虛靜 허정	텅 빈 고요함을 귀하게 여기며
生之 생지	삶에 풍요를 보태고
畜之 축지	좋아하는 사람만 사랑하지 않고
生而不有 생이불유	낳으나 소유를 주장치 않고
爲而不恃 위이불시	지으나 내 뜻대로 만들지 않고
長而不宰 장이부재	자라게 하나 지배하지 않네.
玄德 현덕	일컬어 가없는 덕이라 부르네.
득! 得	마침내 얻었도다!
隨緣浮囊 수연부낭!	좋은 인연으로 해탈의 부낭을!

將慾取之 장욕취지	큰 성취를 원하면
必先與之 필선여지	필이 먼저 베풀어야 하나니
取之有道 취지유도	취함의 도리를 알아
知足 지족	족함의 참뜻을 알고
慾而不貪 욕이불탐	열정은 가지나 탐욕하지 않고
若烹小鮮 약팽소선	작은 생선이라도 나누길 원하면 베푸네.
玄祐 현우	일컬어 가없는 복이 함께하는 길이네.

得 득!	마침내 얻었도다!
素位浮囊 소위부낭!	소박한 마음의 부낭을!

陰陽成一 음양성일	음과 양이 합하여 전체를 이루고
陰陽成立 음양성입	음과 양이 합하여져 하나의 개체를 이루고
十二干支 십이간지	12간지가 모여 하나의 원이 되어
十二之圓 십이지원	12간지로 구분되는 원은 360도
半圓成陽 반원성양	원의 반 정도가 양의 수가 되고
圓陽除陰 원양제음	원 360에서 양 144를 제하면 216음의 수가 되어
立補立竝 입보입병	홀로가 홀로를 만나 어우러짐을 만들면
僞德解脫 위덕해탈	덕을 만드는 양의 만남으로 해탈에 이르네.
干補戈幷 간보과병	방패에 창을 더한 음의 만남은
無間地獄 무간지옥	가까이할수록 지옥을 만드네.
月井之心 월정지심	달빛이 우물을 품고 우물이 달빛을 보듬는 사랑
得 득!	마침내 얻었도다!
有言救援 유언구원	신의 말씀을 따라 구원의 부낭을 얻네.

불교의 수연(隨緣), 유교의 소위(素位), 기독교의 유언(有言)을 어우르는 단어가
옴살이다.

유트족의 옴살 '하나'라는 시다.

내 뒤에서 걷지 말라.
나는 지도자가 되고 싶지 않으니까.
내 앞에서 걷지 말라.
나는 추종자가 되고 싶지 않으니까.
내 옆에서 걸으라.
우리가 하나가 될 수 있도록.

세월이 흐르면서 울프가 사랑했던 사람들이 하나둘 천수를 다하기 시작한다. 믿음 소망 사랑, 이 세 가지는 항상 있을진대, 그중에 제일은 사랑이라. 사랑할 대상을 잃어가고 있다. 세 손자 손녀의 정치 역정을 구경하는 것 외에 정 부칠 곳이 없는 울프가 많은 외로움을 느끼는 날들이 이어간다.

'강에 눈은 내리고'라는 당(唐) 시인 유종원의 시를 연상시키는 모습이 나타난다.

새들 자취 사라진 천산
인적 끊긴 만경
외로운 배 하나, 삿갓 쓴 노인
찬 강에 홀로 낚시, 눈은 퍼붓는데

오늘은 '구스멜' 나무 사이의 호숫가에 홀로 앉아 낚시를 드리우고 '고추잠자리'라는 자작시를 읊조리고 있는 모습이 한 마리의 외기러기 같다.

빨간 고추잠자리 한 마리

흔들리는 갈댓잎 위에 나래를 접고

수잠을 잔다.

멀리서 개 짖는 소리

꿈결에 놀란 어린이 마냥

깜짝 나래 짓 하다

다시 잠든다.

지난해

잠자리 날개 치마저고리 입고

두 팔 벌려 활짝 웃어 보이며

시집가던 누이의 모습

오늘은 왠지 먼 산이 뿌옇게 보인다.

11

둠스데이(Doom's-Day)

둠스데이(Doom's-Day)

고대 맥시코인들이 쓴 지구력 등 많은 예언자들이 2012년 지구 종말론을 예견했다. 마야의 예언적 기록은 2012년으로 끝나고 있다. 계절의 대순환인 1원(元)의 격동이 일어나는 해로 2012년을 계산해 냈던 것이다.

16세기 프랑스의 점성학자이며 물리학자인 노스트라다무스(Nostradamus)의 예언서에서 노스트라다무스는 두 번째 밀레니엄의 마지막 날 생각이 눈 깜박일 사이에 먼 곳에 전수되고 유리가 녹아 불꽃의 바다를 이룬다고 묘사하며 예언을 마치고 있다. 'Around the world thoughts shall fly in the twinkling of an eye, As if it were, A sea of glass mixed with colorful fire at the last of second millennium.' 그래서 사람들은 불의 심판에 의한 세기의 종말을 이야기했다. 아니다. 얼음조각들이 빛을 받아 빤짝이고 있는 모습을 묘사한 것이다. 각각의 예언이 빗나갔다고 생각했다. 그러나 각각의 예언이 빗나간 것이 아니다. 단지 여신의 선계복귀 프로그램에 의해 시간 차가 발생했을 뿐이다.

전원 시인 프로스트는 얼음 파멸을 어렴풋이 예견하고 '불과 얼음'이라는 시를 읊었다.

어떤 사람은 이 세상이 불로 끝나리라고 말하고,
어떤 사람은 얼음으로 끝나리라 말한다.

타오르는 욕망을 맛본 나는 불을 선택한 사람들 편에 선다.

하지만 세상이 두 번 망해야 한다면,

이미 증오에 대해 알고 있는 나는 이렇게 말하리라.

얼음도 불 못지않게 충분히 세상을 파멸시키리라고.

울프를 지구로 보내고 헤어진 글로리아와 실비아 두 여신이 지구의 둠스데이를 울프의 향년 144년이 끝나는 날까지 연기를 해줄 것을 창조주께 간청한다. 창조주께서 이 청원을 가납하신다. '천일의 기도'에 대한 자비로 결정된 것이다. 예정되었던 둠스데이가 연기되어버린 것이다.

둠스데이를 지구 최후의 날이라고 표현하는 것은 사실 정확한 표현이 아니다. 현존 인류 문명의 단절이지 지구멸망은 아니다. 지구의 안식회년(安息禧年)이다. 144년이 천 번씩 돌아오는 기간 동안 인류의 기술이 최고조에 달하며 지구의 누적 피로지수가 극에 달하는 해가 지구의 안식년이 된다. 컴퓨터를 다시 켜듯 '리셋(Reset)'하는 것이다. 지구의 표면 전체를 바꾸는 거대한 태풍과도 같은 것이다.

태풍은 태풍의 진로에 존재했던 개체에게는 파괴와 멸망이다. 하지만 태풍은 새로운 생명력과 자양을 가져다주며 썩어 감을 막는 축복이다. 돌에 아름다운 형상을 새기려면 불필요한 부분을 끌과 망치로 떼어내야 하듯이 파괴 없는 새로운 창조는 없다. 안식을 위한 창조적 파괴다.

로마 황제 네로는 이 진리를 알고 있었다. 그리고 인위적으로 왜곡시켰다. 그는 썩어 냄새나는 구 시가지를 불태우며 울고 있었다. 그러나 그의 눈에 비치고 있었던 것은 타오르는 불꽃이 아니라 새로이 건설되어 수천 년간 인류가 문화유산으로 자랑스럽게 생각할 로마의 건축물들이었다.

중국의 지도자 모택동은 네로의 생각을 알고 있었다. 공자사상의 유학에 뿌리를 둔 지성들을 문화혁명이라는 이름 아래 잔인하게 도륙한다. 그리고 삼년 상과 같은 허례허식을 없애고 삼일장과 같은 새로운 실용주의를 정착시킨다. 학문을 없애면 근심이 없다(絶學無憂, 절학무우)라는 도덕경 장 이십 편을 원용한다. 정치적 인기를 버리고 인위적 태풍을 불러온 것이다. 그 결과 중국이 경제대국으로 가는 단초를 놓았다. 등소평이 이 사상을 승계하여 백묘흑묘(白描黑描)론 즉, 쥐를 잡는 고양이가 희든 검든 쥐만 잘 잡으면 된다는 실용주의를 주창하며 경제대국의 싹을 일구어냈다.

동양의 이솝이라 불리며 물아일체의 호접지몽(胡蝶之夢)으로 유명한 장자는 성인(聖人)을 없애고 지략을 버리면 큰 도적이 없어질 것이라 했다. 성인의 말씀에 따른 형식과 규제를 버리면 창의적 변화와 초월, 절대 자유가 살아나 현실에 맞는 상대적 생각이 일어난다고 했다. 인식혁명을 주창한 것이다.

대한민국의 박정희 장군도 창조적 파괴의 의미를 알고 있었다. 군사혁명이라는 인위적 태풍을 통해 경제개발계획을 완수하여 나라를 부강국가반열에 들어서게 하는 초석을 놓는다.

봐라, 처음 그 수줍은 처녀막을 뚫고 꽃이 피어오르는 모습을. 그건 산통이다. 성장의 고통, 개화는 고통이다. 작은 화판을 밀어 올려 태양을 향해 벙글거리는 그 순간이 혁명이다. 차가운 날 삭발을 상상해 보라 얼마나 선덕할 건가. 과거와의 단절, 해탈을 향한 출발의 상징이 삭발이다.

지저스 클라이스트께서 '나는 길이요 진리니…'라고 하셨다. 구원을 향한 출발이 턴 라이트(Turn Light)다. 빛의 방향으로 돌아선다는 회개의 의미다. 영적인 창조적 파괴다. 창조적 파괴는 단순히 변(變)해 가는 것이 아니라 역(易)이다. 역은 낡은 것을 새롭게 만들며 궁한 것을 통하게 만드는 것이다. 통해야만 오래갈 수 있게 된다. 창조적 파괴를 향해 떠나는 이를 보내는 사람들에게는 슬픈 이별과 단절이라는 태풍이다.

지구피부의 수분고갈, 지구골수인 석유자원의 고갈, 전자파와 살충제 등으로 말미암아 벌들이 매년 20%씩 '군집붕괴(Colony Collapse Disorder)'하여 꽃가루 수정을 못해 지구피부를 덮고 있는 식물자원의 고갈현상 등이 나타나면서 지구가 극도의 피로감을 창조주께 호소하여 얻는 휴가다. 대주기 안식회년이다.

꿈속에서 대지가 이렇게 한탄하는 것을 들을 수 있었다. "나는 이미 너무 많은 쓰레기와 시체를 먹었기 때문에 배가 부르고 지쳐 있습니다. 아버지여, 안식을 주소서! 물도 쉬게 해달라고 하고, 더 이상 방해받지 않기를 원하며, 나무도 …. 그 밖의 자연도 그것을 간청하고 있나이다."

고대 이스라엘인들은 144년마다 돌아오는 해를 소주기 희년(禧年)으로 정해 경축했다. 영어로 희년을 뜻하는 '쥬빌리(Jubilee)'란 말은 숫양의 뿔을 일컫는 'Yobel'에서 음을 따온 말이다. 숫양의 뿔로 만든 나팔을 불며 희년의 도래를 알렸다. 이날 숫양이 낳은 건강한 첫째 숫양이 신의 신성한 제물로 바쳐진다. 144년마다 돌아오는 해를 안식의 회년(禧年)으로 하던 전통이 100년에 한 번, 50년, 33년, 25년으로 주기가 짧아지면서 아직도 성베드로 대성당에서 이어지고 있다.

한 세대는 가고 한 세대는 오되 땅은 영원히 그대로 있도다.

해는 떴다가 떴던 곳으로 빨리 돌아가고

모든 강물은 다 바다로 흐르되 바다를 채우지 못하며

어느 곳으로 흐르든지 그리로 연하여 흐르느니라.

이미 있던 것이 후에 다시 있겠고

이미 한 일을 후에 다시 할지라 해 아래는 새것이 없나니.

〈전도서〉

울프의 '가시나무새의 노래'라는 시다.

연초록 봄날이 간다.

봄날이 여름에 쫓겨난 것일까.

신록의 여름이 간다.

여름이 가을에 쫓겨난 것일까.

오색 단풍의 가을이 간다.

가을은 겨울에 쫓겨난 것일까.

겨울에 부는 삭풍은

봄날과의 가름막을 깨고

새 생명을 부르는 가시나무새의 노래다.

지구는 우주의 본질인 움직임 그 자체에 따라 운행되어 가고 있는 것이다. 둠스데이가 오기 2년 전, 울프가 가을부터 동고구려제국의 총령궁을 중심으로 하여 방주 건설을 지휘하고 있다. 안드로이드들이 지름 100m가 넘는 거대한 구스멜을 베어와 반원형의 얼개로 엮어 144명의 거주공간과 지상의 모든 생물들의 유전자원을 모아 보관할 공간을 만든다. 단면적 1.44㎢ 높이 7층으로 지어진다.

1, 2층은 144명이 216일 동안 먹을 양식과 물 그리고 생활용품을 보관할 장소로 만든다. 3, 4, 5층에는 사람들이 살아갈 공간을 만들고, 6층에는 체육과 휴식을 할 수 있는 공간과 주요한 동식물을 복제해 낼 유전자원 보관 캐비닛을 만들었다. 방주 바깥세상의 상황을 관찰할 수 있도록 첨탑을 세웠다. 외벽은 영하 섭씨 216도와 열 온도 144도를 견딜 수 있는 장치를 구비한 방주로 축조한다. 진도 14.4도의 강진에도 전혀 이상이 발생하지 않도록 충격흡수장치를 설치

한다.

울프가 동고구려의 인구를 144,000명 이하로 엄격히 통제해 왔다. 그 이유는 둠스데이 이후 생존자들이 정상적인 일상으로 돌아왔을 때 부패한 시신에게서 변종한 바이러스가 생명을 위협할 것이라는 생각을 염두에 두고 펼친 정책이었다. 마야 문명의 멸망 사유를 울프가 신들의 휴양지에 있을 때 글로리아로부터 들었던 이야기를 기억하고 있었던 것이다.

태제, 동고구려 총령, 그리고 대고구려의 대천간과 그들의 자녀들을 포함하여 총원 144명이 방주에 들어가도록 인원을 선발해두고 있었다. 남녀성비의 균형, 엄중한 건강과 성격테스트, 신민의 자제출신은 14.4세 이하의 나이 제한 등 신세계를 개척해갈 동안 불편을 최소화할 수 있도록 울프가 수년에 걸쳐 꼼꼼히 준비해 온 사항들을 실현에 옮기고 있다.

태제 즉위 70주년 기념식을 마친 봄 아내가 천수를 다한다. 울프는 망망대해에 표류하고 있는 뱃전에 혼자 서 있는 기분을 느끼며 함께 했던 시간들을 회상한다. 오늘의 열정을 마귀에게 점차 내어 주고 있는 모습이다.

'쉼터'를 소망하며 옛날을 회상하는 시간들이 많아진다. 울프의 모작 시다.

바위섬 사이

고목가지에

하얀 나비 한 마리

멀리 바다를 본다.

섬을 지나면 바다요

바다 지나 또 섬이로다.

갈매기 춤을 추며 물새들은 노래해
조는 듯 흰 돛 두세 개 오가는 줄 몰라라.

빨아도 빨아도
닳지 않을 어머니 젖꼭지 같은
섬, 섬, 섬.

흰나비가 앉았던 바위 위에
올해는 하얀 꽃잎이 하나 돋았다.
하얀 꽃잎은 바다를 본다.
당신의 사랑 있었으매
남해는 권태가 아니라 평화였었다.

부코우스키는 결혼이란 섹스를 신성화할 뿐이고 신성화된 섹스는 결국 권태로워지고, 그러다 일처럼 돼버리고 만다. 어디선가 누군가가 지금 이 순간에도 불행을 한탄하면서 스스로 떠맡은 일을 열심히 해내고 있을 거라고 했다. 울프가 아내를 회상하며 진정 바람직한 부부상은 어떤 것일까를 상상하고 있다.

서울 국립박물관의 연꽃 모양을 한 청자연적, 똑같이 생긴 꽃잎들이 정연히 달려 있었는데, 다만 그중에 꽃잎 하나만이 약간 꼬부라져 있다. 이 균형 속에 있는 눈에 그슬리지 않는 파격의 조화, 이것이 부부 사랑이다.

서예의 한 획과 획의 관계보완. 일껏 붓을 가누고 조신해 그은 획이 그만 비뚤어 버린 때 우선 그 부근의 다른 획의 위치나 모양을 바꾸어서 그 실패를 구하는 조화를 가져다주는 사람. 그리하여 어쩌면 잘못과 실수의 누적으로 이루어진 듯한, 실패와 보상과 결함과 사과와 노력들이 점철된 그러기에 인간적 애착이 더 가는 한 폭의 서예가 풍기는 향기와 같은 사람이 되어 주는 것.

여러 가지 형태로 서로가 서로를 의지하고 양보하며 실수와 결함을 감싸주며 간신히 이룩한 성취와 같다. 그중 한 자 한 획이라도 그 생김생김이 그렇지 않았더라면 와르르 열 개가 전부 무너질 것 같은, 심지어 낙관(落款)까지도 전체 속에 융화되어 균형에 한 몫 참여하고 있을 정도의 그 피가 통할 듯 농밀(濃密)한 상호연계와 통일 속의 여백! 흑과 백이 이루는 대립과 조화, 그 '대립과 조화' 그것의 통일이 창출해 내며 드높은 질(質)을 만들어 내는 사람들이 부부다.

두 구름이 흐르다 만나 하나가 된 구름이다. 햇살에 녹은 두 개의 얼음조각이 이제는 하나 되어 흐르는 물이다. 쇠와 고무가 만나 바퀴의 부드러움을 만들어 낸듯한 이종교합이 부부다. 모(矛)와 순(盾)이 만나 아름다운 한 폭의 비단을 수놓아 가는 것이 부부생활이다.

울프가 아내와 걸었던 추억의 길을 걷고 싶어서 남해를 다녀온다. 이승에서의 마지막 여행을 다녀오며 '남해'라는 시를 썼다.

남해를 갔다.

혼자 드리운 한 대의 낚싯대 위에

슬프도록 아름다운

작은 물새 한 마리가 날아 앉았다.

명화다.

돌아와

혼자 대화하며 저녁을 먹었다.

갈등도 없고

허식도 없었다.

주모가 혼자인가를 물었다.

혼자라는 게

슬픈 것인가

아름다운 것인가.

창밖으로 섬 그늘이 보인다.

석양의 섬 그늘 사이로

갈매기의 군무를 모으며

어선 한 척

귀항하고 있다.

모네의 그림처럼 아름다운 명화를 그린다.

만선의 군무

아름다운 한 폭의 그림

갈매기들의 기쁨

그리고

물고기들의 신음소리

기쁨과 신음소리 색깔로 그려진

아름다운

그림. 그림. 그림

눈물이 난다.

울프의 나이 만144세가 된 새벽 울프가 세 지도자들과 식구들을 불러 모은다. 신들의 휴양지에서 가지고 와 아내에게 먹이고 남았던 생명수 11병을 나누어 먹인다.

저녁 11시 59분 전에 144명 전원 방주에 들어가고 12시 정각에 출입구를 폐쇄하도록 지시한다.

이어서 울프가 유언을 남긴다. 스코트 니어링의 '죽기 전에 남긴 유언에서'라는 한 편의 시를 자신의 유언으로 대언한다.

인생의 마지막 순간이 오면
나는 자연스럽게 죽게 되기를 바란다.
나는 병원이 아니고 집에 있기를 바라며
자손 외엔 어떤 의사도 곁에 없기를 바란다.
의학은 삶에 대해 아는 것이 적은 것처럼 보이며
죽음에 대해서도 무지하니까.

그럴 수 있다면 나는 죽음이 가까이 왔을 무렵에
지붕이 없는 탁 트인 전원에 있고 싶다.
그리고 나는 단식을 하다 죽고 싶다.
감히 축복을 바란다면 자다가 죽고 싶다.

생명연장을 위한 어떤 조처도 거부한다.
나는 되도록 빠르고 조용히 가고 싶다.
회한에 젖거나 슬픔에 잠길 필요는 없으니

자리를 함께한 사람들은 마음과 행동에

조용함과 위엄, 이해와 평화로움을 갖춰

죽음의 경험을 함께 나눠 주기 바란다.

나는 힘이 닿는 한 열심히, 충일하게 살아왔으므로

기쁘고 희망에 차서 간다.

죽음은 옮겨감이거나 깨어남이다.

삶의 다른 일처럼 어느 경우든 환영해야 한다.

법이 요구하지 않는 한,

어떤 장의업자나 그밖에 직업으로 시체를 다루는 사람이

이 일에 끼어들어선 안 된다.

내가 죽은 뒤 되도록 빨리 나를 아는 사람들이

내 몸에 작업복을 입혀 침낭 속에 넣은 다음

소박하고 가벼운 나무 상자에 뉘기를 바란다.

상자 안이나 위에 어떤 장식도 치장도 해서는 안 된다.

그렇게 옷을 입힌 몸은

화장터로 보내어 조용히 화장되기를 바란다.

어떤 장례식도 열려서는 안 된다.

어떤 상황에서든

언제 어떤 식으로든

설교사나 목사, 그밖에 직업 종교인이 주관해서는 안 된다.

화장이 끝난 뒤 누군가 나의 재를 거두어

바다가 바라다보이는 나무 아래 뿌려 주기를 바란다.

나는 맑은 의식으로 이 모든 요청을 하는 바이며,

이런 요청이 내 뒤에 계속 살아가는

가장 가까운 사람들에게 존중되기를 바란다.

동고구려 남쪽 잔디밭 '비밀의 장원'이 있는 광장이다. 대형 야영텐트 안에 마련된 침대 위에 울프가 누워 창조주께 드리는 '욥의 시'를 자신의 마지막 기도로 대신하고 있다.

여인에게서 난 사람은 사는 날이 적고 괴로움이 가득하며

그 발생함이 꽃과 같아서 쇠하여지고

그 그림자같이 신속하여 머물지 아니하거늘

…

그 날을 정하셨고 그 달의 수도 당신께 있으므로

그 제한을 정하여 넘어가지 못하게 하셨사온즉

그에게서 눈을 돌이켜 그로 쉬게 하사

품꾼(Hired Man)같이 그 날을 마치게 하옵소서.

울프가 고개를 떨어뜨리며 동고구려 자치국 총령의 손을 놓고 안식한다. 품꾼은 품꾼의 날을 마칠 때 일의 성과에 따라 상급 또는 약속된 보상을 받게 된다. 삶에 있어서도 마찬가지다. 결산, 마감의 날이 있다. 마감은 새로운 시작을

의미하고 있다. 굼벵이가 변해서 매미가 되어 가을바람에 맑은 이슬을 마시고, 폐초 더미에서 부화된 반딧불이 자라 여름밤 빛을 내기 시작하는 것과 같은 새로운 시작이다. 자연은 창조주의 산교육장이다. 자연 즉, 사물을 통해 삶의 지혜를 얻어 창조의 근원을 이해해 간다는 격물치지(格物致知)다.

품꾼의 숙제는 품삯을 받는 것이다. 품삯은 레테의 강을 넘을 때 필요한 부낭(浮囊 : Surfing Board)을 말한다. 석씨수연(釋氏隨緣), 오유소위(吾儒素位), 성서유언(聖書有言)이다. 불가에서 말하는 수연(隨緣)이란 세상에서 자기의 처신으로 좋은 인연을 만들어 얻는 것이며, 유교에서는 소위(素位)라 하여 자기의 분수를 지켜 타를 넘보지 않을 때 얻는 것을 말한다. 기독성서에서의 유언(有言 : 태초에 말씀이 계셨느니라)이란 성서 즉, 말씀을 믿으면 영생의 구원을 얻는다는 것이다. 공히 부낭을 얻는다는 것이다.

이것은 삶이라는 바닷가에서 모래성을 쌓고 놀든 아이들이 저녁이 되어 집으로 돌아갔을 때 숙제를 마치지 않고 놀다가 온 아이들은 어머니로부터 야단을 맞는 것과 같은 의미다.

결산의 날 받는 품삯인 부낭의 크기에 따라 레테의 강을 안전하게 넘나들 수 있다는 것이다. 많은 공덕에 따른 큰 부낭을 타고 강을 넘으면서 강물을 적게 마시면서 넘어온 사람의 DNA 속에 전생에서 훈습된 경험축적이 남아 있어 재능을 발휘하기도 한다. 천재 예술가, 천재 작가, 천재 과학자들이 그 예다.

영국의 시인 밀턴은 『실락원』에서 저승 앞을 흐르는 강에 대해 이렇게 썼다.

무서운 '증오의 강'에는 죽음 같은 증오의 물결
깊고 검은 '시름의 강', 참혹한 '비통의 강'
회한의 흐름에서 통곡 소리가 들린다.

용솟음치는 불길의 폭포가 이글거리는 '불의 강'

여기에서 멀리 떨어져 조용히 흐르는 '망각의 강' 레테다.

이 강물을 마시는 자는 전생의 삶과 존재,

희로애락을 모두 잊는다.

비통의 강이라 불리는 아케론 강에는 카론이라는 뱃사공 영감이 있다. 이 영감이 바닥이 없는 소가죽 배로 혼령들을 강 건너쪽, 즉 피안으로 실어다 준다. 성미가 까다로운 이 영감에게 뱃삯으로 엽전 한 닢이라도 주어야 강을 건네준다. 뱃삯이 없는 혼령들은 안개 속에서 다른 뱃길을 찾으려고 216년 동안을 헤매며 방황하게 된다. 엽전의 의미가 이승에서 베푼 은덕이다.

조선시대 허난설헌의 스승인 이달(李達)이라는 시인의 밀어내는 삶을 살지 말라는 권유의 '대추 따기를 노래함'이다.

이웃집 꼬마가 와서 대추를 따네

늙은이가 문을 나와 꼬마를 내쫓네

꼬마가 홱 돌아서며 늙은이에게 하는 말

내년 대추 익을 때까지 살지도 못할 거면서

신의 마지막 자비의 강물이 흐르는 레테다. 추억의 슬프고도 아름다운 해독제가 흐르는 망각의 강 레테를 건너면 벌판이 나온다. 오른쪽으로 144m의 폭으로 나 있는 길로 가면 극락의 들판인 엘리시온(Elysion)이 나온다. 벌판에서 오른쪽으로 가지 않고 왼쪽으로 216m의 넓은 길로 가면 무한 지옥인 타르타로스가 나온다.

누구나 한번은 맞이하는 죽음이라는 필연의 결산이 있다는 것이다. 결산의 날이 삶의 전 과정을 마감하는 사건이다. 그래서 삶 속에서의 일 추진에 있어 씨를 뿌릴 때가 있고 거둘 때가 있으며 곳간에 드릴 때가 있음을 알아야 한다. 결산의 그날을 엄숙하게 준비해야 한다는 것이다. 신의 공의에 의한 인간통제가 있음을 알아야 한다는 것이다. 만약 신에 의한 영혼불멸의 통제가 없다면, 앞선 위인들이 이 불멸의 영광을 얻기 위해 그렇게 열심히 노력하지 않았을 것이다. 삶이라는 축제가 끝나갈 때를 상상해보자. 무엇을 느끼겠는가? 허탈이냐, 충일이냐.

사는 동안에 기뻐하며 청년의 날을 즐기며 마음에 원하는 길을 가라 그러나 창조주의 정하신 날을 기억하라. 품꾼같이 품삯을 받는 그날을 맞으라.

사티아지트 레이의 '길의 노래'라는 영화 중 늙은 아운티의 죽음이야말로 자연의 중요한 일부라는 노래다.

먼저 온 사람은 떠나고 나 홀로 남았네.

빈털터리 거지처럼.

낮의 문이 닫히고 밤의 장막이 내리네.

날 강 건너로 태워다 주오.

울프는 품꾼의 마지막 날과 같은 삶의 종착점의 존재를 알고 있었다.

자녀들과 손자 손녀들이 중심이 되어 울프의 유언대로 장례를 치른다.

오전에 임종, 오후에 장례절차를 전부 마친다.

화장이 끝나는 순간이다. 침향이 사방으로 퍼지면서 보랏빛 광채가 하늘을 덮는다. 금아와 은아 그리고 10명의 팀장을 포함한 144,012의 안드로이드들이 보랏빛 광채를 흩뿌리며 서쪽 하늘로 날아가고 있다. 칠성별로 사라진다.

밤 12시 정확히 방주의 문이 닫힌다.

태양과 내행성 그리고 지구가 내합으로 직렬한다.

순간 지구의 자기장이 소멸된다.

우주 복사선과 혜성들이 지구로 쏟아져 들어온다.

12시 00분 01초에 216,000메가톤의 거대한 혜성이 지구를 때린다.

먼지가 일어나며 하늘을 뒤덮는다.

지구 곳곳의 화산이 폭발한다.

마그마가 분출하며 노스트라다무스가 보았다는 빛의 향연이 시작된다.

마그마가 윤활유 역할을 하며 지구의 균열을 막아주고 있다.

마그마가 바다로 유입되며 수증기가 분출하며 하늘을 덮는다.

태양열이 차단된다.

지구가 급속히 냉각하기 시작한다.

눈이 내려 쌓인다. 깊은 계곡에는 216m까지 쌓인다.

지구가 새로운 빙하기를 맞는다.

얼음 덩어리(Frozen Planet)로 변한다.

영하 마이너스 144도까지 떨어지면서 암흑의 날이 216일간 계속된다.

울프가 그토록 사랑하며 매일 위하여 기도하던 자녀들과 손자 손녀를 포함한 144명은 방주 속 생활을 어떻게 이어가고 있을까. 완전한 암흑 속이라 신들마저도 들여다보지 못하고 궁금해하고 있다.

사랑이 깊을수록 사소한 염려도 두려움이 된다.

사소한 두려움이 커지는 곳에 큰 사랑이 자란다.

〈햄릿 3장〉

12

어디로 가시는 누구신교?

어디로 가시는 누구신교?

둠스데이(Doom's-Day) 이후 216일이 지난 날 아침, 동고구려 쪽에서 눈 속을 헤치며 무음의 자기자장부상 날틀들이 날아 나오고 있다. 12명씩 12대의 날틀에 분승한 144명의 인원이 방주에서 나오고 있는 모습이다. 요한계시록 14장 3절 '새 노래를 부르니 땅에서 구속(救贖)함을 얻은 십사만 사천 인밖에는 없드라'의 대표 수인 144의 예언이 종료되는 순간이다. 지구의 새날이 시작되고 있는 것이다.

혜성이 타고 남은 자리에 수없이 많은 금강석과 금덩어리들이 번쩍이고 있다. 지구별과 충돌할 때 발생한 고열에 의해 탄소덩어리가 금강석으로 굳은 것이다. 또한 수억 광년 밖에서부터 별들의 충격과 감마선 폭발에서 튕겨져 나온 혜성이 금을 생성했던 것이다. 별들이 죽을 때 남기는 선물이 금이다.

모처럼 밝은 태양빛과 보석들을 바라보며 즐거운 탄성을 발하고 있는 144명의 모습을 울프가 칠성궁에서 바라보며 기쁜 얼굴로 '쌀벌레의 꿈'이라는 자신의 시를 음송하고 있다.

키 높이로 쌓인 눈밭 사이로
눈썰매 지나간 외길이
모네의 그림같이 아름답다.

강 건너 저편에

파란 새 생명을 안은 관목 숲 사이로

어린아이들의 해맑은 웃음이 드려온다.

봄볕에 반사된 은빛보석의 눈부심이 다가올 때

쌀벌레는

쌀알 속에 파놓은 외길을 통해 새봄의 파란 꿈을 본다.

울프는 아브라함이 거주하는 천국의 맞은편 칠성궁에 가 있다. 여신 실비아의 간청과 울프의 기도에 못 이긴 창조주께서 칠성궁으로 배속해 주신 것이다. 글로리아가 많은 도움을 보탰다. 울프가 신들의 휴양지에 있을 때 천국이 싫다고 천 년 동안 글로리아에게 부탁한 결과를 얻은 것이다.

칠성궁은 레테의 강을 건넌 후 7.2일이 경과해야 건널 수 있는 삼도천(三途川) 너머에 있다. 삼도천은 아무나 건널 수 있는 강이 아니다. 이 강을 건널 수 있는 영혼에게는 일정한 조건이 제시된다. 극선 극악하지 않았던 인간이 바로 그것이다. 너무나 착하기만 했어도 안 되고, 너무 악했던 사람도 건널 수 없다.

그리스 비극의 주인공 아가멤논은 어느 해에 자신의 왕국에서 태어난 가장 예쁜 아이를 달빛의 여신 디아나에게 바치기로 약속했다. 그런데 그해에 태어난 아이 중에서는 자기 딸보다 더 예쁜 아이가 없었기에 그는 자신의 딸 이피레니아를 제물로 바쳤다. 유익함보다 약속이라는 도덕적인 선을 택한 아가멤논은 삼도천을 넘지 못했다.

외눈이가 장가를 갔다. 신랑이 애꾸라는 사실을 신부는 첫날밤에야 비로소 알게 되었다.

신부: 당신이 애꾸라는 사실을 내게 숨겼군요.

외눈이: 예전에 내가 당신에게 편지로 고백하지 않았소?

신부는 외눈이에게서 받았던 연애편지들을 당장 찾아보다가 이윽고 그 편지를 찾아냈다. 그 편지에는 이렇게 쓰여 있었다. '한눈에 반했소.' 이렇게 살다간 외눈이는 삼도천을 넘어갔다.

화장실 벽에 낙서가 있었다.

신은 죽었다. - 니체

니체 너는 죽었다. - 신

너희 둘 다 잡히면 죽는다. - 청소아줌마

청소아줌마도 사후에 삼도천을 넘어갔다.

'제세가'에는 제나라의 왕 장공이 최저의 아내를 탐하다가 살해되는 내용이 나온다. 왕조 시대에는 왕에 대한 맹목적인 충성이 도덕의 기본으로 강조되던 시대였었다. 당시 재상이던 안영은 군주를 모시던 재상으로서 최저를 당연히 응징해야 했을 테지만 안영은 그렇게 하지 않았다. 안영은 "군주께서 국가를 위해 죽었다면 나도 따라 죽겠다. 그러나 개인적인 일로 죽었다면 그건 스스로 감당하셔야 한다." 이렇게 말하고 장공의 주검에 엎드려 한바탕 곡하는 것으로 끝낸다. 그렇게 살다가 사후에 삼도천을 넘어갔다.

'길가에 혼자 뒹구는 저 작은 돌처럼 살기를 노래했던 시인 에밀리 디킨슨도 삼도천을 넘어갔다.

길에서 혼자 뒹구는 저 작은 돌 얼마나 행복할까요.

세상에 출세는 아랑곳없고 급한 일 일어날까 걱정도 없어요.

어느 우주가 지나가다 자연의 갈색 옷을 입혀 줬고요.

나 홀로 빛나는 태양처럼 다른 데 의지하지 않고

꾸미지 않고 소박하게 살면서 하늘의 뜻을 온전히 따르네요.

삼도천은 타협의 양지(良知)를 아는 중용적인 인간을 요구했다. 적당하게 살 때 삶의 기쁨을 제대로 맛볼 수 있다는 것이다(Be moderate in order to taste the joys of life in abundance). 착한 일을 하더라도 명예에 가까이 가지 말며, 나쁜 일을 해도 형벌에 가까이 가지 말라는 것이다. 그물에 걸리지 않는 바람같이.

인생이란 짧은 것이니, 급히 서두를 것이 없이, 쉴 때는 쉬고 즐길 때는 즐기며 살라던 황진이도 삼도천을 넘어갔다.

청산리 벽계수야 수이 감을 자랑마라

일도창해하면 돌아오기 어려우니

명월이 만건곤하니 쉬어간들 어떠리

울프가 노년에 자주하던 기도의 한 구절이다. 어느 수녀의 기도 시다.

적당히 착하게 해주소서.

저는 성인까지는 되고 싶은 마음은 추호도 없습니다.

어떤 성인들은 더불어 살기가 너무 어려우니까요.

그저 심술궂은 늙은이만 되지 않게 하시고

적당히 겸손한 마음을 주시오소서.

제 기억이 다른 사람의 기억과 부딪칠 때

혹시나 하는 마음이 들게 하셔서

그리하여 마귀의 자랑거리가 되지 않도록 지켜주소서. 아멘.

통속에서 생활하며 가진 것이 너무 많다며 물 떠먹는 주발마저도 강물에 던진, 현자라 칭송되는 디오게네스가 알렉산더 대왕의 방문을 받는다. 눈부신 햇살을 받으며 황금 박차와 갑옷으로 위풍 당당히 차려입은 알렉산더가 물었다. "디오게네스, 원하는 게 무엇인가?", "옆으로 한 발짝만 비켜 주십시오. 햇빛이 가렸잖습니까." 철저한 무소유의 철학자 디오게네스, 그리고 세계를 탐한 대정복자 알렉산더 대왕은 30대에 죽었다. 둘 다 삼도천을 넘지 못했다.

금욕을 위해 나무 샌들에 가시 안창을 깔고 일 년의 반은 엄격하게 금식했고, 나머지 반은 주로 나무뿌리로 연명했던 트라피스트 수도사들은 세상에 무엇을 남기고 무엇을 가지고 어디로 이 땅을 떠났던가? 금욕도 허욕이다.

고대 수도원에서는 수도사들을 통제하기 위해 교만, 탐욕 나태, 탐식, 호색, 시기, 분노를 일곱 가지 대죄(大罪)라 규정했다. 이것을 서기 590년에 그레고리 교황이 『욥기의 교훈』이라는 책으로 정리하면서 인간이 죄의식 속에서 신을 갈망하며 살게 만들었다. 일상을 사는 인간 전부가 죄인이라는 것이다. 그러나 아니다. 적당히 대죄를 범하며 사는 삶이 열정적이며 건강하게 사는 삶이다.

영웅과 철학자와 수도사의 삶은 피곤하다. 적당히, 부지런히 중도를 사는 것이 좋다. 번성함은 쇠퇴함의 시작이며, 영광은 치욕의 징조이고, 소득은 상실의 원인임을 알아 적당한 욕심으로 삶을 즐기다 가라는 욕이불탐(慾而不貪)이다.

조선조 말 어느 양반집에 세 딸이 있었는데, 첫날밤 완고(頑固)라는 이름의 첫째 딸은 옷 벗기를 거부하다가 소박을 맞는다. 둘째 딸 개화(開化)는 언니가 소박맞은 것을 계기로 삼아 미리 옷을 벗었다가 소박을 맞는다. 셋째 딸 중도(中道)는 두 언니의 경험을 토대로 어찌할 줄 몰라 하다가 남편의 인도를 성심껏 따른다. 남편이 밤을 즐거워하여 활기찬 나날을 보낸다.

9세기 아일랜드의 왕 코막의 '충고'라는 시다.

너무 똑똑하지도 말고, 너무 어리석지도 말라.

너무 나서지도 말고, 너무 물러서지도 말라.

너무 거만하지도 말고, 너무 겸손하지도 말라.

너무 떠들지도 말고, 너무 침묵하지도 말라.

너무 강하지도 말고, 너무 약하지도 말라.

너무 똑똑하면 사람들이 너무 많은 걸 기대해 피곤할 것이다.

너무 어리석으면 사람들이 속이려 할 것이다.

너무 거만하면 까다로운 사람으로 여길 것이고

너무 겸손하면 존중하지 않을 것이다.

너무 말이 많으면 말에 무게가 없고

너무 침묵하면 아무도 관심 갖지 않을 것이다.

너무 강하면 부러질 것이고

너무 약하면 부서질 것이다.

최후의 만찬에 등장하는 성배(聖杯)에 관한 일화다. 어느 날 아서(Arthu)왕과 원탁의 기사들이 모두 모여 있는 자리에 신비한 성배의 환상이 나타났다. 천사가 하얀 천으로 덮인 성배를 들고 문으로 들어왔다. 성배가 지나가는 자리마다 각자가 원하는 음식이 식탁에 차려졌고 주변은 향내로 가득 찼다. 그 자리에 있던 사람들은 뭐라 말할 수 없는 신성한 분위기에 휩싸였다. 이 신비스러운 일을 경험한 기사들은 자신들이 본 그 성배를 찾아오겠노라고 왕에게 맹세하고 길을 떠난다.

이 모험의 여정에서 성배를 처음 만나는 기사의 이름이 퍼시벌(Percival)이다. 이 이름은 '중간을 꿰뚫음(Perce a val)'이란 뜻이다. 옴살이다. 동양적 표현을 빌리면 중도다. 중용의 인간이 성배를 찾게 된다는 이야기다.

신부와 목사와 랍비, 세 사람이 식사를 같이했다. 세 사람 앞에 생선 한 마리가 놓였다. 신부가 "로마 법왕이 교회의 우두머리이므로 내가 머리 부분을 먹겠습니다." 생선의 머리 부분을 자기 접시에 가져갔다. 다음에는 목사가 "우리는 최후의 진리를 알고 있습니다." 그러면서 꼬리를 제 접시로 가져갔다. 랍비가 신부와 목사를 바라보면서 "우리는 양극단을 싫어합니다." 하면서 통통한 몸통 부분을 자기 접시에 담았다.

울프는 중용의 실용주의자다. 형식과 규범이 만드는 번거롭고 무거운 분위기를 싫어하는 성격이다. 예를 들면 명절날 교통체증을 겪으면서 먼 길을 달려와 잠깐 얼굴을 대하고 돌아가는 형식을 싫어한다. 그리고 직선적이다. 너무 고상하고 너무 선한 것도 치열함도 싫어한다. 그저 수더분하고 편한 것을 좋아한다.

음식도 적당히 알맞게, 술도 알맞게 취함을 좋아하고, 꽃도 반쯤 핀 것을 좋아하고, 재물이 지나치면 근심이 생기고, 너무 가난하면 고생스럽다고 생각해 적당히 가난을 면하게 해달라고 기도하고, 인생의 반은 달고도 쓰다고 생각하며, 도시와 시골의 중간에 살면서, 적당히 일하고 적당히 놀기를 좋아해 명퇴를 신청하고, 중용가(中庸歌)를 즐겨 읊조리던 울프.

큰 도(道)는 작은 일상에 있다며 읊조리던 율곡의 중용가다.

물고기 뛰고 솔개 나니 위아래가 한 가지인데
이것은 색(色)도 아니고 또한 공(空)도 아니라네.
무심히 한 번 웃고 신세를 돌아보니
석양의 나무숲 속에 홀로 서 있네.

그래서 울프는 삼도천 너머에 있는 칠성궁을 소망했던 것이다. 치열하게 거룩하고 선한 삶을 살다 온 영혼들이 사는 천국을 마다하고 칠성궁에서 지구를 바라보며 추억에 잠기는 것을 낙으로 삼고 있다.

오늘도 전해주고 싶은 많은 이야기들을 갖고 있는 표정으로 지구를 바라보고 있다. 그러나 헤르메스 외에는 레테의 강을 다시 넘어갈 수가 없다. 아쉬워하는 것이 있다면 지구의 축이 23.5도보다 더 많이 기울어져 있다는 것이다. 종말의 날 혜성의 충격으로 지구의 축이 약간 더 기울어져 있다.

지구의 자전과 공전현상에 의해 사계절 중 봄에만, 그것도 낮 시간 중 짧은 시간 동안만 동고구려를 바라볼 수 있다. 바다처럼 섞이지 않고 서로에게 부딪치는 파도 같은 것이 진정한 사랑이라는 것을 입으로는 말하면서 간섭하는 습관을 별나라에 와서도 못 고치고 안절부절못하며 지구를 바라보고 있는 모습이다.

오늘은 민, 하, 예원이 자신들의 손자 손녀들을 데리고 동고구려 남쪽 연못가에서 천렵을 즐기고 있는 모습을 내려다보고 있다. 민과 하가 물고기를 낚고 있을 동안 예원이 어린 손자 손녀들을 불러 모아 옛날이야기를 들려주고 있다. 봄날 노란 여우 두 마리의 외출이라는 얘기다.

개나리가 만발한 따뜻한 봄, 보리가 노랗게 익어가고 있는 어느 날 택시 한 대가 보리밭 옆길을 지나가고 있었단다. 노란 옷을 예쁘게 차려입은 두 어린 소녀가 택시를 향해 손을 흔들고 있었어. 그래서 택시를 세우고 기사 아저씨가 물었지.

"어린아이들이 택시를 타고 어디를 가려고 그러니?"

"아저씨, 저희들은 택시가 하도 신기해서 그러니 조금만 태워 주실 수 없을까요?" 하고 두 소녀가 방긋 웃는다. 너무나 귀여운 마음이 들어 아이들을 태워준다. 보리밭 주위를 한 바퀴 돌아와 내려주고 그날의 일을 마친 후 집으로 돌아왔단다.

내일의 출근을 위해 택시를 청소하던 기사 아저씨가 뒷좌석에 노란털이 군데군데 묻어 있는 것을 발견하였단다. 노란 여우털이었어. 기사 아저씨가 가만히 생각해보니 아이들을 태워준 곳에서는 인가가 먼 곳이었어. 어린 두 소녀가 그곳에 있었다는 것이 이상하다는 생각이 들었지.

'맞아! 틀림없이 어린 여우들이 인간으로 변신한 거였어!'

집으로 돌아온 어린 여우 두 마리가 엄마 여우에게 택시를 타보았다는 자랑을 했지. 엄마 여우가 깜짝 놀란 표정으로 두 아기 여우에게 말했어. 세상에서 가장 무서운 동물이 사람들이니까, 절대로 가까이 접근해서는 안 된다는 훈계를 했지. 두 어린 여우가 가만히 생각해보니 정말 친절한 동물이었는데 엄마의 이야기가 진실인지 몰라 하면서 두 눈을 깜빡이면서 엄마를 처다봤단다. 엄마 눈에는 진실한 사랑이 담겨 있었어.

"사랑의 색깔이 어떤 색깔일까요?" 하고 예원이 손자 손녀들에게 묻고 있었다. 외할아버지인 울프가 강화도에서 어린 예원에게 들려주던 옛날이야기를 예원이가 다시 자기의 손자 손녀들에게 들려주고 있는 모습이다.

한 세대는 가고 한 세대는 오되 땅은 영원히 그대로 있도다.

이미 있던 것이 후에 다시 있겠고 이미 한 일을 후에 다시 할지라.

해 아래는 새것이 없나니.

〈바이블〉

한번만 가봤으면 하고 울프가 긴 한숨을 토하면서 창조주가 레테의 강을 헤르메스 외에 그 누구도 넘지 못하게 한 이유를 생각해 본다. 어느 날 창조주이며 절대권자인 신이 인간의 모습으로 세상에 와서 부자를 만나 자기를 신으로 믿으면 천당에 보내 주겠다고 권유한다. 그러나 부자는 그의 말을 믿지 않았다. 그래서 그는 지옥을 가게 되었는데 거기서 그는 세상에 살 때 자기 집에 자주 동냥 오던 거지가 건너편 아름다운 천당에서 살고 있는 것을 발견하고 신에게 간청한다. 나를 한번만 세상에 다시 보내주면 내가 사랑했던 가족들에게 당신의 실존을 믿게 하여 천당에 보내게 하고 싶다고. 그러나 신은 이렇게 대답했다. 내가 직접 세상에 가도 나를 믿지 않았거늘 하물며 네가 가서 권하면 귀신의 이야기라 더욱 믿지 않을 것이라고.

셰익스피어의 희극 햄릿에서 주인공 햄릿이 선친의 영혼이 주는 정보를 믿어야 할지를 두고 고민하면서 "이것이냐 아니면 저것이냐, 그것이 문제로다(To be or not to be, that is question)"를 되뇌는 것으로 유명하다. 주인공 햄릿에게 선친의 영혼이 나타나 자기의 독살을 얘기해주며 복수를 아들 햄릿에게 부탁한다. 이 때로부터 햄릿은 진정 자기를 사랑한 아버지의 영혼이 자기에게 정보를 준 것인지 아니면 망령의 거짓 정보인지를 두고 고민하게 된다. 왜냐하면 아버지의 영혼이 준 정보를 검증할 길이 없었기 때문이다. 만에 하나 마귀의 음모라면 아버지의 대를 이어 왕으로 등극한 숙부를 살해하는 엄청난 죄악의 우를 범하는 결과를 초래하게 되며 재혼한 어머니를 다시 과부로 만들기 때문이었다.

부족한 믿음이 우리를 주저하게 만든다. 신의 존재에 대한 배팅과 부재에 대한 배팅 사이에서 선택할 수 있는 유일한 길은 신이 존재하는 결과가 존재하지 않는 결과보다 더 바람직한지 또는 어떤 의미로 더 가치 있는지의 여부로 결정짓는 것이다.

태양빛이 진하면 그 그림자 또한 진하다. 신들의 휴양지에서 얻어 마신 생명수가 레테의 강물 효능을 약하게 만들어 울프가 가끔 지구의 추억을 회상하며 우울한 시간을 보내기도 하는 부작용을 가져온다. 울프가 선잠을 자며 꿈을 꾼다. 꿈속에서 '오수'라는 자작시를 읊고 있다.

고향집 대청마루 위

한여름 오수

매미가 졸린 목소리로 운다.

소낙비가 내린다.

낙숫물 소리

물의 장막에 어머니 냄새

아늑함을 느낀다.

섬돌 위에 벗어둔 고무신 위로 낙수가 튄다.

마루 밑에서 잠자던 강아지 기지개 켠다.

주야가 들어와 옆에 누우며 웃는다.

옥이, 석이, 숙이도 따라 들어와 앉는다.

이야기들을 나눈다.

삶은, 따뜻한

감자가 먹고 싶다는 얘기도 나눈다.

창틀에 고운 들새 한 마리

오지 못한 친구를 대신해 왔나 보다.

지나치게 의인이 되지 않으며 지나치게 지혜자도 되지 않았던 자, 지나치게 악인이 되지 않았으며 지나치게 우매자도 되지 않고 신의 임계장력 속에서 옴살 맞게 낭만을 즐기며 살았던 자, 울프가 돌아간 곳 삼도천 너머에 있는 칠성궁. 그곳에도 겨울이 찾아온다. 신들의 영성훈련 기간이 겨울이다. 모든 신들이 활동을 줄이고 침묵의 시간을 갖는 기간이다. 그래서 별 전체가 고요에 잠겨있다.

만월의 달빛이 교교히 비치는 밤이면 울프는 잠을 못들고 뒤척이다가 일어나 사립문을 밀고 밖으로 나와 시냇물가를 걷는 습관이 생겼다. 한참 운동을 하고 지친 몸을 만든 후 잠을 청하러 간다. 신들의 휴양지에서 얻어 마신 생명수가 레테의 강물 효능을 약하게 만든 부작용이 이어지고 있는 것이다.

어느 겨울 보름 13일의 금요일, 그날도 울프가 잠 못 들고 음산한 귀기를 동반하고 달빛이 교교히 쏟아지는 동구 밖으로 걸어 나와 어렴풋이 보이는 지구 쪽을 바라보며 "민아- 우야-" 하면서 소리치고 있다.

이때 어린아이들이 이상한 옷들로 얼굴을 가리고 울프 앞에 나타나 소리를 지른다. 즐거워하는 울프의 모습을 보기 위해 아이들이 깜짝 파티(Surprise Party)를 마련한 것이다.

평소 단것을 좋아하는 울프는 항상 주머니 속에 사탕이나 초콜릿 종류를 넣고 다닌다. 혹 길에서 만난 아이들이 살갑게 인사하면 14.4억 불짜리 미소와 함께 단것을 하나씩 내어 준다. 동네 어린이들 사이에서 인기 일 순위의 할아버지가 된 것이었다.

어느 달 밝은 날 밤, 한 아이가 소변을 보며 무심히 창밖을 보니 울프가 쓸쓸한 표정으로 동구 밖으로 나가는 것을 보았다. 또 다른 날 우연히 똑같은 장면을 목격하고 울프의 습관을 알게 된 것이다. 친구들을 불러 모아 울프를 즐겁게 해 줄 궁리를 해낸 것이다.

추위도 피할 겸, 놀라게도 해줄 겸해서 이상한 복장들을 하고 달밤에 울프 앞에 나타나 고함과 함께 박수를 치고 있는 것이다. 한 아이가 선창을 하면 나머지 아이들이 후창을 한다. "천사면 쿠키를 주고, 악마면 물러가라!"는 선창에 이어 나머지 아이들이 "헬로! 아이 원어 쿠키!"를 외친다. "헬로! 아이 원어 초콜릿!"을 외치면 "헬로! 아이 원어 캔디!"를 외치며 후창을 하고 있는 것이다.

이때, 깊은 밤 아이들이 이상한 복장을 하고 집을 나서는 것을 괴이하게 여긴 요정 팅커벨이 반딧불들을 불러 모아 아이들의 뒤를 밟던 중 이상한 장면을 목격하게 된 것이다.

무슨 일인가 하고 확인하기 위해 메두사가 준 거울로 달빛을 모아 비춰본다. 순간 이 장면이 북아메리카 쪽 과거의 시간에 반사된다. 이후 북아메리카 쪽에 사는 사람들은 13일의 금요일 보름밤에는 귀기를 느끼게 된다는 풍설이 나돌게 된다.

더 재미있는 것은 이때부터 '할로윈 데이'가 생겨난 것이다. 많은 아이들이 '헬로! 아이 원어 쿠키!'를 외치는 소리와 '헬로! 아이 원어 초콜릿!' 하고 외치는 소리에서 중복되어 울려 나오는 소리가 '할로윈'으로 청음된 것이다. 할로(hallow)에 원(want)이 더해져서 '할로윈'으로 들린 것이다.

마귀나 괴물로 분장한 아이들이 여러 집을 돌면서 한 아이가 "장난을 칠까요? 아니면 대접해 줄래요?(trick or treat?)"를 선창하면 나머지 아이들이 "아이 원어 초콜릿! 쿠키!" 하고 후창한다. 짓궂은 운명의 여신도 대접을 잘하면 지나간다는 은유의 '할로윈 데이'다.

욕취선여(欲取先與)

먼저 베풀면 성공한다.

동양 사람이 '멍멍' 하면 서양 사람의 귀에 '바우와우'로 들리고, '꼬끼요' 하면 '쿠쿠두들두' 하고 들리듯 울프의 '민아- 우야-' 하고 부르던 소리가 북아메리카 사람들 귀에는 늑대가 달을 쳐다보며 '우-우-우' 하고 울부짖는 슬픈 소리로 투영된 것이다.

멍멍도 진리고 바우와우도 진리다. 사람들은 까마귀가 검다고 생각한다. 하지만 햇빛이 비추면 자주색으로 반짝거리다가, 눈이 어른거린다 싶으면 비취색으로 변한다. 본래 적오(赤烏)라고 해서 옛 벽화에서는 붉은색으로 나타냈다. 검다고 하는 것은 세상이 정해준 관습을 그대로 믿어왔기 때문이다. 별은 으레 불가사리 모양으로 그리고, 무지개는 일곱 가지 색뿐이라고 믿는다. 그러나 항성의 별은 지구와 마찬가지로 둥근 모양이다. 무지개는 실제로는 무수한 색을 갖고 있다.

인간이 잡초라고 부르는 식물은 물과 영양이 부족해도 광합성이 뛰어나 다른 식물보다 잘 자란다. 벼나 보리는 탄소(C)가 3C로 탄수화물을 합성하지만 잡초라 불리는 들풀과 같은 식물들은 4C로 합성하는 첨단우수종이다. 그러나 인간의 편리와 필요로 볼 때면 골치 아픈 잡초다. 농부가 잡초라 부르며 괴로워하는 것을 시인은 아름다운 들꽃이라 부른다. 옥수수도 4C합성식물이다. 옥수수는 물과 영양이 적은 땅에서도 잘 자란다. 옥수수가 잡초인가? 옥수수도 인간이 먹지 않으면 잡초다. 지구의 입장에서는 우리가 잡초라 부르는 식물이 자신을 푸르게 만드는 영양초다.

박제가의 '위인부령화'라는 시다.

붉다는 한 글자만을 가지고
눈앞의 온갖 꽃을 말하지 말라.
꽃술에는 많고 적고 차이 있거니
꼼꼼히 하나하나 살펴봐야지.

진리는 시간과 공간과 문화의 차이에 따라 변한다. 창조주의 존재라는 불변 진리 외에 모든 지식은 시간 속에서 변한다. 우리는 아무것도 확신할 수 없다. 마술(Magic)로 인식되어 오던 의료시술도 병균의 존재가 규명되면서 과학(Science)으로 인정받았다. 우리가 믿는 모든 사실에는 지식 반감기(The half-life of facts)가 있다. 공감대가 형성된 상황윤리에 자비를 보태면 진정한 진리가 된다.

깊어가는 가을날 인디언 청년이 경륜 높은 추장에게 다가올 겨울 추위에 대해 물었다. 추장은 아무래도 전문 지식이 있을 것 같은 기상청에 알아보는 것이 현명할 거라고 답했다. 인디언 청년의 전화를 접한 기상청 직원은 가끔은 추위가 있을 거라는 애매모호한 대답을 줄 능력밖에 없었다. 이 대답을 전해 들은 추장은 청년에게 만사 준비해서 손해 보는 일이 없을 거라며 철저한 겨울나기 대비를 지시했다. 이때부터 인디언들은 땔감을 열심히 모으기 시작했다. 땔감을 열심히 준비한다는 인디언들의 소식을 전해 들은 기상청 직원은 이때부터 "올겨울은 진실로 혹한이 될 것입니다."라는 방송을 내보내기 시작했다. 수도사와 한 젊은이의 진리논쟁이다.

수도사: 신이 인간을 만들었다.

젊은이: 아니다. 포옹이 인간을 태어나게 했다.

"백이는 충성이라는 명예 때문에 수양산 아래에서 죽었고, 도척은 도둑질이라는 이욕 때문에 동릉산 위에서 죽었다. 이 두 사람이 죽은 곳은 다르지만 천성대로 살지 않고 자기 목숨을 해쳤다는 점에서는 똑같다. 어찌 꼭 백이가 옳고 도척이 잘못이라고 하겠는가?"

하루살이나 매미와 같이 짧게 사는 것들의 입장에서 보면 인간의 일생은 참으로 상상할 수 없을 만큼 긴 것이겠지만, 8천 년 동안 봄을 지내고 또 8천 년 동안은 가을을 보내며 320만 년을 산다는 그 옛날 상고시대의 대춘(大椿)나무를 표준으로 하여 본다면 인간의 일생은 하루살이나 매미 정도로 짧을 뿐이다. 진리의 잣대가 무엇인가?

어느 고승이 주장자(拄杖子: 지팡이)를 옆에 놓고 가리키며 "이 지팡이를 톱이나, 도끼나, 손을 대지 말고 짧게 만들어 보라."고 제자들에게 말했다. 제자들이 머리를 싸매고 궁구해도 답을 찾지 못하고 있을 때 한 객승이 "제가 답해도 되겠습니까?" 하고 청했다. 허락을 받은 객승이 나가더니 크고 긴 막대기를 가져다가 그 주장자 옆에 놓았다. 고승이 "그대가 해냈구나, 길고 짧다는 것은 상대적이다." 하며 빙그레 웃었다. 장단상교(長短相較)다.

향긋한 재스민 향과 똥 냄새는 종이 한 장 차이다. '인돌'이란 성분은 불쾌한 똥 냄새를 풍기지만 이것을 0.001% 이하로 옅게 희석한 알코올 용액은 향긋한 재스민향이 난다. 또 '티올'이란 성분이 섞이면 낮은 온도에서는 향긋한 파인애플 향이 나지만, 농도가 진해지면 역겨운 유황 냄새가 된다.

진리의 적(敵)은 쉽게 확신하는 데 있다. 까마귀를 더럽다고 침 뱉고, 해오라기를 희니 고결하다고 하는 이유를 몰라 하는 어느 한 청년이 참된 진리를 찾고자 우주의 곳곳을 방랑하고 다녔다. 이곳저곳을 헤매다가 칠팔월 염천의 방을 지나 마지막으로 지옥의 최하층 문을 열었다. 쇠를 달구어 때릴 때 필요한 받침대인 모루, 그 무거운 대장간의 망치받이 모루가 아흐레 밤 아흐레 낮 동안 암흑 속으로 떨어져야 도달할 수 있는 지옥의 하층을 방문한 것이다.

한겨울 차갑게 흐느끼는 예성강 모진 바람보다도 더 차가운 삭풍이 몰아치는 곳에 많은 사람들이 발가벗은 모습으로 큰 수레바퀴 위에 한 손으로 매달려 있었다. 빠끔히 들여다보고 있는 청년을 향해 매달려 있던 한 사람이 물었다.

"어떻게 여기까지 왔소?"

"진리를 찾아 여기까지 왔어요." 하고 청년이 답한다.

"진리라면 내가 잘 알지요. 내가 진리를 설명해 줄 터이니 내 말을 잘 들어보시오!" 하고 말했다. 그러자 옆에 매달려 있던 사람이 한 손으로 옆 사람을 가리키며 "아니요! 저 사람의 말이 진리가 아니라 내가 하는 말이 진리요!" 하며 한 팔을 내젓는다. 그러자 또 그 옆의 사람이 한 팔을 내저으며 "이 사람 말이 진리가 아니라 내 말이 진리요!" 하면서 한 팔을 흔들며 자기의 말이 진리라 주장한다.

매달려 있는 사람 전부가 자기의 말이 진리라며 손짓 발짓을 하기 시작하자 태양만 한 거대한 수레바퀴가 흔들리면서 돌아가기 시작했다. 사람들은 계속 자기의 말이 진리라 고함을 지른다. 수레바퀴가 속력을 받으며 돈다. 그 속에서 웅혼한 소리가 울려 나오기 시작했다. 돌림노래 현상같이 '진라- 진라-'라는 소리로 웅혼한 울림이 울리면서 울려 나오는 것이었다.

진리가 거기에 있었다. 눈앞에 현존하고 있는 그 사람들 속에서 존재하고 있었다. 신의 이법(理法) 속에서 마음껏 떠들고 있는 그 속에 자유가 거기에 있었다. 임계장력 속에서의 자유다. 태초에 계셨던 신의 말씀인 이법이 지옥의 최하

층에서도 적용되고 있었다. 진리가 너희를 자유롭게 하리라.

신들의 휴양지에서 얻어 마신 생명수의 또 다른 부작용이 울프에게 이어진다. 칠성별의 아이들 모습에서 우연히 옛날의 손자 손녀들의 냄새를 강하게 느끼게 된다. 무의식적 추억(Reminiscence)이 울프의 뇌리를 번개 치듯 때린다. 손자들을 그리워하며 칠성별 생활에서 다른 욕망을 가지지 못한다. 꿈이 없으니 열정이 없다. 열정이 없으니 노력이 없다. 열정적 노력이 없으니 피곤을 모른다. 피곤을 모르니 달콤한 휴식도 모른다. 잡념으로부터 해방된 노동이 없으니 삶의 갈증증이 또 나타나기 시작한다. 무의식적 추억이 한 묶음 은총의 꽃다발일까? 아님, 무상한 집착의 찌꺼기일까?

이화에 월백하고 은한이 삼경인 제
일지 춘심을 자규야 알랴마는
다정도 병인 양하여 잠 못 들어 하노라

울프가 환생관리소를 자발적으로 찾아가 출궁을 신청한다. 관리 사령이 울프의 표정을 힐끗 쳐다본다. 눈이 오면 눈을 맞고, 비가 오면 비를 그대로 맞겠다는 표정이다. 잃을 것이 없다는 무상의 표정이다. 빠져 떨어질 것 같이 깊고 푸르고 빈 가을 하늘 같은 고독이 얼굴에 서려 있다. 관리 사령이 오히려 공허감의 전율을 느낀다. 잃을 것이 없으니 두려움이 통하지 않을 것 같다. 출궁을 막을 어떠한 말도 찾지 못한다.

'수없이 많은 혼령들이 입궁을 소망하고 있는데 가고 싶어 하는 혼령 하나쯤이야 보내주는 권한이 내게도 있지.' 하는 오만한 심정으로 상부에 보고 없이 전결처리 한다. 출궁증을 발급해준다.

천국에 버금가는 칠성궁. 모든 혼령들이 그렇게 가고 싶어 하는 이상향을 스스로 포기하고 떠난다. 암울하고 황량한 저승의 끝에 있는 들길 216마일을 지나 레테의 강물 위에 혹시 있을지도 모를 떠도는 빈 자궁을 찾아, 지구로의 환생을 희구하며 부르튼 발을 절룩이며 울프가 걸어가고 있다.

지친 발걸음이다. 그러나 희망을 잃지 않은 표정이다. 입으로 '고락을 태연하게 받아들이라, 이 순간도 지나가리라(Take the rough with the smooth, soon it shall also come to pass)'를 웅얼거리다 이어 푸시킨의 '삶이 그대를 속일지라도'라는 시를 읊조리며 걸어가고 있다.

삶이 그대를 속일지라도
슬퍼하거나 노여워하지 말라.
마음 아픈 날엔 가만히 누워 견디라.
즐거운 날이 찾아오리니.

삼거리를 만난다. 이정표를 보니 한쪽은 저승, 천국, 그리고 이승이다. 이승으로 통하는 방향의 길에는 거침 목으로 막아두고 있다. 그 옆에 혼령합동검문소가 있는데 천사와 저승사자가 합동검문하고 있다. 그 뒤의 세워진 전광판에 울프를 찾는다는 영상수배전단이 지나가고 있는 것도 보인다.

"어디로 가시는 누구신교?" 하며 검문한다. 울프가 "고길동이라는 별명으로 불렸던 인간이었었어요."라고 대답한다. 순간 진실판독기에 '사실(Truly, Truly, It's real)'이라는 글이 뜬다. 울프가 지구별에 있을 때 딸아이가 '둘리'라는 만화영화에서 둘리를 괴롭히는 가장(家長), 그러나 마음 약한 '고길동'을 보면서 장난으로 아빠를 부르던 울프의 별명이다. 있었던 사실을 말했던 것이다.

저승사자와 천사가 동시에 통과해도 좋다는 몸짓과 함께 행복하게 잘 가라는 의미로 '비 해피(Be happy)'라고 말한다. 물을 한잔 얻어 마신 울프가 고마워 너무 깊게 생각하지 말라는 답으로 '돈 워리(Don't worry)' 하면서 지나간다.

'Be happy. Don't worry.' 비 해피, 돈 워리
'Don't worry. Be happy.' 돈 워리, 비 해피

갑자기 울프의 목에서 실비아가 준 눈물방울 목걸이가 빤짝이며 진동하기 시작한다. 정각의 도를 회복하기 위한 길고 긴 영성훈련 기간을 마친 여신, 실비아가 칠성궁의 울프를 찾았을 때 울프는 이미 그곳을 떠나고 없었다.

재회의 성취가 이루어지면 마음 졸임 속에 존재했던 애틋한 아름다움이 사라질 것이라는 생각을 울프가 하고 있었던 것이다. 영원한 균형(Everlasting Symmetry) 안에 갇힌 사랑을 만들지 않기 위해 영상수배전단을 애써 외면하고 지나온 것이다. 꿈은 사라지고 텁텁한 현실이 되는 만남, 환멸의 씨앗을 심지 않으려는 마음에서다. 시들어 사라지기에 꽃은 더욱 아름답다.

어느 시인의 '두 번은 없다'라는 시의 마지막 구절이다.

너는 존재한다 - 그러므로 사라질 것이다.
너는 사라진다 - 그러므로 아름답다.

사랑은 굳어버린 관념이 아니라 그리움이라는 갈증과 헤어짐이라는 슬픔을 동반할 때 더 아름답다는 생각에서다. 여신의 기억 속에 꺾여버린 영원한 사랑으로 남는다는 것이 불멸의 방식이라는 울프의 생각이다. 상대가 눈앞에서 안

보이면 평범한 사랑은 멀어지고, 큰사랑은 더욱 커진다. 바람이 불면 촛불은 꺼지고, 큰불은 흔들림 속에서 더욱 거세진다고 생각하면서.

쪼개짐 없는 영원한 원융합일은 권태다. 안드로규노스(Androgynous: 兩性具有)의 목마름이 있는 개체로 존재할 때 에고를 해체하여 범아일체의 지경에 도달하려는 꿈과 열정을 갖게 된다는 것이다. 원시회귀의 뜨거운 기운이 솟구칠 때, 영원한 모순성이 생명의 환희를 잉태한다. 아름다움 속에는 약간의 갈증이 항상 존재한다. 신이 인간에게 유토피아를 선물하지 않은 이유를 생각하며 울프는 걸어가고 있었다. 인생에 괴로움이 없다면 무엇으로 만족이라는 것을 얻을 것인가?

뿔이 있는 것에게는 날카로운 이를 버리게 하고,

날개가 있으면 두 다리만 있게 했으며,

재예를 갖추면 부귀공명은 주지 않고,

이름 있는 꽃에는 열매가 없고,

채색 구름은 흩어지기 쉬우니.

울프가 미련을 버리기 위해, 실비아가 여신의 휴양지를 떠날 때 준 목걸이를 떼어낸다. 목걸이를 멀리 던지기 전에 한번 자세히 쳐다본다. 얼핏 보면 눈물방울 모양이다. 눈물방울이 아니라 방울처럼 생긴 공후(箜篌)라는 악기다. 범종(梵鐘)에 새겨져 있는 무늬 비천상(飛天像)의 천녀가 향훈의 옷을 나부끼며, 비스듬히 하늘을 날아가며 들고 있는 악기다.

실비아의 눈물로 만든 공후에서 귀로 듣는 음악이 아니라 가슴속에서 울려오는, 하늘이 둥근 공면통(共鳴筒)처럼 울려 주는, 혼(魂)을 차용한 심금(心琴)의 노래가 들리기 시작했다.

건너지 말라고 하였더니　　　'공무도하(公無渡河)'

임은 물을 건너가셨네.　　　'공경도하(公竟渡河)'

물에 빠져 죽으면　　　　　'타하이사(墮河而死)'

님의 앞날을 어찌하리오.　　　'장내공하(將奈公河)'

　고조선(古朝鮮) 때의 일이었다. 어느 날 곽리자고(藿里子高)라는 사람이 배를 타러 강변으로 갔을 때, 어디선가 머리를 풀어헤친 백수노인(白首老人)이 와서 강물에 빠져 죽었다. 그러자 백수노인의 처가 뒤따라와 공후를 켜며 슬프게 노래 부르다 역시 강물에 빠져 죽고 말았다. 이 광경을 목도한 곽리자고는 집에 돌아와 아내 여옥(麗玉)에게 이 이야기를 들려주었다. 이야기를 들은 여옥은 매우 슬퍼하며 죽은 여자를 대신하여 노래를 지어 불렀다. 이것이 바로 공무도하가(公無渡河歌) 또는 공후인(箜篌引)으로 불리는 우리 문화사에서 가장 오래된 고조선 때부터 불려오던 시가(詩歌)다.

　실비아의 목걸이에서 이 시가(詩歌)가 울려오고 있었다. 삼도천(三途川)을 넘어가지 말라는 실비아의 간곡함이 심금을 울리고 있는 것이다.

　혹한이 지나간 계절이지만 아직 레테의 강변은 쌀쌀하다. 울프가 시린 손을 바지 주머니에 넣는다. 순간, 손에 쪽지가 하나 잡힌다. 이승에서 주고 오지 못했던 메모지 하나가 그곳에 있었다. '울프를 아는 누군가에 의해, 본문에 인용된 스코트 니어링의 시가 울프의 생각으로 받아들여져 그대로 울프에게 실행해주기를 바란다.'라고 적혀 있다.

　절학무절(絶學無切), 옴살경영(Holistic Management)이 누군가에 의해 연구가 더해지기를 바라면서 읽어준 이에게 년년유여(年年有餘) 여송지성(如松之盛)을 빈다.